A vida é muito curta

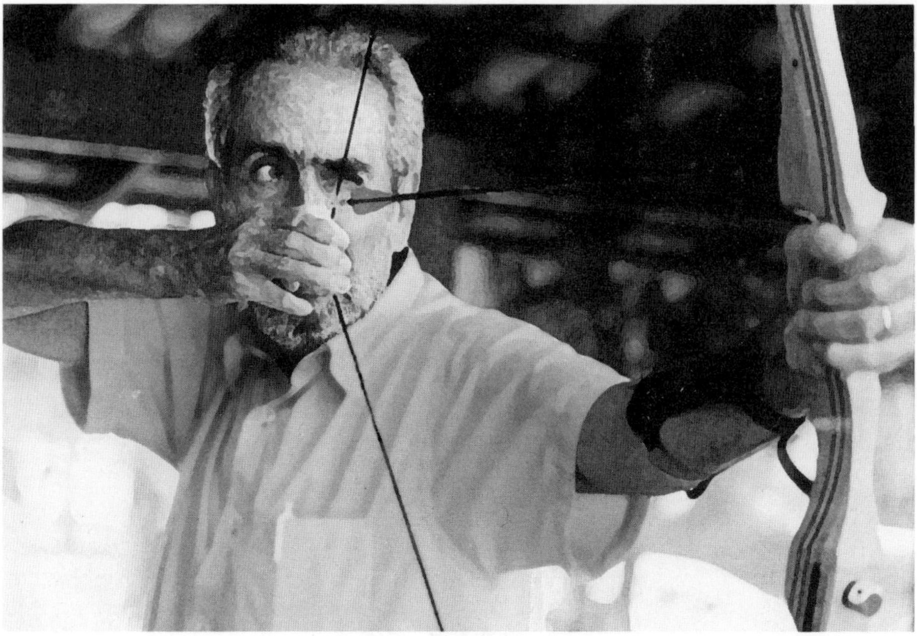

O ARQUEIRO

GERALDO JORDÃO PEREIRA (1938-2008) começou sua carreira aos 17 anos, quando foi trabalhar com seu pai, o célebre editor José Olympio, publicando obras marcantes como *O menino do dedo verde*, de Maurice Druon, e *Minha vida*, de Charles Chaplin.

Em 1976, fundou a Editora Salamandra com o propósito de formar uma nova geração de leitores e acabou criando um dos catálogos infantis mais premiados do Brasil. Em 1992, fugindo de sua linha editorial, lançou *Muitas vidas, muitos mestres*, de Brian Weiss, livro que deu origem à Editora Sextante.

Fã de histórias de suspense, Geraldo descobriu *O Código Da Vinci* antes mesmo de ele ser lançado nos Estados Unidos. A aposta em ficção, que não era o foco da Sextante, foi certeira: o título se transformou em um dos maiores fenômenos editoriais de todos os tempos.

Mas não foi só aos livros que se dedicou. Com seu desejo de ajudar o próximo, Geraldo desenvolveu diversos projetos sociais que se tornaram sua grande paixão.

Com a missão de publicar histórias empolgantes, tornar os livros cada vez mais acessíveis e despertar o amor pela leitura, a Editora Arqueiro é uma homenagem a esta figura extraordinária, capaz de enxergar mais além, mirar nas coisas verdadeiramente importantes e não perder o idealismo e a esperança diante dos desafios e contratempos da vida.

ABBY JIMENEZ

A vida é muito curta

Traduzido por Alessandra Esteche

ARQUEIRO

Título original: *Life's Too Short*

Publicado mediante acordo com a Grand Central Publishing, Nova York, NY, Estados Unidos.

coordenação editorial: Gabriel Machado

produção editorial: Guilherme Bernardo

preparo de originais: Sara Orofino

revisão: Midori Faria e Milena Vargas

diagramação: Abreu's System

capa: Sarah Congdon/Hachette Book Group

adaptação de capa: Gustavo Cardozo

impressão e acabamento: Lis Gráfica e Editora Ltda.

CIP-BRASIL. CATALOGAÇÃO NA PUBLICAÇÃO
SINDICATO NACIONAL DOS EDITORES DE LIVROS, RJ

J57v
Jimenez, Abby
A vida é muito curta / Abby Jimenez ; tradução Alessandra Esteche. – 1. ed. – São Paulo : Arqueiro, 2025.
304 p. ; 23 cm.

Tradução de: Life's too short
ISBN 978-65-5565-885-9

1. Ficção americana. I. Esteche, Alessandra. II. Título.

CDD: 813
25-99873.0 CDU: 82-3(73)

Carla Rosa Martins Gonçalves – Bibliotecária – CRB-7/4782

Editora Arqueiro Ltda.
Rua Artur de Azevedo, 1.767 – Conj. 177 – Pinheiros
05404-014 – São Paulo – SP
Tel.: (11) 2894-4987
E-mail: atendimento@editoraarqueiro.com.br
www.editoraarqueiro.com.br

Para minha avó, que era
o símbolo de uma vida bem vivida.
Gostaria que a senhora ainda
estivesse aqui para pegar este livro nas mãos.

clickbait (substantivo)

Definição: algo (como uma manchete) projetado para que os leitores cliquem em um hyperlink, principalmente quando este leva a um conteúdo de valor ou de interesse questionável.

– Dicionário Merriam-Webster

1

OUVI UM CHORO NO APARTAMENTO AO LADO E O QUE DESCOBRI FOI ASSUSTADOR!

Adrian

Choro.

Um pranto de bebê-demônio vinha do apartamento vizinho pela milionésima hora seguida. Eu estava deitado na cama, olhando para o teto, no escuro.

Rachel gemeu ao meu lado.

– Você precisa fazer alguma coisa. Vai lá.

Bufei.

– Eu não vou lá. Nem conheço a mulher.

Antes daquela noite, acho que vi a vizinha uma vez na portaria, pegando a correspondência, mas ela estava no celular e nem notou minha existência, então não a cumprimentei. Agora eu queria pelo menos conhecê-la o bastante para poder mandar uma mensagem pedindo que ela gentilmente fosse para um cômodo que não ficasse colado ao meu.

Rachel soltou um suspiro frustrado, e eu virei e a abracei de conchinha.

Ela ficou tensa. Na verdade, estava tensa desde o momento em que chegara, três dias antes.

– O que foi?

– Nada – respondeu ela por sobre o ombro. – Só estou cansada. E quase procurando um quarto de hotel para conseguir dormir. *Sem* você – acrescentou, brincando.

Dei uma risada cansada. Ela sabia me provocar.

Eu só tinha um fim de semana por mês com minha namorada. Perder a última noite juntos antes de ela voltar para Seattle era um preço que eu não estava disposto a pagar, nem pela minha vizinha *nem* pelo seu bebê.

Merda.

Eu me levantei a contragosto, vesti uma camiseta, calcei os chinelos e saí para o corredor do prédio.

Eu não fazia ideia se ela ia abrir a porta. Eram quatro da manhã, e eu era um completo estranho. Rachel provavelmente chamaria a polícia se um homem desconhecido batesse à porta dela no meio da madrugada.

– Quem é? – gritou uma voz feminina em meio ao choro.

– Seu vizinho.

Ouvi a correntinha ser puxada e a porta se abriu.

É, a mulher da caixa do correio. Ela parecia péssima. Vestia uma camiseta preta larga e desbotada, com um buraco na costura do ombro, e uma calça de moletom cheia de manchas. Olheiras escuras, cabelo bagunçado.

– Que foi? – perguntou, me encarando por sobre o pacotinho barulhento abraçado em seu peito.

Eu nunca tinha visto um bebê tão pequeno. Havia pedaços de queijo na minha geladeira maiores do que aquela criança. Nem parecia de verdade.

Mas o barulho que emitia era de verdade.

A mulher olhava para mim, impaciente.

– Então?

– Tenho um depoimento em quatro horas. Será que você poderia...

– Será que eu poderia *o quê*? – interrompeu ela, com raiva.

– Será que poderia ficar do outro lado do apartamento? Para eu conseguir dormir?

– *Não tem* outro lado. É um estúdio.

Verdade. Eu sabia disso.

– Certo... Bom, será que pode...

– Será que posso o quê? Fazer a bebê parar? – sugeriu a mulher, a cabeça inclinada. – Colocar a criança dentro de um armário? Porque eu estaria mentindo se dissesse que não pensei nisso.

– Eu...

– Não estou tocando um trompete. Não é uma TV que está alta demais.

É um ser humaninho. Não tenho como argumentar com ela, e a neném não aceita minhas tentativas de negociação, então não sei o que te dizer – rebateu ela, balançando a criança que continuava gritando. – Ela está alimentada, limpa e seca. Não tem febre. É nova demais para nascerem os dentes. Já dei paracetamol e remédio para gases, caso ela esteja com cólica. Já balancei e embalei, e estou chegando à conclusão de que isso é uma espécie de carma por crimes que cometi numa vida passada, porque simplesmente *não consigo entender* o que estou fazendo de errado. – Seu queixo começou a tremer. – Então não, não consigo fazê-la parar. Não posso ajudar *você* nem *ela* nem a *mim*, e sinto muito se meu inferno pessoal te incomoda. Compre um protetor de ouvidos.

E bateu a porta na minha cara.

Fiquei ali parado, diante do olho mágico, atônito.

Ótimo. Agora *eu* era o babaca.

Passei a mão na barba e soltei um suspiro longo e cansado. Bati mais uma vez. Sabia que ela estava me espiando pelo olho mágico porque ouvia o choro bem atrás da porta. Ela abriu.

– O quê? – perguntou, com lágrimas escorrendo pelo rosto.

– Me dê a bebê – pedi, fazendo um gesto de "passa pra cá".

A mulher me encarou.

– Vá tomar um banho. Eu fico com ela.

Ela piscou.

– Está de brincadeira?

– Não. É óbvio que você precisa de uma folga. Talvez isso ajude.

Insistir nas mesmas coisas ia dar os mesmos resultados. As tentativas dela não funcionaram, e estava claro que aquela situação não ia se resolver sem uma intervenção externa.

Ela me olhou como se eu estivesse maluco.

– Não vou te entregar a neném.

– Por que não? Tem medo de que ela fique irritada?

Ilustrando meu argumento, o choro subiu uma oitava.

– Eu fico com ela até você terminar. Se nenhum de nós vai dormir, não faz sentido os dois sofrerem. E tem golfo de bebê no seu cabelo.

Ela espiou o cabelo preso sobre o ombro e viu a gosma branca. Revirou os olhos como se não estivesse surpresa e voltou a me encarar.

– Olha só, eu agradeço, mas isso não é problema seu.

Cocei a testa, cansado.

– Bom, eu discordo. Enquanto tivermos essa parede em comum, estamos nessa juntos. Às vezes, uma mudança na situação pode alterar um comportamento. Se outra pessoa ficar com ela enquanto você dá uma relaxada, talvez faça a diferença.

Minha vizinha balançou a bebê, o que foi inútil, e o choro continuou. Vi a frustração nos olhos daquela mulher. Ela parecia exausta.

– Eu não conheço você.

– Meu nome é Adrian Copeland. Eu moro no 307, aqui do lado, e sou dono do prédio. Tenho 32 anos, não tenho antecedentes criminais e sou sócio do escritório de advocacia Beaker & Copeland, em St. Paul. Sou inofensivo e estou aqui parado no corredor às... – olhei o relógio – 4h07 da manhã, tentando ajudar você. Deixa eu entrar e cuidar da bebê.

Percebi que ela estava refletindo. E que ia ceder. Eu sabia interpretar as pessoas. Ela me lembrava aquele tipo de jurado que estava num dilema, mas que ia acabar cedendo... e cedeu.

A mulher abriu a porta e me deixou entrar.

Caramba, o apartamento estava um desastre.

Parecia ser um lugar bacana. Tinha aquele ar de loja de móveis cara. Mas era pequeno e estava abarrotado de apetrechos de bebê. Um bebê-conforto, um berço ao lado da cama king-size, uma cadeirinha de balanço. Havia mamadeiras empilhadas na bancada da cozinha e cheiro de merda ao redor. Merda de verdade. Fralda suja de merda.

Ela me olhou de novo.

– Só para você saber, eu tenho aquela coisa de esfaquear, então não tente nenhuma gracinha.

– Coisa de esfaquear? – indaguei.

Ela ergueu o queixo.

– É. Sabe aquela que é um chaveiro? E tenho câmeras também. Várias. E uma arma – acrescentou. – Também tenho uma arma.

Cruzei os braços.

– Aham. E você sabe usar essa arma?

– Claro que não – respondeu ela com naturalidade. – O que é ainda mais perigoso.

Bufei.

A mulher permaneceu ali parada, ainda segurando a bebê, como se não estivesse convencida de que eu poderia ajudar, apesar de ter me deixado entrar. Estendi os braços, mas ela disse:

– Você precisa lavar as mãos primeiro.

Certo. Eu já tinha ouvido isso. Bebês têm um sistema imunológico mais frágil. Fui até a cozinha e lavei as mãos na pia, que estava cheia de louça suja.

– Você não estava grávida – comentei por cima do ombro, erguendo a voz para que ela me ouvisse mesmo com os gritos da criança. – Onde conseguiu sua filha?

– Numa loja de departamentos – respondeu ela, inexpressiva. – Estava em promoção e, sabe como é, a gente nunca sai de uma loja em promoção sem levar nada – resmungou.

Dei um sorriso involuntário.

O rolo de papel-toalha estava vazio e, pelo estado daquele lugar, não confiei no pano pendurado no fogão. Vi um guardanapo de restaurante ao lado de uma fruteira vazia e sequei as mãos com ele. O papel se desintegrou e joguei os pedacinhos no lixo, que estava transbordando.

– Sou só um lar temporário – explicou ela, por cima do choro.

Eu me aproximei e estendi as mãos mais uma vez, enquanto ela me avaliava. Então virou de lado, afastando a criança de mim.

– Já pegou um bebê no colo?

– Não. Mas imagino que não seja tão difícil.

– Você precisa apoiar o pescocinho. Assim – demonstrou ela, com a mão atrás da cabecinha de kiwi.

– Certo. Entendi.

– E tem que balançar. Ela gosta.

– Como pudemos ver pelo choro arrasador – ironizei.

Ela fechou a cara.

– Estou brincando. Eu consigo, prometo.

A mulher permaneceu imóvel. Esperei, paciente.

– Ok – assentiu enfim, e se aproximou para colocar a bebê em meus braços, perto o bastante para eu sentir o cheiro do seu cabelo. Baunilha... com um toque de leite azedo.

Acolhi aquele montinho raivoso. Ela estava furiosa, com o rosto vermelho. Não devia pesar mais que 5 quilos.

– Tem certeza? – perguntou minha vizinha.

– Pode ir, eu dou conta. E não precisa se apressar.

Ela ficou mais um instante ali parada.

– Estou logo atrás daquela porta, caso precise de alguma coisa.

– Tudo bem.

– O nome dela é Grace. O meu é Vanessa.

– Prazer, Vanessa. Agora... vá... tomar... um... *banho*.

Ela não se mexeu durante mais alguns segundos, até que por fim se virou, pegou umas roupas da cômoda e partiu para o banheiro. Foi empurrando a porta devagar, me espiando pela fresta até fechá-la.

Um choro agudo saiu do cobertorzinho cor-de-rosa enrolado nos meus braços. Olhei para a bebê.

Pouca coisa me deixava nervoso. Na verdade, tirando voar de avião, nada me desestabilizava. E eu era advogado de defesa criminal.

Encarava a maldade em seu estado mais bruto todos os dias. Mas fiquei surpreso quando, de repente, ao olhar para aquela pessoinha, fui tomado por uma... Não sei dizer o que era. Ansiedade? Ela era tão frágil! Seu corpo era mais magro do que meu braço.

Achei mais seguro me sentar, então fui para o sofá.

Grace continuava gritando quando Vanessa abriu o chuveiro. Era impressionante como uma criaturinha tão pequena era capaz de chorar eternamente.

– O que você tem? – resmunguei.

Tentei pensar o que poderia estar causando aquela angústia. Poucas coisas são capazes de incomodar alguém que ainda nem sabe o que são impostos ou crise existencial.

Vanessa disse que a havia alimentado, então não era fome. A fralda estava seca. Não estava com gases nem machucada. Devia estar cansada, mas algo não a deixava dormir.

Se fosse eu, o que não me deixaria dormir?

Então pensei numa coisa.

Deitei-a na almofada do sofá, abri o cobertor e comecei a apalpar o pijaminha. Passei os dedos pelas costuras e, mais ou menos no meio da barriga, encontrei. O plástico da etiqueta ainda estava preso à roupa. Invisível.

– Claro que você está irritada. Eu também estaria.

Procurei uma tesoura, mas não achei. Então rompi o plástico com os dentes. Depois abri o pijaminha, tirei a parte de dentro da etiqueta e massageei de leve o ponto vermelho em sua barriga.

– Shhhhhhh…

Ela parou de chorar quase no mesmo instante.

2

UM CARA GATO AMANSA MINHA BEBÊ!

Vanessa

Não era bem verdade que eu não o conhecia. Adrian Copeland era o cara mais gato do meu prédio, então é claro que eu o conhecia. Quer dizer, eu sabia quem ele era. Todo mundo sabia. Ele era meio que uma lenda.

Mas ele não devia saber quem *eu* era. E é claro que, quando nos conhecemos, eram quatro da manhã, ele tinha sido acordado pela minha falta de habilidade materna e meu cabelo estava todo golfado.

Para ser sincera, eu estava cansada demais para me importar com isso. Aquela era a pior noite das duas piores semanas do ano. A maternidade caíra no meu colo de uma hora para outra, depois de uma briga terrível com a minha irmã, e agora Grace estava no meio de um surto épico que eu não era capaz de apaziguar.

Eu não conseguia entender. Grace era uma bebê tão boazinha... *Ridiculamente* boazinha. Se me pedissem para cuidar de um bebê assim, de repente, eu não conseguiria nem imaginar uma criança mais fácil que ela. Grace não chorava, dormia bem, tínhamos estabelecido uma rotina naquelas duas semanas... e, do nada, logo depois do banho, ela surtou.

Tentei de tudo. Fiz até uma chamada de vídeo com o pediatra, que se mostrou completamente despreocupado e sugeriu que eu a levasse até o consultório no dia seguinte, caso ela ainda estivesse "agitada".

A oferta de Adrian era irrecusável.

Primeiro, porque seu raciocínio fazia sentido. Nada do que eu tinha feito – ou *deixado* de fazer – estava funcionando. Àquela altura, eu estava inteiramente aberta a sugestões. Teria apelado até para um exorcismo se a pessoa à minha porta fosse um padre e não um advogado.

Segundo, porque o homem tinha muito a perder se fizesse alguma besteira.

Ele aparecia no jornal *Star Tribune* pelo menos uma vez por mês, por conta de suas proezas profissionais. Eu sabia disso porque, sempre que acontecia, a Mulher da Ioga, do 303, me mandava um link com vinte emojis com corações no lugar dos olhos. Acho que ela tinha configurado um alerta no Google. Era quase uma stalker.

Adrian era como eu: tinha uma reputação e uma imagem pública a zelar. Matar nós duas não combinava em nada com seu personagem, e seria péssimo para sua imagem. Além disso, ele acreditava estar num apartamento cheio de câmeras – o que não era verdade, mas ele não sabia disso.

E terceiro? Porque mais ninguém ia aparecer para ajudar. Ninguém ia bater à minha porta e se oferecer para me salvar daquele sétimo círculo do inferno. E eu precisava daquele banho. Precisava *muito*. Era só lavar o vômito e o suor e vestir uma calça que não tivesse xixi de bebê. E Grace precisava que alguém a embalasse enquanto eu fazia isso. Sempre que tentava largá-la, ela passava a chorar tanto que parecia prestes a explodir.

Eu precisava de cinco minutos. Só cinco minutinhos. Talvez ajudasse mesmo – e, ainda que não ajudasse, pelo menos eu estaria mais relaxada para continuar enfrentando os berros. Do jeito que as coisas iam, eu estava a dois minutos de perder de vez a cabeça.

Tirei a roupa e tomei um banho como se estivesse sendo cronometrada. Cerca de quatro minutos após entrar no boxe – de longe um dos melhores banhos da minha vida, ainda que curto –, fechei o chuveiro para sair e ouvi um *silêncio*. Um silêncio frio e sinistro.

Meu coração parou.

Meu Deus.

Havia algo errado.

Eu me enrolei na toalha tão depressa que quase escorreguei no piso gelado.

Onde eu estava com a cabeça? Não conhecia aquele homem. Quer dizer, *conhecia*, mas não de verdade. E se ele tivesse sequestrado a Grace? E se tivesse jogado a criança da sacada? E se Adrian fosse um cara perfeitamente normal mas à beira de um ataque psicótico, e o choro o tivesse levado ao limite a ponto de ele chacoalhar Grace até a morte? Que burra eu fui!

Abri a porta do banheiro com tudo, preparada para sabe Deus o quê, e fiquei petrificada.

Adrian estava deitado no sofá, a cabeça em uma almofada e o indicador nos lábios. Grace estava aninhada em seus braços, *dormindo*.

Fiquei ali parada, olhando para ele. Não conseguia acreditar. Me obriguei a ir até lá na ponta dos pés, pingando, para ver de perto.

Que *bruxaria* era aquela? Como ele tinha conseguido? O homem só podia ser um encantador de bebês. Grace arrulhava baixinho, dormindo. Levei a mão ao coração.

Deve existir um interruptor interno primitivo que é acionado quando vemos um homem cuidar de um bebê, porque eu juro que me apaixonei de leve ali mesmo. Quer dizer, o cara era um gato sem nem contar com aquela bruxaria, mas agora? Puta merda.

Eu estava ensopada, parada ali em contemplação. Depois de um tempinho sem me mexer, ele deu uma piscadinha e me enxotou com um gesto. Fiquei vermelha, então me obriguei a voltar ao banheiro para me vestir.

Quando voltei, fazendo uma trança no cabelo úmido, Grace nem tinha se mexido. Parei de pé ao lado do sofá, prendendo o cabelo com um elástico.

– Pronta? – sussurrou ele.

Assenti e me abaixei para pegar Grace.

Meu Deus, ele tinha um cheiro muito bom. Exalava um quê de aconchego, calor e masculinidade. Algodão limpo e testosterona.

Peguei Grace no colo e rezei para que ela não acordasse nem voltasse a chorar quando eu a colocasse no berço.

Ela não acordou.

Eu me virei para Adrian a fim de agradecer, mas ele já se dirigia à porta. Parou e tirou o saco do lixo da cozinha, que levou junto, e, sem dizer uma palavra, foi embora.

Afastei a franja da testa com a mão. Meu. *Deus*.

Eu precisava gravar um vídeo. *Naquele* instante.

Fazia duas semanas que estava sem ideia de conteúdo. Meu canal no

YouTube estava às moscas. Eu tinha demitido toda a equipe de produção naquele hiato. Só o câmera, Malcolm, continuava como funcionário. Eu não só estava deixando de ganhar dinheiro, como também estava decepcionando os inscritos. Mas não havia nada para acrescentar ali.

Ser mãe em tempo integral não é algo lá muito emocionante. No dia anterior, eu tinha realizado uma videoconferência com Malcolm para falar sobre quadros que poderia fazer de casa. Era tudo muito sem graça. Principalmente os tutoriais de beleza. Testar máscaras faciais malucas e tingir o cabelo de cores aleatórias. Um vlog abrindo e-mails de fãs. Chato.

Mas aquilo...

Peguei o notebook e fui até o banheiro na ponta dos pés. Sentei no vaso e coloquei como título do vídeo "Um cara gato amansa minha bebê". Nem me dei ao trabalho de secar o cabelo ou de me maquiar. Queria que o conteúdo fosse autêntico. Respirei fundo e comecei a gravar.

– Oi, gente! Vejam só, estou viva! – vibrei, acenando para a tela. – Bom, as últimas duas semanas foram interessantes por aqui. Recebi todas as mensagens de vocês. Obrigada por se preocuparem comigo. E, sim, acabei desistindo do evento em Los Angeles semana passada. Sei que muitos de vocês ficaram desapontados, e peço desculpas. Caso você tenha comprado ingresso para me ver, mande o comprovante para o e-mail do Malcolm que vou deixar aqui...

Apontei com o dedo para um lugar acima da minha cabeça onde Malcolm colocaria o endereço de e-mail depois.

– Ele vai enviar uma foto minha autografada. Sei que não é tão bom quanto um encontro de verdade, mas juro que tive um bom motivo para não ir. Vocês devem estar se perguntando por que desapareci. Como já viram pelo título, agora eu tenho uma bebê! Surpresa! Ficaram surpresos? *Eu* fiquei.

Inclinei a cabeça para o lado e fiz cara de louca para a câmera.

– Alguém de quem eu gosto muito estava grávida. Há três semanas, ela teve uma bebezinha saudável. Daí, duas semanas atrás, ela deixou a bebê comigo para ir ao mercado e nunca mais voltou. A mãe da Grace infelizmente não está muito bem. O pai não é presente, então agora, por um tempo, sou responsável por uma recém-nascida e não tenho ideia de como cuidar dela. Nem preciso dizer que a viagem ao México na qual eu faria o especial de Natal daqui a três semanas está cancelada, né? Vamos passar um tempinho explorando os 70 metros quadrados do meu apartamento.

Fiquei ali sentada por alguns segundos, deixando a notícia ser assimilada.

– Tenho certeza de que vocês estão se perguntando onde o "cara gato" se encaixa em tudo isso. Seguinte: são quatro e pouquinho da manhã, e eu estava acordada com minha anjinha. Fazia um milhão de horas que ela chorava sem parar. Aliás, nós duas chorávamos. E meu vizinho bateu à porta para ver se eu precisava de ajuda. Vou contar um pouco sobre ele. É o cara mais gato do meu prédio. Talvez o cara mais gato do quarteirão. Meu vizinho é tão bonito que, se aparecesse atrás de mim num beco dentro de uma van branca sem janelas, com luvas de borracha, me chamando para dentro com fita adesiva numa das mãos e doces na outra... eu entraria. Ele não só é bem-sucedido e está solteiro como também tem uma barba linda.

Retomei o fôlego e prossegui:

– Quando me mudei para cá, em setembro, ele sempre saía para correr sem camisa, e o homem tem um abdômen simplesmente divino. Um tanquinho dos deuses. Aliás, esse vai ser o nome dele daqui em diante. Então o cara me aparece aqui feito um herói de pijama. Meu cabelo estava sujo de um vômito que não era nada divertido do tipo "Bebi tequilas demais em Cancún!". Era mais "Um ser humaninho golfou no meu cabelo"... Ele se ofereceu para ficar com a bebê enquanto eu tomava um banho. E eu deixei. Por favor, não me julguem. Foi um banho bem rápido. Quando saí, ele tinha *enfeitiçado* a criança. Os dois estavam deitados juntos no sofá. Para falar a verdade, foi a coisa mais sexy que eu já vi na vida. Parecia uma daquelas fotos encenadas de Instagram em que o modelo faz tarefas de rotina pela casa sendo sensual sem esforço nenhum. Ninguém fica tão lindo assim deitado no sofá na vida real. Sério!

Suspirei.

– Como vocês sabem, tenho uma queda por homens de barba. É minha fraqueza. E, para falar a verdade, depois desta última semana... estou até começando a achar aquele corpinho de pai atraente, acreditam? Tipo, eu vejo um homem numa loja de departamento com aquela barriguinha de cerveja, o cabelo já ralo, um bebê naqueles cangurus... e já fico pensando "Aposto que esse cara passa a noite *toooooda* trocando fraldas". Então, quando vi aquele homem com a minha bebê mal-humorada nos braços... talvez eu tenha me apaixonado um pouquinho. "Mas você está pronta pra se apaixonar?", vocês poderiam perguntar.

Inclinei a cabeça para o lado, deixando a trança cair por cima do ombro.

– Não. Minha opinião sobre namoro não mudou, apesar do Tanquinho dos Deuses, então nem se animem. Além disso, mesmo que a atração *fosse* mútua e ele estivesse disposto a ignorar meus muitos defeitos... Ah, e ainda tem *isso* aqui... – Levantei, abri a porta do banheiro e virei a câmera para mostrar o desastre que estava meu apartamento. Fechei a porta e voltei a apontar a câmera para mim. – Sim, tem fraldas com cocô de neném na mesinha de centro. O apartamento estava assim quando ele apareceu. Como ele poderia não se apaixonar, não é mesmo? Enfim, eu continuo indisponível, pelos motivos que já discutimos muitas vezes. Mas a gente sempre pode dar uma olhadinha.

Bocejei, cobrindo a boca com a mão.

– Hora de ir dormir. Algumas coisinhas antes de me despedir. Caso você tenha gostado desse vídeo, se inscreva no canal. E, como sempre, qualquer doação à minha instituição favorita é sempre muito bem-vinda. Juntos vamos encontrar uma cura.

Encerrei o vídeo e encaminhei para Malcolm. Ele ia inserir links e hashtags, e o vídeo subiria para o meu canal em duas horas, quando os inscritos, que talvez achassem que eu tinha morrido depois de duas semanas sem postar nada, cairiam matando feito ursos raivosos.

A partir daí, eu não sabia muito bem o que iria acontecer. Eu era vlogueira de viagem. Meus vídeos eram quase todos gravados fora. Nunca tinha feito um vídeo no meu apartamento. Aquilo não tinha nada a ver com meu conteúdo habitual, e talvez eu perdesse inscritos. Sinceramente, não sabia o que o futuro me reservava.

Eu tinha fãs fiéis que ficariam comigo não importava o que acontecesse. Mas a maioria das pessoas tem uma atenção mais limitada. Se eu não oferecesse algo divertido, elas me deixariam.

E se perdesse minha fonte de renda...

Tentei não pensar nisso.

Quer dizer, eu meio que sabia o que aconteceria com o vídeo. Os comentários seriam os mesmos de sempre. Algumas pessoas dariam o maior apoio, outras não, e as primeiras atacariam as que destilassem ódio. Uma boa quantidade delas me criticaria por deixar um estranho ficar com a minha bebê. Outras falariam mal do estado do meu apartamento. E também teria aquela média de comentários de ódio focados na minha aparência.

A maioria passaria despercebida. Depois de mais de dois anos recebendo esse tipo de atenção, nada mais me afetava. Além disso, eu tinha uma coisinha chamada "perspectiva" em maior dose que as outras pessoas e não ligava para coisas pequenas.

Nunca.

E grande parte das coisas era (considerando o todo da vida) bem, bem pequena…

Ainda mais quando só me restava um ano de vida.

3

TRAIDORA PEGA NO FLAGRA!

Adrian

Levei o lixo da casa de Vanessa até a lixeira lá de baixo. Quando voltei para o meu apartamento, a luz do quarto estava acesa. Rachel estava de pé, zanzando pelo cômodo, jogando coisas na mala de mão.

Fiquei parado à porta, olhando para ela.

– O que você está fazendo?

– Arrumando a mala.

– Como assim? Você vai embora? Achei que seu voo fosse só às três. Combinamos de almoçar juntos.

Ela não respondeu. Voltou para o banheiro, e fiquei ouvindo sua movimentação lá dentro: gavetas abrindo e fechando, o clique do armário de remédios. Ela voltou para o quarto, guardou a maquiagem na mala, fechou e estendeu a alça.

– Rachel...

– Vou pegar o voo das 7h15 – disse ela, sem me encarar. – Estamos treinando um funcionário novo e preciso estar lá.

– Você precisa estar lá? E acabou de decidir isso, às quatro da manhã?

Rachel ficou um tempinho estática, de cabeça baixa, até que me olhou nos olhos.

– Adrian, acho que precisamos dar um tempo.

Fiquei paralisado.

– O quê? *Por quê?*

Ela olhou para mim do outro lado do quarto.

– Eu não devia estar aqui. Tenho responsabilidades e compromissos, não devia estar do outro lado do país...

– Tudo bem. Você tem razão, não devia ter que vir para cá toda vez. Eu vou até você. Posso ir dirigindo, tirar uma semana de folga.

– Não. Isso não está dando certo para mim. Não foi isso que imaginei. Não esperava que as coisas entre a gente ficassem tão sérias. Não posso me deixar levar assim, ainda mais nessas circunstâncias...

Ei, espera aí.

– Que circunstâncias?

– Adrian, eu sou casada.

As palavras me atingiram como um tapa.

– *Como é que é?* – sussurrei.

Seu queixo tremeu.

– Eu sou casada.

Fiquei parado, olhando para Rachel por uns trinta segundos.

– Não queria magoar você – sussurrou ela. – Eu ia me separar, mas acabei desistindo e... Isso aqui era para ser só uma noite de aventura e... *não foi*. Eu não estava pronta para o que acabei sentindo por você...

Passei a mão na boca e me sentei na beirada da cama, em choque.

Senti um turbilhão de emoções repentinas. Surpresa, traição, mágoa, confusão. Fazia oito meses que estávamos juntos. *Oito* meses. E ela era *casada*???

Soltei um suspiro trêmulo e olhei para ela, parada à porta.

Rachel enxugou as lágrimas.

– Desculpa. Eu nem sei mais o que dizer.

Ela pendurou a bolsa do notebook no ombro, depois fez uma pausa longa.

– Vou sentir saudades.

Então me lançou mais um olhar arrependido e saiu.

DEZ HORAS DEPOIS, MINHA ASSISTENTE deixou uma pasta sobre a minha mesa. Eu me recostei na cadeira e esfreguei os olhos.

– O que você tem hoje? – perguntou Becky, sem nenhuma cerimônia.

Ela estava mascando chiclete. Ruidosamente. *De novo.*

Eu gostava da minha assistente. Ela fazia um bom trabalho, era motivada e competente. Começou como estagiária e se saiu tão bem que a efetivei. Mas, por mais que eu gostasse dela, às vezes era como ter uma adolescente trabalhando comigo, não uma profissional. Becky não estava *nem aí pra nada*. Ela não só me avisava se eu tivesse derramado café na gravata como também dizia que a gravata era feia.

– Jogue o chiclete fora, por favor – resmunguei, abrindo a pasta. – Não dormi muito bem essa noite.

Ela tirou o chiclete da boca e ficou com ele na mão enquanto eu folheava as páginas.

– É, você está, tipo, mais sensível do que o normal.

Suspirei fundo.

– Acho que vou sair mais cedo hoje.

Ela me encarou, piscando algumas vezes.

– Sei, mas você não vai, tipo, ir para casa e começar a escrever haicais deprimentes, né? Porque seria muito injusto eu ser obrigada a ler.

– Não, não vou para casa escrever haicais. – Bufei.

– Ótimo. Mas saiba que seu horóscopo de hoje diz que sua vida está prestes a mudar drasticamente.

Arqueei as sobrancelhas.

– Você leu meu horóscopo?

– Nós dois somos de Capricórnio – explicou ela num tom impaciente, como se fosse algo que eu já devesse saber. Então colocou a mão na cintura. – Você nunca vai para casa mais cedo. Faz uns dois meses que anda desligado. Não vai mais à academia...

– Como você sabe que eu não tenho ido à academia? – resmunguei, sem tirar os olhos dos papéis.

– Porque meu namorado frequenta a mesma que você. Ele disse que você ia *todo* dia e do nada sumiu. Você também mal termina o almoço, anda todo pra baixo... O que houve?

Respirei fundo e tirei os olhos dos documentos à minha frente.

– Não sei. Este ano não está sendo dos melhores. E Rachel e eu terminamos.

– Ótimo, eu odiava aquela mulher.

Dei uma breve risada de incredulidade, olhando bem para ela.

– Como é que é?

Becky deu de ombros.

– Nunca gostei – confirmou. – E o Instagram dela parece até bot.

– O quê? – perguntei, confuso.

Ela deu um grunhido de frustração.

– Meu Deus, você parece um idoso! Um perfil... de... bot – explicou ela, bem devagar, como se isso esclarecesse alguma coisa. – Uma conta fake, entendeu?

Assenti, meio tenso.

– Faz sentido. E teria ajudado se você tivesse comentado isso antes. – Fechei a pasta. – Bem, só preciso de uma folga hoje.

Becky pareceu convencida.

– Tudo bem. Vou cancelar seus compromissos. Mas juro por Deus, Adrian, você tem que sair dessa. Por que não adota um cachorro?

Minha mãe tinha dito a mesma coisa algumas semanas antes. Pelo visto, um cachorro é a resposta para todos os problemas da vida.

– Nada de gato – alertou Becky. – Ele vai sair derrubando seus copos da mesinha de centro. Você não tem estabilidade emocional para isso.

Dei um sorriso amarelo.

– Obrigado pela dica. Vou guardar essa informação.

– Tenho um amigo que cuida de um abrigo de animais. Eles precisam de lares temporários para os cachorros. Quer que eu arrume um para você? Se gostar pode adotar, senão outra pessoa adota.

Um cachorro não era má ideia. Acho que eu poderia levá-lo para o escritório ou, sei lá... pedir a Becky que passeasse com ele enquanto eu estivesse no tribunal. E eu sentia *mesmo* falta de um propósito.

Eu costumava passar tempo demais com minha mãe e minha avó, mas, em outubro, elas tinham ido embora para Nebraska com o novo marido da minha mãe.

Foi isso que causou a tal "deprê" que Becky percebeu. Eu ia passar as festas de fim de ano sozinho.

Eles me convidaram para passar o fim de ano lá, mas eu não gostava muito de Richard, marido da minha mãe. Não fui ao casamento em agosto, e me recusei a me juntar a eles para o Dia de Ação de Graças e o Natal.

As visitas de Rachel eram a única coisa que me animava.

O súbito buraco negro em minha vida pessoal foi a gota d'água.

Nosso sócio júnior, Lenny, apareceu ali no meu escritório e me espiou por trás de Becky, que digitava no celular plantada em frente à minha mesa.

– Ei, Becky acabou de mandar mensagem avisando que você e Rachel terminaram – disse Lenny. – Que droga, cara.

– É, valeu.

Guardei na pasta os documentos que ia levar para casa.

Lenny se escorou na porta, os braços cruzados.

– Ei, vamos almoçar juntos esta semana? Você tem um tempinho?

– Ele tem, sim – informou Becky sem tirar os olhos do celular.

Lancei um olhar de censura para ela antes de responder:

– Quando você quiser.

Ele bateu com os nós dos dedos no batente da porta, fez uma arminha com os dedos e se foi.

Becky continuou parada em frente à minha mesa, digitando no celular. Tinha colocado o chiclete de volta na boca.

Fiquei ali sentado, esperando ela perceber que eu a encarava.

– Becky... – comecei, irritado.

Ela fez uma bola de chiclete.

– Acho que encontrei um cachorro para você.

– Ótimo. Maravilhoso. Por favor, continue com isso lá na sua mesa. E evite falar sobre a minha vida pessoal com os outros.

Ela abriu um sorrisinho, despreocupada como sempre, e saiu.

Cinco minutos depois, Marcus entrou.

– E aí, cara?

Marcus Beaker era o fundador da firma e dividia a liderança comigo. Ele tinha 52 anos, estava um pouco acima do peso, era careca e muito perspicaz. Era casado (embora infeliz) com uma médica que mal o suportava e gostava de fazer longas viagens sem ele.

Formávamos uma boa dupla. Eu representava bem casos proeminentes – raramente me pegavam de surpresa e era um queridinho da mídia. Já Marcus tinha a fama de ser uma fera e era a única pessoa que eu conhecia que se dedicava tanto ao trabalho quanto eu.

Ele se jogou na cadeira em frente à minha mesa.

– Fiquei sabendo que você vai sair mais cedo – comentou.

Eu sabia por que ele tinha aparecido ali. O fato de eu ir para casa antes do horário era uma sirene de emergência soando no escritório. Como um cavalo de corrida premiado mancando pela pista.

Mas ele não tinha com que se preocupar, já que eu voltava todo o estresse e a infelicidade para o trabalho. Sempre fiz isso. Até na época da escola. Quanto mais problemas enfrentava, mais produtivo ficava. Foi por isso que me formei mais cedo, como primeiro da turma, e consegui uma bolsa de estudos para a faculdade. Àquela altura, minha deprimente vida pessoal estava levando a firma à lista das cinco melhores de Minnesota. Mas eu não culpava Marcus por querer checar meu bem-estar atual. Gostava de sua sagacidade.

– Tenho duas audiências *ex parte* na quarta-feira – falei. – Posso cuidar das coisas em casa. Acho que estou ficando com enxaqueca.

Dizer o motivo verdadeiro só o deixaria mais preocupado.

– Posso colocar outra pessoa no caso Keller – sugeriu ele, arrumando a gravata sem me encarar.

Mantive a expressão neutra.

Ele fez isso para me cutucar. Era seu jeito de dizer que, qualquer que fosse o meu problema, deveria resolver logo e voltar a mergulhar no trabalho.

Mais uma vez, eu *gostava* de sua sagacidade.

Falei com Marcus sem tirar os olhos do e-mail que escrevia para Becky.

– Acho que outra pessoa não daria conta do que está acontecendo nesse caso.

Enviei o e-mail com uma última batida no teclado e o encarei.

Marcus se recostou na cadeira, os dedos cruzados sobre a barriga.

– Keller e García? O que aqueles dois idiotas fizeram agora?

– García violou os termos da custódia semana passada, levando a filha para outro estado, para visitar a mãe dele. Estão pedindo a revogação de todos os direitos parentais até o final do julgamento.

Ele balançou a cabeça em reprovação.

– O cara está sendo indiciado por sonegação fiscal. Não é um crime violento. Não vão conseguir nada daí.

– Eu sei. Talvez uma reprimenda mais leve.

– E o Keller?

Bufei.

– Foi pego pela ex-mulher se masturbando na janela dela às duas da manhã. Violou a medida protetiva.

– Putz! – exclamou ele, entretido.

– Ela também está pedindo a guarda exclusiva.

Marcus olhou o relógio.

– E vai conseguir. O cara não consegue manter o pau dentro das calças. Isso não vai ajudar com o caso de agressão.

– Não, não vai.

Assim como ele, eu não confiaria esses casos a mais ninguém.

Marcus assentiu por um tempo.

– Bom, tenha uma boa noite, então – disse, e se levantou. Então parou com uma das mãos apoiada nas costas da cadeira. – Ei, por que não vem passar o Natal com a gente no chalé? Jessica acabou de colocar um ofurô no deque.

– Acho que vou para Nebraska. Faz um tempo que minha mãe insiste para eu ver a obra que fizeram na casa.

Outra mentira.

Eu não gostava de passar o Natal sozinho, mas passar com Marcus e a esposa rabugenta dele, como testemunha daquele casamento sem amor, seria o inferno. A carreira de Marcus era um exemplo de empenho e dedicação, mas sua vida pessoal era simplesmente medonha.

Terminei o que tinha para fazer no escritório e fui embora antes das três da tarde.

Minha mãe telefonou quando eu estava a caminho de casa.

Olhei a notificação que apareceu na tela do carro. Não estava com cabeça para falar com ela, mas também não gostava de deixar suas ligações caírem na caixa postal porque ela podia estar com algum problema – o que era muito provável em sua situação atual.

Respirei fundo e atendi com um entusiasmo fingido.

– Oi, mãe!

– Adrian, querido, liguei para saber como foi seu Dia de Ação de Graças.

Ah, claro.

Ela estava ligando para me coagir a ir para o Natal, isso sim. Aposto que estava torcendo para que eu tivesse aprendido a lição depois de passar o Dia de Ação de Graças sozinho.

Não.

– Foi tudo bem – falei, me fazendo de desentendido.

Não foi tudo bem. Passei o dia sozinho comendo sobras de delivery do restaurante chinês e lendo transcrições de audiências.

Ela suspirou.

– Não precisa ser assim, sabia? Nós *queremos* você aqui. Por favor, venha para o Natal.

Meu corpo se retesou.

– Não.

Quase senti seu olhar de reprovação.

– Sabe, Richard não é o único que você está magoando com esse boicote. Você está magoando a *mim* e a sua avó. Ela não entende por que você não veio. Fica mais confusa a cada dia que passa, e não sei quanto tempo você ainda tem com ela. Está mesmo disposto a sacrificar isso por... um desentendimento *bobo*?

Deixei escapar uma gargalhada incrédula.

– Desentendimento bobo? Isso foi uma piada?

Imaginei minha mãe erguendo as mãos para o céu.

– Tudo bem, ele errou. E, por mais que você não queira, Richard é meu marido e quer conhecer você...

– Não tenho vontade nenhuma de fazer isso. Richard não é bom o bastante para você. Você nem devia ter aceitado se casar depois do que ele fez.

Ela fez uma pausa longa.

– Talvez um dia você precise de perdão, Adrian. E alguém vai perdoar *você*.

Ficamos em silêncio.

Ela estava chorando. Ouvi as fungadas do outro lado da linha. Parei na minha vaga no prédio e desliguei o carro.

Eu era muito próximo da minha mãe antes de tudo aquilo. Antes *dele*. Eu cuidava dela. *Sempre* cuidei. Desde os 15 anos, quando meu pai inútil nos abandonou. Jantava com ela e com minha avó todo domingo, pagava pela manutenção da casa, levava minha avó ao médico.

Até minha mãe viver um romance tórrido.

Isso por si só já foi péssimo, mas então ele levou as duas embora para morar em Nebraska.

A situação só piorava e, como Richard não parecia inclinado a desistir nem minha mãe pretendia deixá-lo, pelo jeito *eu* é que precisaria ser flexível. Era isso ou dizer adeus à minha família. Essas eram as opções.

Ambas impossíveis.

Ela assoou o nariz.

Fechei bem os olhos.

– Podemos falar de outra coisa? – sugeri.

– Adrian, sei que tem sido difícil. Talvez você devesse procurar ajuda…

– Não. Gastar 200 dólares por hora com terapia não vai mudar o que eu sinto.

Ela fungou.

– Bom, então acho que não temos mais nada a discutir. Me ligue quando decidir o que é importante para você.

E desligou na minha cara.

Fiquei sentado no carro, beliscando a ponte do nariz durante um minuto inteiro, até me obrigar a sair.

Entrei no prédio, peguei a correspondência e subi a escada. Eu estava a um lance do meu andar quando ouvi os gritos.

Uma mulher.

Parei, tentando entender se os gritos vinham de cima ou de baixo.

De cima.

Vinham do *meu* andar.

Subi os degraus de dois em dois e entrei no corredor.

Ali parado, mexendo no celular, estava um jovem com cara de tédio, vestindo um casaco de abotoamento duplo e lenço no pescoço. Ao lado dele, uma loura baixinha de moletom cinza. Um segundo homem estava com eles, tentando entrar no apartamento da Vanessa.

– Pare com isso! – gritou Vanessa lá de dentro. – Vou chamar a polícia!

– Ei! – gritei.

Todos viraram pedra. Andei até eles, determinado. O homem soltou a maçaneta e deu um passo para trás. Ele era mais velho. Devia estar na casa dos 50 anos. Branco, cabelo grisalho, sobrancelhas espessas, suéter de estampa xadrez *argyle* e paletó.

A mulher estava ligadona, as pupilas do tamanho de bolas de gude.

Vanessa espiou o corredor pela fresta da porta. Seu lábio sangrava.

Meu corpo se retesou.

– Posso ajudar? – perguntei, encarando o homem mais velho.

Ele me olhou de cima a baixo.

– Cuida da sua vida, ô xerife de corredor. Não precisamos de ajuda, cai fora – respondeu. Então se virou para Vanessa. – Temos todo o direito de ver a bebê! – E apontou o dedo para ela.

Vanessa ergueu o queixo.

– Não têm, *não*. Eu tenho a guarda temporária dela. Se Annabel quer ver a filha, voltem quando ela estiver sóbria.

O homem mais jovem bufou, impaciente.

– Ok... Vanessa, eu só vim pegar a mochila da Gucci que você prometeu... Se me der logo, vai ser uma pessoa a menos na sua porta.

– Vai se ferrar, Brent!

Ele ficou boquiaberto.

– Por que você está com raiva de *mim*? Eu só vim com eles pela carona!

– Você nem devia ter deixado que viessem! – retrucou Vanessa.

Ele cruzou os braços.

– É porque eu não estou ajudando com a bebê? É isso? Eu passo mal com qualquer coisa, Vanessa, não dou conta de fralda suja. Lembra aquela vez em que você pediu uma salada grega no Nico's e eu vomitei por causa do queijo feta?

Vanessa o fuzilou com o olhar.

– Brent. Saiam daqui *agora*.

– Não vamos embora. Não sem ver a Grace! – bradou o homem mais velho. – Isso é sequestro!

– Hã... Na verdade, não é, né? – Brent bufou e cruzou os braços. – Podemos ir? Que papelão isso aqui...

O homem mais velho parecia prestes a avançar contra a porta outra vez. Dei mais um passo e me coloquei entre ele e Vanessa. O homem se retraiu à minha frente. Eu estava de terno e gravata, mas tinha 1,88 metro de altura e conhecia muito bem minha capacidade de intimidação quando fechava a cara.

– Se vocês não têm a guarda da criança, as visitas precisam primeiro ser agendadas com o juiz.

O velho estufou o peito.

– Não vamos embora sem ver a bebê, ponto-final! – insistiu ele, me encarando.

– Tudo bem. Vamos chamar a polícia para resolver. – Gesticulei então para a mulher. – Dá para ver que ela não está sóbria. E vou fazer questão de mencionar que vi *você* tentando entrar no apartamento à força. Como Vanessa está sangrando, imagino que tenha ocorrido uma agressão... Meu conselho para ela seria prestar queixa e conseguir uma medida protetiva. E ela *vai* conseguir uma. Aí a sua visita, que talvez nem seja autorizada, vai ser supervisionada e acontecer na delegacia. – Olhei para ele, bem sério. – Algo me diz que vocês não vão se dar bem num lugar desses.

Ele ficou parado me encarando, enquanto a loura não parecia nem entender o que estava acontecendo.

Brent sorria para mim como se tivesse acabado de perceber que eu estava ali. Ele levou a mão à lateral da boca.

– Está vendo isso? Não é sexy? – sussurrou feito bobo para Vanessa, que continuava espiando pela fresta da porta. – E esse terno Armani é *caríssimo*.

Ignorei.

O homem mais velho se empertigou e ajeitou o paletó, indignado.

– Tudo bem – concordou, e lançou um último olhar para Vanessa. – Sabemos quando não somos bem-vindos.

Ele não me olhou nos olhos ao avançar pelo corredor arrastando a loura pelo braço. Brent parou do meu lado antes de segui-los.

– Amei a gravata.

E também foi embora.

Eu me virei para Vanessa. Ela me encarou com olhos arregalados e piscou algumas vezes. Então bateu a porta na minha cara.

Continuei ali, diante do número do apartamento, até ela voltar a abrir.

– Obrigada – soltou.

E bateu a porta de novo.

Então tá...

Esperei um pouco para garantir que aquelas pessoas, quem quer que fossem, não iam voltar.

E não voltaram.

ERAM QUASE CINCO DA TARDE. Eu estava sentado ao balcão da cozinha, trabalhando num caso, quando alguém bateu à porta. Abri e dei de cara com Becky.

E um *cachorro.*

– Liguei trezentas vezes – reclamou ela. – Achei que você tivesse morrido. Você sempre atende o celular.

– Podemos não falar sobre minha morte? – pedi, parado à porta. – O que significa isso?

– É seu cachorro – respondeu ela, acenando com a patinha do animal para mim. – Que eu disse que ia pegar para você, não lembra?

Meneei a cabeça.

– Esse cachorro não é meu.

Era um... Nem sei o que era. Um chihuahua, talvez? Mas era velho. Tinha pelo curto marrom, uma mancha calva aleatória no peito, olhos esbugalhados turvos e lacrimejantes, e uns 3 centímetros de língua que ficavam para fora da boca. Parecia uma caricatura de si próprio.

– Ah, é seu cachorro, *sim* – teimou ela, mascando o chiclete de boca aberta.

Cruzei os braços.

– Não, *meu* cachorro é um cão que eu possa levar para correr. *Meu* cachorro é grande demais para carregar no colo.

Ela bufou.

– Você agora é um eremita, lembra? Se eu trouxer um weimaraner ou algo do tipo, você não vai sair com ele e o bichinho vai destruir seu apartamento. Aí você vai se afundar ainda mais na fossa, e eu vou ter que te visitar na ala psiquiátrica e levar um celular escondido na calcinha para você poder trabalhar, porque Deus te livre de tirar uma folga para cuidar da sua saúde mental. – Ela fez uma bola de chiclete. – Esse cachorro combina com seu estilo de vida.

Eu não me dei por convencido.

– Você é detalhista com seu tempo e sua rotina, e ele precisa tomar remédio três vezes por dia. Você quer ficar em casa, ele também. Você tem um apartamento chique, ele não destrói nada. Não solta pelos, e o cocô é do tamanho de um bombom. Ele faz xixi no tapetinho, então você nem precisa levar para passear se não estiver a fim de sair. É perfeito. Se você não amar esse cachorro, leve para o escritório amanhã e eu levo de volta... Sei lá.

Respirei fundo e olhei para aquela coisinha.

– Ele tem dentes?

– Não. O que é ótimo, porque ele morde.

Soltei uma risadinha.

Becky pegou uma sacola do chão.

– Me deixa entrar para mostrar as coisas dele – pediu ela, já me empurrando. Fechei a porta. – Segura aqui. – E estendeu o cachorro trêmulo.

Como não obedeci, ela me olhou irritada e o empurrou com gentileza no meu peito.

Ele rosnou.

Becky enfiou as mãos na sacola.

– Bom... Ele tem artrite, alergia e uma infecção de pele, então toma um de cada pela manhã e esse último à noite também – instruiu ela, sacudindo três embalagens de comprimidos. – Coloque no cream cheese e ele vai engolir junto. Não pode comer ração seca porque não tem dentes, então tem da úmida aqui. Ele precisa de um banho de medicamento toda semana por causa da pele seca. Aqui estão as fraldas...

– Fraldas? – perguntei. – Ele tem *incontinência*?

Ela fez uma pausa com as mãos ainda na sacola e me encarou.

– Ele tem *14* anos. Isso é tipo um milhão de anos humanos. E está com verme.

– *O quê?*

Ela revirou os olhos.

– Já deram remédio. Vai sair no cocô ou algo assim, então nada de surtar se achar um verme na fralda. Só se estiver se mexendo, aí ele precisa ir ao veterinário.

– Meu Deus, Becky – supliquei, levando a mão à testa. – Você quer que eu vire enfermeiro de cachorro.

– Isso mesmo – disse ela, me entregando a sacola.

Dei um suspiro de resignação.

– Qual o nome dele? – resmunguei, olhando relutante para o cachorro.

– Harry Puppins.

– Meu Deus.

– Vai dar tudo certo.

– Mesmo que o meu horóscopo diga que minha vida está prestes a mudar drasticamente?

Ela deu de ombros.

– Bom, pelo que eu notei, só pode mudar para melhor.

Becky fez uma última bola de chiclete e foi embora.

4

ESTE VÍDEO IMPRESSIONANTE VAI TE DEIXAR DE BOCA ABERTA!

Vanessa

Eu estava passando um hidratante no lábio ferido quando ouvi uma conversa no corredor. Me escorei na porta para espiar pelo olho mágico. Era Adrian e uma garota com um chihuahua no colo.

Eu mal consegui vê-lo de onde estava, mas via a garota.

Ela era bonita, porém isso não me surpreendera. O homem era 10 de 10. Ele poderia ter quem quisesse.

Quando se aproximou para observar o cachorro, ele entrou no meu campo de visão. Estava com a mesma roupa de antes, mas sem o paletó e a gravata. Os dois primeiros botões da camisa estavam abertos, e as mangas, dobradas até os cotovelos.

Meu Deus, como ele era sexy. Dava para fazer um calendário com os muitos looks de Adrian Copeland e arrecadar dinheiro suficiente para financiar a cura do câncer. Adrian correndo sem camisa. Adrian de terno. Adrian com minha sobrinha mal-humorada no peito.

Ele parecia irritado, os braços cruzados. Eu não conseguia ouvir o que diziam.

Meu notebook apitou. Uma chamada no Skype.

Drake.

Deixei meu posto de bisbilhotagem e me sentei para atender.

O rosto bronzeado de Drake Lawless surgiu na tela. A julgar pelas palmeiras ao fundo, ele estava num lugar de clima tropical. Já me deu inveja.

Ele estava sem camisa (como sempre) e usava um colar de dente de tubarão, o cabelo louro bagunçado. Quase dava para sentir o cheiro de protetor solar, coco e mar.

– E aí, gatona! – disse ele, com um de seus sorrisos deslumbrantes. – Me conta. E o Tanquinho dos Deuses?

Dei uma risadinha.

– Você não faz ideia. O homem é um presente dos céus para a humanidade – falei, vasculhando a mesa atrás de uma lixa de unha. – Foi só Tanquinho na causa aqui.

É uma pena que provavelmente nunca mais vou vê-lo ao vivo, só pelo olho mágico.

Drake não teve chance de responder, porque Laird passou pelado ao fundo.

– Laird! – gritei desesperada, virando o rosto.

Os dois riram.

– E aí, Nessa? – disse Laird.

Bufei, olhando para o chão.

– Laird, ainda estou de mal com você.

– Ah, que isso – suplicou ele, e eu ouvi o sorrisinho em sua voz. – Ele me fez uma oferta irrecusável.

Olhei para a tela. Laird sorriu para mim por sobre o ombro de Drake, cujo corpo misericordiosamente impedia que eu visse a virilha do homem nu.

Cruzei os braços.

– Primeiro você me troca pelo Drake e me faz ir atrás de outro câmera, agora me obriga a ver seu saco. E eu achando que minha semana não tinha como piorar.

Os dois riram mais uma vez, e Laird saiu de cena, com o pau balançando. Olhei para Drake.

– Por favor, compre uma calça para o seu funcionário ou arranje uma folha de bananeira ou uma tanga, sei lá...

Ele deu uma risadinha.

Aquilo era a cara do Drake. *Zero* decoro. O Acampamento Lawless parecia uma comunidade hippie. Ioga sem roupas e altos papos sobre chacras. Eu não me surpreenderia se atrás dele passasse uma cabra com um colar de flores no pescoço e uma galinha nas costas.

– Está precisando de alguma coisa, borboleta? – perguntou Drake. – Como vai a maternidade?

– Tudo bem. Tudo ótimo. É incrível como a gente muda. Eu me pego dizendo coisas do tipo "É só xixi de bebê". Como se não tivesse problema, como se fosse melhor que xixi de adulto. Tudo bem ter xixi de bebê no meu edredom de penas de ganso.

Ele só ria.

– Não faço ideia de como vou gerar conteúdo com essa situação – comentei, depois de um longo suspiro.

– Nenhuma novidade da Annabel? Você faz ideia de onde ela está?

Bufei.

– Eu sei *exatamente* onde ela está. Na casa do meu pai. Falando nisso, ele apareceu aqui com ela, exigindo ver Grace. Ela estava totalmente drogada. Aí meu pai bateu a porta na minha boca sem querer. – Passei a língua pelo corte. – O Tanquinho dos Deuses apareceu e expulsou os dois daqui... porque não bastava eu ter passado por louca na frente dele uma vez...

Drake conseguiu parecer preocupado e entretido ao mesmo tempo.

– Como ela estava?

Desviei o olhar.

– Nada bem. Acho que nunca vi minha irmã tão mal.

Drake conhecia bem meus problemas familiares. Eu não precisava entretê-lo com os detalhes. Ele sabia tudo sobre o dia em que Annabel havia deixado Grace comigo e nunca mais voltara.

Antes de ir embora, ela foi ao banheiro. Roubou uma embalagem de hidrocodona e tomou todo o meu xarope com codeína, depois encheu o vidro com água para eu não perceber. Eu percebi.

– Estou tentando internar Annabel, mas ela não aceita – desabafei.

– Você não pode pedir ajuda ao seu pai?

Bufei de novo.

– Ah, claro. Meu pai não consegue ajudar nem a si mesmo – respondi com amargura.

Cocei a testa. Seu olhar acompanhou minha mão e se fixou na munhequeira que eu estava usando. Pela primeira vez, vi seu sorriso desaparecer. Drake *sempre* sorria. Sorriu até quando foi carregado numa maca com uma queimadura de terceiro grau. Sua felicidade era inesgotável.

Afastei o braço do alcance da câmera.

– É só para digitar – menti.

Ele ficou em silêncio por um instante.

– Você vai dar uma olhada nisso? – perguntou baixinho.

– Não tem sentido passar meses no hospital deixando que me furem e me espetem só para fazer um diagnóstico que não vai mudar o resultado. Não vou viver feito um ciclope e dar um dos olhos para saber como e quando vou morrer. Minha avó teve isso. Minha irmã Melanie também. E minha tia Linda. E minha mãe. Todas mulheres, e todas morreram antes dos 30. A chance de eu ter herdado o gene é de cinquenta por cento, até mais, considerando a linhagem feminina. Quero manter a dádiva da ignorância até ficar dolorosamente claro como isso vai acabar. Essa é a *minha* escolha. E tenho que viver com ela, assim como tenho que viver com as péssimas escolhas dos outros.

Eu não podia sequer fazer um teste para ver se carregava o gene. Os médicos não conseguiam identificar a mutação genética da minha família. Se de fato tinha nascido com ela, eu só saberia quando a doença começasse a me matar.

Ele ficou me observando em silêncio.

– Tem algum estudo novo? Não custa tentar.

Balancei a cabeça. Drake também sabia qual era a minha opinião a respeito disso.

Melanie seguiu esse caminho quando ficou doente. Tentou de tudo. Prometi a mim mesma que, se desenvolvesse a doença, não ia passar por aquilo. Não fazia sentido.

– Não deve ser nada. Vai ficar tudo bem. E, ei, podia ser pior – falei. – Eu podia ter o gene que deixa o coentro com gosto de sabão.

Isso arrancou dele um sorrisinho.

Vendo que eu não queria seguir com aquela discussão, Drake teve misericórdia de mim e mudou de assunto:

– Se estiver atrás de conteúdo, a gente pode voltar.

– Rá, rá, muito engraçado.

– A gente era ótimo junto, borboleta. Estou com saudade. E, se você vier para cá, eu devolvo Laird.

– Pode ficar com ele. Já vi o suficiente do Laird para uma vida inteira – rebati.

Drake riu.

– Além do mais – acrescentei –, eu nem posso sair do país com Grace. Estou presa no meu apartamento, enfrentando o Serviço Social e tentando uma liminar de urgência para garantir a guarda de uma criança abandonada. Mais uma vez minha família largou as responsabilidades deles em cima de mim.

– Quer que eu mande meu herbalista aí?

Dei uma risadinha.

– Não precisa, eu dou um jeito. Sempre dou.

Eu daria um jeito enquanto *pudesse*. Até o dia em que não estaria mais viva para dar jeito em coisa nenhuma.

E esse dia talvez chegasse mais cedo do que eu esperava.

5

HOMEM RESGATA CACHORRO: VEJA O QUE O ANIMAL APRONTOU NO APARTAMENTO DELE!

Adrian

O cachorro cagou a casa inteira.

Ele tinha chegado fazia menos de três horas e eu já estava contando os segundos para devolvê-lo.

A fralda até impedia a urina de vazar (talvez eu devesse agradecer por isso), mas de nada adiantava para conter as fezes molengas que ele espalhava pelo apartamento. Por sorte, ele só fazia isso no piso de madeira, então era fácil limpar – mas nem um pouco agradável.

Liguei para Becky em busca de ajuda. Ela disse que devia ser o vermífugo afetando o sistema digestório dele e que ia passar.

Eu não sabia nada sobre cachorros. Nunca tivera um, nem quando era criança. Até agora, a experiência não estava indo muito bem.

Além de toda a sujeira, eu tinha quase certeza de que o cachorro não era apenas surdo, mas também cego. Ele batia nas paredes e nas pernas das cadeiras. Rosnava toda vez que eu o pegava no colo, porque não percebia minha aproximação e provavelmente levava um susto.

Decidi tentar a sorte e levá-lo para passear, mas ele tremia no ar congelante do fim de novembro, desolado, e mal saiu do lugar. Acabei ficando com pena e o levei de volta dentro do casaco.

No corredor, já pegando minha chave, olhei para a porta do apartamento de Vanessa.

Parei.

E se aquele cara tivesse voltado?

É melhor eu conferir se está tudo bem.

Bati.

Quando abriu a porta, Vanessa parecia bem melhor. O corte no lábio tinha cicatrizado quase por completo. O cabelo comprido estava preso em uma trança que caía sobre um dos ombros (sem golfada) e a regata cor-de-rosa que ela usava estava limpa, exibindo um belo contorno que eu não tinha percebido antes.

– Olha, se não é o meu herói! – exclamou ela, abrindo um sorriso.

Brinquei com a chave, meio sem graça.

– Só vim ver se você está bem... e se precisa que alguém tire seu lixo. Imagino que seja difícil fazer isso com o bebê.

– Ah, seria ótimo, obrigada – respondeu ela, e inclinou a cabeça. – Nossa, você é tão prestativo!

– Se seu apartamento começar a atrair baratas, eu também vou ter problemas no meu – resmunguei, desviando o olhar por um momento.

Ela deu um sorriso amarelo e logo mudou de assunto:

– Não sabia que você tinha um cachorro.

Olhei para a cabeça de Harry, que saía do meu casaco.

Ele estava com a língua para fora e não parava de tremer.

– Não tenho. É lar temporário – falei.

– Ah. Então somos dois. Legal. Sabe, até que pode ser bem gratificante...

Dei um grunhido de frustração.

– Bom, no momento ele só caga.

Ela riu.

– É, a minha também.

– Ei, a gente devia trocar telefone. Caso precise. – Então ergui as mãos. – Isso não é uma cantada.

– Graças a Deus, porque você é *horroroso*.

Vanessa se recostou no batente da porta.

– Eu ia pedir uma pizza. Não quer ficar para comer? E, só para você saber, isso também não é uma cantada – disse ela. – Não estou disponível. Seria só como agradecimento, e porque quero passar um tempo com alguém que tenha idade suficiente para dirigir.

Considerei a oferta. Não estava muito a fim de socializar, embora talvez *devesse*. Ficar sozinho imerso em autopiedade não era nada bom. Eu praticamente ouvia a voz da minha mãe na minha cabeça me dizendo para sair e fazer alguma coisa.

Ouvi a voz de Becky também. Era mais irritante, mas dizia a mesma coisa.

– E aí? – perguntou Vanessa, inclinando a cabeça.

– Claro. – Por que não? – Mas pizza não. É o que a gente come quando não tem opção. Vou comprar alguma coisa pra gente.

Ela arregalou os olhos.

– Tipo... comida *de verdade*? De um restaurante? Que não tem delivery?

– Essa é a ideia.

Ela levou a mão ao peito.

– Meu Deus. Faz semanas que eu não como nada de interessante.

Abri um sorrisinho.

– Gosta do Muffoletto's?

– Gosto – respondeu ela, baixinho. – Frango ao molho marsala e... e um cannoli. Não, espera. Tiramisù. E espaguete com almôndegas e...

Peguei o celular.

– Aqui, coloque seu número. Me mande uma mensagem com o que vai querer. Posso voltar em 45 minutos, o que acha?

– Acho ótimo. E eu vou te pagar – acrescentou ela.

– Não, tudo bem. É por minha conta. Acho que você teve um dia pior que o meu.

Se é que isso era possível.

Vanessa me deu seu número e me mandou uma mensagem dizendo o que queria. Não pediu o cannoli, mas comprei assim mesmo. Aí entrei na lojinha particular do restaurante e peguei algumas comidas prontas para ela. Piccata de frango, uma lasanha e mais um frango ao molho marsala.

Parei e dei uma olhada nos vinhos.

Eu queria um bom vinho branco italiano, mas ia parecer um encontro se eu levasse uma garrafa.

Ah, que se dane. Nós dois deixamos bem claro que não era, e eu estava precisando de uma bebida. Escolhi um bom chardonnay e estava de volta ao apartamento dela alguns minutos antes do combinado.

Ela abriu a porta. Agora estava com um suéter verde-escuro com cinto. Aberto na frente. E tinha se maquiado um pouco. Estava bonita.

Vanessa era uma mulher atraente. Ela me lembrava aquela atriz... Qual é o nome dela? Jennifer Lawrence. Mas também tinha um quê de garota comum.

Entrei com as sacolas.

– Tcharam! Limpo! – exclamou ela, me mostrando o apartamento, toda orgulhosa. – É muito mais fácil quando não temos uma bebê chorona no colo.

Estava impecável. Nem parecia o mesmo lugar.

– Graças a Deus – falei, colocando a sacola na mesinha ao lado da cozinha. – Estava com medo de ter que tirar fraldas sujas da mesa para conseguir comer.

Ela riu.

Com uma chupeta verde na boca, Grace dormia em um balancinho ao lado do sofá.

Eu tinha deixado Harry Puppins no meu apartamento, trancado no banheiro forrado com tapetinhos higiênicos. Imaginei que não seria muito educado da minha parte deixá-lo fazer cocô pelo apartamento de Vanessa.

Ele me mordeu antes de eu sair.

Comecei a tirar a comida do pacote.

– Comprei umas refeições extras para você. Posso colocar no freezer? – perguntei, já guardando a comida. – E um cannoli.

Ela me olhou desconfiada.

– Tem certeza de que não está dando em cima de mim? – perguntou, cruzando os braços. – Porque, pensando bem, talvez eu tenha interesse. – Ela olhou para o vinho e arquejou, pegando a garrafa. – Ah, *adoro* esse! Faz meses que não bebo um chardonnay Chateau Montelena.

Arqueei as sobrancelhas, fechando o freezer.

– Quer dizer que você entende de vinho.

– Eu *amo* vinho. Uma vez tomei um Château Margaux no terraço de um hotel em Paris – disse ela, pegando um abridor na gaveta. – Nunca vou esquecer a ressaca no dia seguinte, mas valeu *muito* a pena.

– Garrafinha cara – comentei.

Custava cerca de 1.200 dólares. E custaria mais se tivesse sido comprado no hotel. Ela devia ganhar bem.

– Só se vive uma vez – cantarolou Vanessa. – Meu Deus, sei que faz pouco tempo que estou cuidando de um bebê, mas parece uma eternidade. A gente não pode sair muito quando são recém-nascidos, porque o sistema imunológico deles ainda não está forte, então me sinto uma prisioneira. – Ela me entregou o abridor de vinhos. – Por favor.

Grace tinha acordado e nos observava com aqueles olhos azuis enormes, como se acompanhasse a conversa. Uma fofa.

Abri a garrafa e a devolvi a Vanessa.

– Por que você decidiu ser lar temporário de uma criança?

Ela serviu duas taças.

– Meio que não foi uma decisão. Ela é minha sobrinha. A garota que você viu no corredor hoje é minha irmã. Annabel.

Vanessa colocou minha taça de vinho diante de uma das cadeiras e pegou uns pratos no armário.

– Annabel tem 19 anos. Não sabe quem é o pai. Tentou ser mãe por mais ou menos uma semana, aí veio aqui, deixou Grace dizendo que ia comprar não sei o quê e nunca mais voltou. – Após uma pausa, Vanessa completou: – Ela tem problemas com drogas.

– Sinto muito – falei, sentando em uma das cadeiras.

– Pelo menos ela não usou nada quando estava grávida. Minha irmã estava indo bem. Fazia quase dois anos que estava em tratamento antes dessa recaída.

O restaurante enviara manteiga para o pão, mas Vanessa pegou dois pratos e os regou com azeite. Então temperou com balsâmico, pimenta-do-reino e parmesão ralado.

Tirei as embalagens de comida da sacola, servi o frango ao molho marsala no prato dela e coloquei em frente à sua cadeira.

– E quem eram os outros dois?

– Meu meio-irmão, Brent. E meu pai.

Fiquei paralisado e olhei para ela.

– Aquele era seu pai?

Ela deu de ombros.

– Ele quer ver a neta. Eu entendo... mas não vou deixar Annabel entrar aqui drogada. Falando nisso, meu pai não me bateu. Ele meio que caiu contra a porta, e a porta bateu em mim. Enfim, não faço a menor ideia de como cuidar de um bebê. Passo metade do tempo achando que estou fazendo tudo errado.

Vanessa se sentou e aproximou a cadeira da mesa.

– Bom, se quer saber, Grace estava chorando essa madrugada porque o plástico da etiqueta ainda estava preso no pijama. Não tinha nada a ver com você ou suas habilidades maternas.

– Está falando sério?

Abri meu ravióli e servi no prato.

– Eu nunca minto sobre plásticos de etiqueta.

Vanessa caiu na gargalhada. Um sorriso reluzente iluminou seu rosto.

– Ah, meu Deus! – exclamou, balançando a cabeça. – Coitadinha.

– Só pensei em dar uma olhada porque não suporto etiquetas nas minhas roupas. Imaginei que pudesse ser isso. Era mesmo difícil perceber.

– Que bom que você apareceu – disse ela, o garfo pairando sobre a comida. – Sabe, você é meio que uma lenda por aqui.

Cortei um ravióli ao meio.

– É mesmo? Por quê?

– Ah, você é o solteiro sexy do prédio. E é todo fechadão. Tem um quê de macho alfa. Apareceu aqui todo "Me dá o bebê" – disse ela, com a cara fechada e imitando uma voz masculina.

Soltei uma risadinha. Eu não era fechado. Pelo menos não *achava* que fosse. Mas, pensando bem, eu não conversava com ninguém do prédio. Não que tivesse a intenção de ser grosseiro. Só saía cedo, chegava tarde e estava sempre com pressa.

Prometi a mim mesmo que ia sorrir mais pelos corredores.

Ela mordeu um cogumelo, mastigou e engoliu.

– Elas não vão *acreditar* que estamos jantando juntos.

– Elas quem? – perguntei, pegando a taça.

– As mulheres.

Ergui uma sobrancelha.

– As mulheres?

– É. Tem a mulher da ioga, do 303. A mulher que sai para correr supercedo, do 309. E as lésbicas do 302... que, aliás, querem saber se podem pegar um pouco do seu esperma.

Quase engasguei.

– Elas querem ter um filho – continuou ela. – Pediram que eu perguntasse, caso um dia a gente se encontrasse, já que você é meu vizinho e tal. Mas não se preocupe, eu disse que era improvável. Quer dizer, a gente não sai falando para estranhos: "Posso pegar um pouco do seu esperma?" Eu falei: "Gente, por favor, pelo menos levem o cara para jantar primeiro" – encenou ela, de canto de boca.

Dei uma tossida, meus olhos lacrimejando.

– Hã... Obrigado?

– De nada. Mas, olha, eu entendo as duas. Se estivesse procurando o esperma de alguém, também ia querer pedir o seu. Dá para ver que você é inteligente. Tem uma estrutura óssea bacana, e olhos verdes são lindos.

Pigarreei e bebi um golão de vinho. Bom, pelo menos eu tinha *essa* vantagem.

Vanessa deu um sorrisinho.

– E aí, me fala um pouco sobre você. Você é mesmo o solteirão sexy do prédio? Ou está namorando? A gente precisa acabar com os boatos.

Limpei a boca com o guardanapo.

– Eu tinha uma namorada. Rachel.

– Tinha? O que aconteceu?

Eu não era de dar detalhes da minha vida amorosa. Muito menos para uma estranha. Mas, não sei, naquela hora só senti vontade de não esconder nada. Talvez porque Vanessa me parecesse meio sem filtro.

– A gente se conheceu num aplicativo, oito meses atrás. Ela mora em Seattle. E é casada. Descobri hoje.

– Ai. Que droga – lamentou ela, parecendo genuinamente pesarosa. – E era sério?

– Foi o relacionamento mais sério que tive nos últimos tempos.

– E você vai se arriscar de novo? Voltar para os aplicativos?

– Não. Vou dar um tempo.

Eu estava cansado. Ia parar pelo menos um pouco. Estava exausto. Não diria que estava de coração partido – afinal, não foi um relacionamento longo. Mas estava magoado e decepcionado e questionando minha capacidade de confiar nas pessoas. Dizer que eu não estava disponível emocionalmente àquela altura seria um eufemismo.

Ela mudou de assunto:

– E vem cá, você é mesmo dono do prédio?

– Sim. Uma empresa administra tudo para mim. Não preciso tratar nada com os inquilinos. Aliás, ofereci seu apartamento para minha assistente, Becky, antes de você alugar.

– A mulher que trouxe o cachorro?

– Você a viu? – perguntei.

– Ouvi uma conversa e olhei pelo olho mágico. Ela é bonita. Vocês já ficaram?

– Não, só trabalhamos juntos.

– Por quê? Ela tem namorado?

– Às vezes.

– Ela já quis ficar com você?

– Não que eu saiba. E o sentimento é mútuo.

– Bom, ela deve ter um autocontrole e tanto – comentou Vanessa, acenando com o garfo para o meu peito. – Quer dizer, não é muito difícil vender esse corpinho.

Eu ri. Pelo jeito, Vanessa simplesmente dizia o que dava na telha.

– E você? – perguntei. – Você disse que não está disponível.

Ela deu um suspiro dramático.

– Bom, as mulheres da minha família tendem a morrer muito jovens. Acho que não seria justo fazer alguém me enterrar, então decidi ficar solteira.

Arqueei as sobrancelhas.

– Quer falar mais sobre isso?

– Na verdade, não.

– Tudo bem. E o que você faz?

– Sou youtuber.

– O quê?

– Eu faço vídeos. É um canal de viagens. Basicamente vou até os lugares e gravo minha passagem por lá.

Vanessa começou a cortar o frango. Percebi que tinha dificuldade com a faca. A mão direita não estava muito firme. Mas ela parecia se virar bem, então não ofereci ajuda.

– E como você recebe por isso? – perguntei, desviando o olhar, pois não queria ser grosseiro. – Tem patrocinadores?

– Isso. E as pessoas pagam para veicular anúncios durante meus vídeos.

Também faço eventos. Recebo uma porcentagem dos produtos que vendo no meu Instagram, e vários resorts me convidam para ficar hospedada de graça em troca de vídeos da minha experiência.

– Hum. E para onde você já foi?

Ela deu de ombros.

– Para toda parte. Viajei o mundo inteiro. Já fiz um safári em Uganda e andei de gôndola em Veneza. Escalei vulcões e subi uma montanha no lombo de um burro na Grécia. O que você imaginar eu já fiz.

Vanessa espetou o frango e comeu.

– Uau. Como você entrou nessa área?

Ela mastigou e engoliu.

– Bom, minha irmã Melanie ficou doente aos 27 anos. Morreu menos de dois anos depois. Então, decidi que, quando eu fizesse 26, ia viajar o mundo como se só me restasse um ano de vida. Abri uma vaquinha on-line, raspei minha poupança e me preparei para partir. Logo antes de ir, fiz um vídeo contando meus planos. Viralizou. E foi isso.

– Posso dar uma olhada no seu canal? – perguntei.

– Claro. O nome é Borboleta Carismática.

Nunca tinha ouvido falar. Mas também não conseguia lembrar a última vez que entrei no YouTube.

– E o que você fazia antes?

– Não conto isso para ninguém.

Fiquei intrigado.

– Por quê?

– As pessoas têm que merecer essa informação – respondeu ela, sorrindo. – É boa demais para entregar de mão beijada.

– Vou me lembrar disso – falei, brincando com a comida. – Você deve gostar do seu trabalho. Eu sempre quis viajar mais.

Ela deu de ombros.

– Então viaje. O que está te impedindo?

Dei uma risadinha sem graça.

– Bom, para começar eu não ando de avião. E o que me impede é a vida.

– A vida não é desculpa – rebateu ela. – A gente precisa ter sempre uma aventura em vista. Ter algo a esperar é ser feliz.

Cortei mais um ravióli ao meio.

– É mesmo?

Vanessa olhou para mim com naturalidade.

– É. Mesmo que você não tenha dinheiro ou tempo ou o clima esteja ruim, ainda pode levar uma vida incrível se tentar.

– Sei – falei. – Como? Me dê um exemplo.

Ela largou o garfo.

– Hoje, por exemplo. O clima está ruim, então brinque de esconde-esconde dentro do prédio. Ou vasculhe cada cantinho dele.

Olhei para ela, achando aquela ideia curiosa.

– O que foi? Estou falando sério. Este prédio é *muito* legal – argumentou ela. – Quer dizer, sei que você é o proprietário, mas já explorou o prédio de verdade?

– Claro. Era uma empresa de farinha do fim do século XIX. Tinha uma doca de carga para o trem onde hoje fica o saguão de entrada. É uma das coisas que amo nesta propriedade. Os trilhos foram cobertos nas áreas públicas, mas continuam visíveis lá onde ficavam as caldeiras.

Ela abriu um sorriso largo.

– Eu aaamo este prédio. Sabia que o almoxarifado, ali perto do escaninho do correio, tem os tijolos originais onde os trabalhadores do moinho escreveram seus nomes?

Eu não sabia disso…

– A gente pode escolher um nome e jogar no Google. Ver como eles viviam – sugeriu ela, e voltou a comer. – Sempre dá para descobrir um jeito de se divertir. Mesmo que a gente não possa ir a lugar nenhum.

Que coisa.

Eu seria capaz de apostar que ela era boa no que fazia. Tinha um quê de energia sem fim. Aquele ar alegre e reluzente que os âncoras dos jornais fingem ter quando estão no ar.

– Então é por isso que não te vejo muito por aqui – falei. – Você sai bastante.

– Ah, eu estou sempre por aqui – respondeu ela, com um sorrisinho irônico. – Você é que não deve ter prestado atenção.

Grace começou a resmungar no balanço. Vanessa levantou e pegou uma mamadeira que estava no lava-louças. Fiquei olhando para ela, de costas para mim. Ela tinha uma bela bunda. Era toda linda, na verdade.

Eu me obriguei a desviar o olhar quando ela se escorou no balcão para pegar a fórmula em um armário.

– Quantos anos você tem? – perguntei, para puxar assunto.

– Tenho 28 – respondeu ela, medindo a fórmula. – Quanto você tem de altura?

– Tenho 1,88 metro.

– Tão alto... – comentou ela, colocando água na mamadeira. Então abriu um sorriso. – Se eu precisar de alguma coisa em um armário alto, posso te chamar para pegar para mim? Ou isso seria abusar do privilégio de ter seu telefone?

Dei uma risadinha.

– Claro.

– Também tenho dificuldade com tampas. Mãos fracas – argumentou Vanessa, balançando os dedos. – Posso contar com você quando precisar de ajuda com isso também?

– Por que não?

– Legal – disse ela, colocando a fórmula na mamadeira. – Fique sabendo que vou fazer isso.

Limpei a boca e apontei para o balanço com a cabeça.

– Eu dou a mamadeira. Pode comer.

Ela chacoalhou a mamadeira, tampando o bico com o dedo.

– Sério?

– Sério – respondi, e levantei para lavar as mãos ao seu lado na pia. – Só me mostre como fazer.

– Você nunca deu mamadeira para um bebê? – perguntou ela, olhando bem para mim.

– Nunca fiz nada com um bebê. Ela é a primeira que eu pego no colo.

– Sério? Bom, você tem talento.

Fui até o balanço, me abaixei, peguei Grace como Vanessa tinha mostrado naquela madrugada, e voltei a sentar à mesa.

Vanessa se agachou ao meu lado.

– É bem fácil – disse, colocando a mamadeira na boca de Grace, que chupou o leite com força, resmungando. – É só manter inclinada assim, para não dar gases.

O rosto de Vanessa ficou a centímetros do meu nariz quando ela se debruçou sobre Grace com a mamadeira. Mais uma vez reparei no cheirinho bom do seu cabelo. Era melhor sem a golfada.

Peguei a mamadeira, e Vanessa voltou a se sentar diante do prato.

– Ei, quer ver um filme? – perguntou ela. – Aqui? Depois que comermos? Parece que estou confinada, solitária. Estou *morrendo* de tédio, e queria passar um tempo com outro adulto.

Agora que eu já tinha ido até lá, percebi que não me importava em ficar. Já não aguentava mais trabalhar nas transcrições do caso Keller. E, para falar a verdade, não estava exatamente amando a ideia de voltar para o meu apartamento vazio e ficar ruminando sobre a questão Rachel/minha mãe/Richard até cansar e dormir. Por que não?

– Claro – falei, sem tirar os olhos de Grace.

– Oba! O que você quer ver?

– O que você quiser – respondi, sorrindo para Grace.

Ela estava pegando no sono enquanto mamava, o leite se acumulando nos cantos da boquinha.

Era tão pequena. Tão inocente.

Nunca tive certeza de que queria ter filhos. Sempre tive medo de estragar tudo. De falhar de alguma forma. Eu mesmo não tive uma infância muito boa. Meus pais tiveram um casamento tumultuado. Aí meu pai foi embora, e eu praticamente me criei sozinho. Não tive um bom exemplo para seguir.

Acariciei a bochechinha rosada de Grace.

Mas talvez ser pai seja exatamente isso. Estar presente e fazer o que precisa ser feito, uma tarefa por vez, que somadas resultam em algo bom.

Talvez começar do começo, se manter presente...

Vanessa pegou o controle remoto.

– Eu sei exatamente o que assistir. Na verdade é uma série. Não tem como errar com *The Office*, mesmo que você já tenha visto um milhão de vezes, o que é bem provável.

– Nunca vi – falei.

Ela ficou pálida.

– Você nunca... Está falando *sério*? – perguntou, olhando para mim como se eu fosse maluco. – Em que buraco você estava? Como entende os memes?

– Memes não são uma parte muito relevante do meu dia a dia.

Vanessa me encarou, atônita.

– Ah, meu Deus. Isso é... Tá, sabe de uma coisa? – disse, erguendo uma das mãos. – Vamos dar um jeito nisso. Vamos começar agora mesmo, para que a partir de amanhã você não tenha que sair por aí como um maluco dizendo para as pessoas que nunca viu *The Office*.

Eu ri. Mais uma vez.

TRÊS HORAS DEPOIS, ME LEVANTEI para dar uma alongada no corpo. A TV perguntou se ainda estávamos assistindo, e torci para que continuássemos. Gostei da série – e Vanessa era uma companhia agradável. Era daquelas pessoas que simplesmente se deixam levar. Do tipo que não dá trabalho estar por perto.

Grace cuspiu a chupeta, e me debrucei sobre o balanço para colocá-la de volta em sua boca.

Eu tinha trocado fralda pela primeira vez. Já estava ali, podia muito bem deixar que Vanessa descansasse um pouco. Ela me mostrou como fazer, e me responsabilizei pela troca seguinte.

Vanessa estava com Harry Puppins no colo.

Depois de mais ou menos uma hora de *The Office*, minha consciência pesou e fui buscá-lo. Imaginei que, se ele ficasse no colo de alguém, não teríamos acidentes. Vanessa ficou muito feliz em ser o colo em questão. Ao que parecia, ela amava cachorros.

Ele a mordeu quando ela o pegou.

Não tinha dentes, então não doeu, mas é a intenção que conta. Fiquei com medo que Vanessa ficasse desanimada, mas ela não conseguia parar de rir. Disse que ele parecia uma batata raivosa com patas.

– Então seu quarto é aqui? – perguntou ela, apontando para a parede atrás da cabeceira de sua cama.

– Isso.

A cabeceira da minha cama ficava apoiada na mesma parede. À noite, ficávamos separados por cerca de 30 centímetros de tijolos e massa corrida. Era estranho pensar nisso.

Senti um alívio tardio por Vanessa não ter me ouvido transar com Rachel do outro lado daquela parede. Eu não tinha percebido que era tão fina.

Fazia só três meses que Vanessa alugara aquele apartamento. Quando Rachel me visitou em setembro e outubro, ficamos no hotel que a empresa dela pagou. E, na última vez, ela estava menstruada e não quis transar. Era uma preferência dela, não minha. *Eu* não me importava nem um pouco com a época do mês. Mas agora me perguntava se não tinha sido uma desculpa. Provavelmente. Ela devia ter chegado já sabendo que queria terminar tudo, e quis impor certa distância entre nós dois.

Não passávamos a noite juntos desde o início de outubro. E era quase dezembro.

Eu devia saber que havia algo errado.

Não conseguia parar de procurar sinais. De analisar os últimos meses atrás de alertas ou coisas que eu deveria ter percebido. Nós dois estávamos ocupados. Ela era engenheira de software e, como eu, trabalhava muito e em horários irregulares. Não conseguir falar com ela não era motivo de muita desconfiança. Mas era difícil não sentir raiva de mim mesmo por não ter percebido que havia algo errado.

Tive que me obrigar a parar de pensar nisso e tentar me concentrar em outra coisa para não acabar com meu humor.

Observei o estúdio de Vanessa. Havia uma parede com obras de arte.

– Que foto bonita – falei, apontando para uma imagem emoldurada.

Era um cachorro avermelhado à beira de um lago. Parecia ser algum lugar no norte.

Ela se aproximou e parou ao meu lado.

– Não é uma foto. É um quadro.

– Jura?

– Aham. Comprei em um evento beneficente da MADD. Foi uma fortuna. É da Sloan Monroe.

– Ah, a mulher do Jaxon Waters. Eu a conheço – falei, analisando o quadro.

– Você *conhece* Sloan Monroe? – repetiu Vanessa, olhando fixamente para a lateral do meu rosto. – *Como?*

– Meu primo Josh é casado com a melhor amiga dela. Eles são vizinhos em Ely. Saí com ela uma vez.

– Mentira.

Eu a encarei. Ela estava com os olhos arregalados. Peguei o celular e entrei no Instagram. Abri o perfil privado da Sloan e dei o celular na mão dela.

– Ah, meu Deus – disse ela, baixinho, rolando as fotos de Sloan com Jaxon, meu primo e sua família no meio deles, sentados em uma fogueira, à mesa no Dia de Ação de Graças, brincando com as crianças. – Que legal! Você acabou de ficar mais legal por isso! – exclamou, sorrindo para mim. – Eu sou fã! *Amo* a Sloan... ela é *tão* talentosa! Seus quadros têm uma fila de espera de três anos.

– Dá para entender por quê – falei, voltando a olhar para a obra.

Não era barato. Ela devia ganhar uma boa grana com aquela coisa de youtuber para poder pagar por vinhos finos e um quadro de Sloan Monroe.

Dei um passo para o lado a fim de observar a peça seguinte. Era feita de asas de borboleta de verdade, dispostas em um desenho colorido e intrincado.

– São tão diferentes...

– Eu me cerco de coisas que me deixam feliz. É uma regra minha. Esse eu comprei na Costa Rica.

– E esse? – perguntei, apontando para um desenho a lápis em preto e branco de uma mulher seminua enrolada em um lençol, a cabeça inclinada para o lado e o cabelo cobrindo um dos olhos.

– Um artista na Sicília. Sou eu aí.

Arqueei as sobrancelhas.

Ela riu.

– Antonio deve ter uns 75 anos e é muito profissional. Queria que alguém me desenhasse como uma das garotas francesas do Jack de *Titanic.*

Voltei a analisar o desenho. Era de muito bom gosto, mas ela estava nua da cintura para cima.

– Você podia ter causado um ataque cardíaco no velho.

Vanessa riu mais uma vez.

– Ele pintou Sophia Loren sem camisa. Não ia ter um ataque cardíaco por causa dos *meus* peitos.

Eu discordava.

Ela expôs o quadro, então não devia se importar que as pessoas o vissem, mas eu não estava admirando a arte. Estava admirando a *vista,* e não era a mesma coisa. Passei para o próximo só para não ficar observando Vanessa nua.

Era uma foto de uma parede de tijolos grafitada: uma mulher vestida como a Estátua da Liberdade segurava um globo terrestre.

– Por que isso me parece familiar?

– É do Banksy – respondeu ela.

Estreitei os olhos, observando o rosto da mulher.

– É você também? – perguntei, e voltei a olhar para ela.

Vanessa deu de ombros.

– É. A gente se conheceu em um parque aquático em Xangai.

– Você conheceu Banksy, o famoso artista de rua anônimo, em um parque aquático em Xangai – repeti, sem expressão.

Ela deu de ombros mais uma vez.

– Quer dizer, eu não *sabia* que era ele. A gente ficou conversando uns vinte minutos ao lado da piscina infantil. Uns dois dias depois, recebi essa foto no meu quarto de hotel... foi superestranho, porque eu não disse para ele onde estava. Ele escreveu no verso: "Do cara com quem você conversou... Banksy".

Pisquei para ela, sem acreditar.

– Ele colocou em seu site. Representa a união global por meio das viagens e da aceitação de outras culturas, ou algo do tipo. Sei lá, é meio confuso. Eles vendem cópias.

Balancei a cabeça.

– Como ele era?

– Sei lá. Um cara normal? Não era bonito como você.

Dei uma risadinha.

Ela olhou para mim.

– E aí, em que especialidade você advoga, Adrian?

– Sou advogado criminal.

– Hum. Por quê? – perguntou ela, inclinando a cabeça para o lado.

Voltei a olhar para o Banksy.

– Gosto do desafio.

– Você tem muitos clientes que são culpados?

Bufei.

– A *maioria* dos meus clientes é culpada.

– E isso não te incomoda? Tentar livrar da cadeia pessoas que você sabe que merecem ser presas?

– Todos têm direito a um bom julgamento – falei.

Vanessa ficou um tempo em silêncio ao meu lado.

– Sabe, alguém como você podia mudar o mundo se quisesse.

Virei para ela.

– Fazendo o quê?

– Lutando por algo necessário. Como os direitos das pessoas com deficiência.

– Direitos das pessoas com deficiência... Que específico.

– Minha irmã usou cadeira de rodas antes de morrer. Você não *imagina* como é difícil para as pessoas com deficiência – disse ela, e foi contando nos dedos: – Discriminação, falta de recursos, de acessibilidade básica. Quer dizer, já começa pela moradia. Sabe como é difícil para uma pessoa com deficiência achar uma moradia acessível, física e financeiramente? É por isso que tantas acabam em instituições ou em condições de moradia precárias e inseguras.

Cruzei os braços.

– E você acha que essa causa precisa de mais um bom advogado?

– Ah, acho sim – respondeu ela, abrindo um sorrisinho. – Principalmente um que goste de desafios.

Foi minha vez de abrir um sorrisinho. Olhei para o relógio.

– Vou deixar você dormir. Já é quase meia-noite.

Eu não tinha como ter certeza, mas pensei ter visto um quê de decepção em seu rosto. Ela me entregou Harry.

– Obrigada por ter ficado aqui comigo.

– Obrigado por ter me recebido.

Meia hora depois, eu estava deitado na cama, e Vanessa bateu na parede do meu quarto.

Abri um sorriso e bati de volta.

6

SE TIVER ESSE SINTOMA, TALVEZ VOCÊ ESTEJA MORRENDO!

Vanessa

A dormência na mão direita tinha voltado.

Acordei e peguei o celular, os dedos amortecidos.

Eram 6h34. Manhã de sábado. Eu estava sentada no meu quarto no escuro, enrolada em um cobertor, as pernas cruzadas, tentando a respiração "inspira pelo nariz, solta pela boca" que a Mulher da Ioga me ensinou para me acalmar. Mas o pavor me invadia em ondas. Foi ficando cada vez maior, até explodir em um soluço sufocado.

Eu não queria acordar Grace, então fui cambaleando até o banheiro, cobrindo a boca com a mão. Abaixei a tampa do vaso e abri o celular para ler o artigo médico mais uma vez, tentando cerrar o punho, certa de que tinha perdido a força para fazer isso.

> A ELA pode começar com algo simples, como fraqueza nas mãos ou nos pés. É uma doença que ataca as células cerebrais que controlam a maior parte dos movimentos dos músculos.

Associação ELA:

> A fraqueza muscular gradual, geralmente indolor, é o sintoma inicial mais comum da ELA. Outros sintomas iniciais variam,

mas podem incluir tropeçar, derrubar coisas, fadiga incomum nos braços e/ou pernas, fala arrastada, cãibras musculares e espasmos.

Mayo Clinic:

Fraqueza nas mãos ou falta de coordenação...

Não sei por que eu ficava lendo aquilo. Eu sabia *exatamente* como era a doença.

Mordi a parte interna da bochecha com tanta força que senti gosto de sangue.

No início, tive esperança de que fosse apenas síndrome do túnel do carpo. Mas o exame deu negativo. Eles quiseram mais exames, mas me recusei a fazer.

Não havia exame para ELA. O diagnóstico era feito por exclusão de doenças similares e acompanhamento do progresso da deterioração. Podia levar até um ano de procedimentos invasivos e agulhadas sem fim até que finalmente rotulassem o que estava acontecendo comigo como ELA – e, quando isso acontecesse, eu não poderia fazer nada. Era cem por cento fatal.

Talvez a contagem regressiva já tivesse começado.

Talvez eu estivesse oficialmente passando de viva para morta.

A expectativa média de vida era de três anos a partir do surgimento dos sintomas – menos, de acordo com meu histórico familiar. Melanie viveu apenas dezenove meses após sua fala começar a ficar arrastada, e ela tomava os remédios – o que eu me recusava a fazer.

Imaginei que teria cerca de um ano de vida. Meus músculos continuariam definhando, pouco a pouco. Então eu não conseguiria mais andar, me alimentar, me mexer. Ia morrer sem conseguir engolir ou falar, como Melanie. Sepultada na prisão que era meu próprio corpo, plenamente consciente, até que a doença paralisasse meus pulmões e eu morresse sufocada.

Larguei o celular sobre a pia do banheiro, a tela para baixo, e comecei a chorar, cobrindo a boca com as mãos.

7

COISAS QUE VOCÊ PODE FAZER PARA FICAR FELIZ (VOCÊ NÃO VAI ACREDITAR NA 4!)

Adrian

Acordei com alguém batendo à porta. Eram 7h03 da manhã. Sábado, então eu não precisava trabalhar e planejava dormir até mais tarde. Droga. Devia ser Becky.

Na noite anterior, ela mandou mensagem algumas vezes para saber do cachorro, e não respondi. Devia estar ali para se certificar de que eu não tinha me matado.

Quando afastei a coberta e calcei o chinelo, Harry Puppins rosnou no travesseiro ao lado do meu. Eu tinha resolvido deixar que ele dormisse na cama. Não consegui suportar seu olhar frágil e confuso quando o coloquei na lavanderia à noite.

Ele continuava me mordendo sempre que tinha a oportunidade.

Abri a porta esperando ver minha assistente, mas era Vanessa. Ela estava com Grace amarrada em um canguru.

– E aí – falei, com um sorriso largo.

Eu não a via desde segunda-feira, cinco dias antes, quando jantamos e vimos *The Office* no apartamento dela. Trabalhei até tarde todos os dias naquela semana, e não voltei a me oferecer para levar seu lixo porque não queria acordá-la.

Ela me mandava memes de *The Office*. Eram como sorrisinhos que surgiam na tela do meu celular de tempos em tempos para me surpreender. Eu gostava, embora na maior parte do tempo estivesse ocupado demais para responder.

Sorri para ela.

– E aí? Bom dia.

Seus olhos estavam vermelhos. Talvez ela não tivesse dormido bem.

Ela embalou Grace.

– Desculpa não ter mandado mensagem antes. É uma visita impulsiva. Estava caminhando pelo prédio. Fico inquieta no apartamento. Passei pela sua porta e quando vi já tinha batido.

Vanessa estava com energia demais para aquele horário. Senti que até meus olhos sorriam.

Ela estava de pijama. Uma calça felpuda com o Grinch estampado. Não dava para ver muito bem a camisa cinza embaixo do canguru, mas era larga. O cabelo estava preso em um coque bagunçado no topo da cabeça, e ela usava chinelos de unicórnio. Estava toda zoada, o que era estranhamente atraente.

Eu me perguntei qual era o verdadeiro motivo pelo qual ela não namorava. Vanessa era bem namorável. Bonita, inteligente, divertida. Naturalmente agradável. Gostei bastante de jantar com ela.

Ainda não tinha tido tempo de dar uma olhada em seu canal do YouTube. Estava cheio de trabalho. No meio de um tribunal do júri. Mas, naquele momento, desejei ter tirado uns minutinhos para dar uma olhada.

Vanessa embalou Grace no canguru.

– Enfim, eu estava pensando se você não gostaria de… – Ela franziu o cenho e olhou atrás de mim. – Aquilo são fotos de uma cena de crime?

Olhei por sobre o ombro.

– Ah, sim. Eu estava trabalhando em casa ontem.

Ela passou por mim sem ser convidada para entrar e foi até a mesa de jantar. Observou as fotos, de costas para mim.

– Sabe, sem o contexto da coisa do advogado, isso faria você parecer um serial killer. Daqueles que têm um colar com os dentes das vítimas ou algo do tipo.

Dei risada.

– E mesmo assim você não tem medo de ficar sozinha comigo?

Vanessa olhou para mim e balançou a cabeça.

– Não é assim que vou morrer. Acredite, eu sei.

Ela estava com uma munhequeira na mão direita.

– Você se machucou? – perguntei, indicando sua mão.

– Não. Síndrome do túnel do carpo – respondeu ela, e inclinou a cabeça para o lado. – Você está com a antitetânica em dia?

Franzi o cenho.

– O quê?

– Tem uma coisa que talvez você quisesse fazer comigo. Tem um tempinho?

Abri um sorriso. Por acaso eu tinha, sim, um tempinho.

Os finais de semana andavam difíceis. Era quando minha vida pessoal, ou a falta dela, pesava. Eu não jantava mais todos os domingos com minha mãe e minha avó. Antes tinha a expectativa de encontrar Rachel de vez em quando, mas também perdi isso. Não estava treinando para nada no momento, nenhuma maratona ou corrida, e estávamos no inverno, a época do ano em que eu não gostava muito de sair. Se Vanessa não tivesse aparecido, acho que teria acordado triste. Gostei de ter uma distração.

– Tenho tempo – falei. – O que vamos fazer?

– Você vai ver. Pode ser na minha casa ou aqui, já que você tem espaço – disse ela, e olhou em volta com as mãos na cintura. – Por que seu apartamento é tão grande? O meu parece um almoxarifado ou algo assim.

– Eram duas unidades antes. Derrubei a parede em comum. Fiz uma cozinha maior.

– Você cozinha?

– Na verdade, não. Cozinhas aumentam o valor de revenda – argumentei, cruzando os braços.

– Tá. Mas você claramente faz café – rebateu ela, apontando para a máquina de expresso de 2 mil dólares em cima do balcão. – Isso aí é um exagero.

Olhei para a cozinha.

– Gosto de um bom café. Compro os grãos de um produtor local – falei, e olhei para ela. – Quer um?

– Bom, eu é que não vou recusar. Mas preciso comer antes de ingerir cafeína. Vou comer um cereal rapidinho e volto em dez minutos, tá?

– Posso preparar uns ovos pra gente – ofereci.

Ela abriu um sorriso.

– Você não disse que não cozinha?

– Sou capaz de preparar ovos – garanti.

– Tá bom. Se você diz. Mas preciso buscar a coisa que vamos fazer, então já volto. Pode ficar com Grace?

Fiquei com a bebê enquanto Vanessa fazia duas viagens até seu apartamento. Uma para pegar o balanço da Grace e uma bolsa com fraldas, a outra para buscar a atividade misteriosa que tinha planejado. Enquanto isso, escovei os dentes e lavei o rosto do jeito que deu enquanto segurava Grace. Não troquei de roupa. Estava de chinelos, uma camiseta branca e calça de pijama cinza.

Eu não costumava me permitir ficar assim na frente dos outros, mas Vanessa tirara o canguru. Vi que ela não só estava com uma camiseta da Schrute Farms com a imagem de uma beterraba – uma referência a *The Office* que agora eu entendia – como também não estava usando sutiã. Talvez ela ficasse constrangida se eu trocasse de roupa, se sentindo malvestida.

E eu gostei daquilo. *Gostei* do fato de que ela não achava que tinha que me impressionar, e eu não achava que precisava impressioná-la. Havia algo de confortável nisso, em ser quem somos independentemente de como estávamos vestidos.

Vanessa voltou carregando uma bolsa de lona enorme. Estava tão cheia que ficou entalada na porta. Tive que soltar Grace e correr para ajudar.

– O que tem aqui dentro? – perguntei, largando a bolsa no meio da sala.

Ela estava ofegante por causa do esforço, curvada para a frente com as mãos na cintura, tentando recuperar o fôlego.

– Aventura e entusiasmo. São cartas de fãs… e com certeza são emocionantes e horripilantes em igual medida.

– Você recebe tudo isso de cartas? – perguntei, olhando para a bolsa.

Ela deu de ombros.

– Claro. Elas vêm do mundo inteiro, então… – disse Vanessa.

Ela se agachou e segurou o fundo da bolsa, derramando o conteúdo sobre o carpete. Cartas se espalharam e caixas caíram.

– Meu Deus, tem quantos meses de cartas recebidas aí?

– Umas duas semanas – respondeu ela, se ajoelhando e olhando para as cartas.

Fiquei branco.

– Duas sema... Quantos seguidores você tem?

Vanessa deu de ombros mais uma vez.

– Muitos.

Preparei cappuccinos enquanto Vanessa separava os envelopes e as caixas em pilhas. Então fui até a geladeira e comecei a vasculhar. Eu não tinha muita coisa. Fazia a maior parte das refeições fora de casa. Mas com uns queijos, o molho do frango à cacciatore que trouxera para casa alguns dias antes, um pouco de nata, restos de um pão italiano e um guacamole que Vanessa foi buscar em seu apartamento, consegui preparar umas tortilhas espanholas bem decentes.

Comemos sentados no chão da sala com o prato no colo para poder começar a abrir as correspondências.

– Isso ficou *incrível* – disse ela, lambendo o molho do polegar. – Você foi muito comedido ao falar de suas habilidades culinárias.

Grace cochilava no balanço, e Harry estava aconchegado na coxa da Vanessa, também dormindo. Ela colocou a mão em sua cabeça.

Ele rosnou.

Vanessa colocou o prato sobre os joelhos.

– Tá, alguns avisos sobre as cartas de fãs.

Bebi um gole de café e larguei a caneca no carpete.

– Manda.

– Certo... Não sei o que nos aguarda nesta pilha. A maioria dos meus fãs é normal e simpática. Mas *é* a internet. Não estou dizendo que pode ter uma orelha decepada aí no meio, mas talvez tenha uma orelha decepada aí no meio. Em geral, se estiver pingando, tiver cheiro ruim ou vibrar, não abra.

Coloquei o prato no colo e passei nata na tortilha.

– Por quê? Pode ser uma bomba?

– Não, porque talvez seja um vibrador.

Quase engasguei rindo. Meu Deus, ela era muito engraçada.

– Vai ter nudes. Espero que, para o seu bem, você só abra de mulheres.

Continuei rindo.

– Mulheres te mandam nudes?

Ela olhou para mim bem séria.

– O. Tempo. *Todo.* E eu não como nada que as pessoas mandam.

– Mesmo que esteja fechado?

– Mesmo que esteja fechado. Alguém pode ter esfregado no saco ou algo do tipo. Não ponho na boca, não. E também não toco em nada que venha de Monett, Missouri. Vamos ter que colocar fogo. Nem pergunte.

Ela enfiou a mão na bolsa de fraldas que trouxera para Grace e tirou dali álcool em gel e lenços umedecidos, que colocou entre nós dois.

– Vamos precisar disso. Preparado?

– Preparado – respondi.

Vanessa me lançou um olhar sério fingido.

– Você é um homem corajoso por fazer isso, Adrian Copeland. Mais corajoso que a maioria.

Abri um sorriso, peguei a primeira caixa e rasguei a fita.

Uma hora depois, estávamos sentados em meio a uma pilha de envelopes e caixas vazias, usando algumas das parafernálias que os fãs mandaram. Nós dois estávamos cobertos de pulseiras luminosas. Vanessa estava com um colar feito de Froot Loops. Ela me obrigou a vestir uma camisa enorme de um fã de Maryland que dizia SIRI RICA, e nós dois tínhamos adesivos nos braços.

Era ridículo. Eu não tinha o costume de fazer coisas tão juvenis, mas tenho que admitir que estava me divertindo.

Vanessa leu todos os cartões, e eu abri todos os pacotes. Ela estava com dificuldade por causa da mão, então ficou com a maior parte dos nudes.

– Mais um – anunciou, colocando uma foto virada para baixo sobre a pilha de fotos de pau.

Balancei a cabeça, sorrindo.

– Seu trabalho é muito interessante.

Vanessa bufou.

– Não entendo por que os homens acham que queremos ver isso. Parece um cotovelo enrugado. Não é bonito. Me mande uma foto de um cachorrinho, de biscoitos... sei lá – disse ela, abrindo um envelope. – Se um cara me mandar a foto de um bolo às duas da manhã, dizendo "E aí, está acordada?", eu responderia com "Pode apostar. Venha".

Soltei uma risadinha.

– É mesmo tão comum assim? As mulheres recebem fotos do pau de estranhos com frequência?

Ela abriu um envelope cor-de-rosa.

– Boa parte de ser mulher envolve enfrentar um corredor polonês de fotos de pênis – resmungou ela. – Espero que você não seja do tipo que manda.

Peguei a caixa seguinte.

– Nunca mandei. Prefiro o choque e o espanto quando as mulheres veem o meu pessoalmente.

Vanessa caiu na gargalhada, e me senti vitorioso por fazê-la rir tanto.

– Só para constar – disse –, eu *não* acredito em você.

Olhei para ela, achando curioso.

– Você não acredita que eu não mando fotos do meu pau?

– Não – respondeu ela, ainda rindo. – Homens como você *sempre* mandam.

Abri um sorrisinho, olhando para o conteúdo da caixa. Um emoji de cocô, grande e macio.

– Homens como eu, é? Exatamente que tipo de homem você acha que eu sou? – perguntei, mostrando o espiral marrom.

– O tipo macho alfa superconfiante, seguro de si e taciturno – respondeu Vanessa, e apontou para a pilha de doação.

Dei risada.

– Bom, odeio decepcionar você, mas, que eu saiba, meu pênis nunca foi fotografado.

Ela estendeu a mão.

– Me dá seu celular.

Estreitei os olhos.

– O quê?

Vanessa olhou para mim, bem séria.

– Quero ver. Você não tem nenhuma foto do seu pau. Qual é o problema?

Abri um sorrisinho.

– Tá. Então me dá o seu.

Ela deu de ombros.

– Tá. Que seja. Mas não pode apagar nada. Trocamos aparelhos e o que estiver lá, vai estar. Sem filtros.

– Combinado – falei, desbloqueando a tela e entregando o aparelho.

Ela pegou, toda animada. Mas então ficou paralisada e colocou o celular contra o peito.

– Espera aí, por que você não está nervoso?

Ergui uma sobrancelha.

– Porque não tem nada aí que você não possa ver.

Foi a vez dela de estreitar os olhos.

– Isso parece suspeito. Você tem um celular reserva?

Dei risada.

– Não. Você sai com que tipo de cara para achar que eu preciso de um celular reserva?

– Eu já te disse, não saio com ninguém. Só acho estranho você não estar suando em bicas neste momento.

– Porque não tem nenhuma foto do meu pau aí. Como eu *já* disse – falei, estendendo a mão para que ela me entregasse o dela.

Ela me lançou um olhar bem sério, mas fingido, e colocou o celular na minha mão.

Nós dois ficamos em silêncio, vasculhando o celular um do outro.

O da Vanessa era uma versão digital dela mesma. Só diversão. Coberto de strass cor-de-rosa e com um PopSocket cheio de brilho na parte de trás. A tela inicial era uma foto da Grace com um gorrinho de orelhas de ursinho.

O meu era o oposto. Preto, funcional e com tela de bloqueio de fábrica. E eu tinha falado sério. Não havia nada nele que ela não pudesse ver.

A tela inicial dela tinha um aplicativo de música, Uber, Lyft, TripAdvisor, Audible, Instagram, iFunny e alguns jogos.

Abri o aplicativo de fotos e comecei a rolar a galeria. Tudo ali era animado e colorido. Fotos de resorts. A cama do hotel, um elefante de toalha em cima do edredom. Uma cidadezinha coberta de neve com uma cadeia de montanhas ao fundo. Ela rindo de biquíni no bar molhado de uma piscina. Havia também fotos dela segurando uma sangria em uma rua de paralelepípedos. Um navio de cruzeiro no mar azul em algum lugar.

Minha galeria era chata em comparação à dela. Quase fiquei com pena por ela ter ficado com a pior parte. No meu celular só havia documentos legais e várias fotos de um estacionamento no centro da cidade, perto do tribunal, para que eu não esquecesse onde estacionei. Uma foto de uma lâmpada que eu precisava comprar, o canhoto da lavanderia.

– Uau – disse ela, olhando para a minha tela. – Você estaciona bastante.

Dei uma risadinha e continuei rolando a galeria. Vi uma foto de Vanessa fantasiada de leiteira embaixo de uma tenda grande, segurando um caneco de cerveja enorme, maior que ela. Virei a tela para ela.

– Onde é isso?

Vanessa tirou os olhos do meu celular.

– Oktoberfest. Alemanha. Cadê suas fotos da Rachel?

– Acho que não tenho nenhuma – admiti.

Ela deu risada.

– Então você tinha uma namorada, mas não tem nenhuma foto dela?

Abri um sorrisinho.

– Você está achando que eu não tinha namorada?

Ela deu de ombros.

– Estou só falando...

Apontei para o meu celular com a cabeça.

– Procure o Instagram dela. É fechado. Mas se procurar no meu celular vai conseguir ver. O nome dela é Rachel Dunham.

Vi Vanessa abrir o aplicativo e rolar a tela, e meu sorriso se desfez. Eu devia deixar de seguir a conta falsa da Rachel. Nota mental: fazer isso assim que eu pegar o celular de volta. Voltei a olhar para a galeria de Vanessa, tentando me distrair.

Na foto da Oktoberfest, o peito dela estava quase tocando o queixo, sustentado por uma espécie de corpete. O cabelo estava preso em uma trança complexa em volta da cabeça, e ela estava sorrindo. Estava linda.

O celular vibrou em minha mão, e um número apareceu no topo da tela. Era o *meu*.

– O que está mandando para você mesma? – perguntei.

Ela não tirou os olhos do aparelho desta vez.

– Fotos suas. Eu te disse, as mulheres não vão acreditar que conversei com você. Vou precisar de provas.

Abri a mensagem enviada do meu celular, que preencheu a tela. Vanessa mandara para si mesma três fotos da minha galeria. Uma com minha mãe e minha avó no aniversário da minha mãe, em junho. Outra cumprimentando Marcus, em um evento beneficente. Minha chegada na última maratona que eu tinha corrido, seis meses antes.

– Sabe, o fato de você ter fotos minhas não prova nada – falei. – Elas podem dizer que você pegou no meu Instagram.

Vanessa estreitou os olhos.

– Bem observado, advogado. Eu sou *mesmo* famosa por meus talentos de stalker. O que tem em mente?

– A gente pode tirar uma selfie – sugeri.

Ela abriu um sorriso reluzente.

– Boa ideia! Vamos incluir Grace e o cachorro para provar que é recente.

Ela pegou Grace e a colocou em meu colo. Então pegou o cachorro, atravessou a pilha de lixo que havia entre nós dois e se escorou em mim, o ombro tocando meu bíceps.

O contato fez uma onda de calor percorrer meu corpo. Fiquei surpreso e me virei para ela, por impulso.

Mantive a expressão séria.

Ela virou meu telefone, nós dois sorrimos, e ela tirou a foto. Então pegou Grace e voltou para seu lugar com a bebê no colo.

O ponto onde ela encostara pareceu vazio.

Ficamos mais alguns minutos vasculhando o celular um do outro. Colocamos a primeira música de nossas playlists favoritas para tocar.

A dela ela "Redemption", da Lola Simone. A minha era "Back Down", do Bob Moses. Eu gostava de correr ouvindo aquela música.

– Então – disse ela, devolvendo meu celular. – Me diga, Adrian, quanto tempo você passa na academia? Por que é tão esculpido?

Dei risada.

– Esculpido?

– É – respondeu ela, embalando Grace e beijando seu rostinho. – Leio muitos romances, e você definitivamente é esculpido.

– Tento me manter em forma. Às vezes participo de triatlos.

Ela ficou branca.

– Por *diversão*?

Abri a fita de uma caixa.

– Por quê? Você não acha divertido correr, andar de bicicleta e nadar?

– Acho que caminhar na praia, passear de bicicleta e boiar é divertido. Só corro se alguém estiver me perseguindo. E aí, você bebe outras coisas além de vinho?

– Bourbon às vezes. E você?

– Gim, socialmente. Quais são seus vícios?

Franzi o cenho.

– Eu dirijo muito rápido. E gosto de bons restaurantes. Gasto demais com comida.

– Eu também! A coisa do restaurante, não de dirigir. Qual é o seu favorito?

– Ah, essa é difícil – falei, tirando da caixa um globo de neve envolto em papel de seda, virando-o para que a neve caísse e mostrando para ela. Vanessa apontou para a pilha de coisas que ia guardar. – Não posso dizer que tenho um restaurante favorito. Só pratos.

Ela olhou para um cartão-postal com um desenho em giz.

– Melhor ainda. Quais?

– Bom, vamos ver. Gosto do cavatelli com coelho assado do Lucrezia's.

Ela assentiu.

– O nhoque deles está no meu Top 10 – comentou.

– Sim. E para carne eu gosto do Cl...

– Clove and Cleaver – disse ela, concluindo minha frase sem tirar os olhos do cartão-postal.

Abri um sorriso.

– Amo o jalapeño recheado e empanado deles – falei.

– E os tomates verdes fritos.

Dei risada.

– Isso.

Vanessa colocou o cartão-postal na pilha das coisas que ia guardar.

– Eu *amo* comer bem. Quase desmaiei uma vez em Roma quando um assistente quis comer no McDonald's. Se alguém me convida para almoçar e me leva ao Taco Bell ou algo do tipo, não é mais uma saída, é um sequestro. Gosto de restaurantes pequenos – contou ela. – Com exceção do Chipotle.

Dei risada, porque eu também era assim. Sempre que levava minha mãe para comer e ela queria ir ao Perkins, uma rede de café da manhã, eu queria morrer. Também preferia apoiar os restaurantes pequenos. Por que comer algo que foi produzido em massa quando podemos experimentar um lugar único? Nossas refeições nesta vida são finitas, e desperdiçar uma com algo ordinário quando temos condição de comer uma coisa diferente é um insulto.

– Você já foi ao Badger Den? – perguntou Vanessa. – Em Los Angeles?

Fiquei um tempo encarando-a.

– Você conhece o Badger Den?

Ela analisou a frente de um envelope, segurando Grace contra o peito.

– Estou na lista de espera deles há dois anos.

Pisquei, olhando atônito para ela. Eu não conseguia *acreditar* que estava falando com alguém que conhecia o Badger Den. Em Los Angeles, tudo bem. Mas em Minnesota? O restaurante exclusivo, secreto, só para convidados, estava na minha lista desde sempre.

– Também estou na lista de espera, mas nunca fui.

Ela sorriu.

– Que tal fazermos um pacto? Se um de nós for convidado, levamos o outro como acompanhante.

– Combinado – falei, meio rápido demais.

– Você vai ter que pegar um avião. Eles avisam com pouca antecedência.

– Eu dirijo *muito* rápido.

Vanessa riu, e colocou Grace no balanço. Então pegou um envelope amarelo, de onde tirou um pacote de esponjas, e deu um gritinho.

– Issooooo! Isso, isso, ISSO!

Ergui uma sobrancelha.

– Esponjas?

Ela sorriu, olhando para as esponjas.

– Gravei uma série sobre coisinhas que podemos fazer para nossa própria felicidade. Lençóis limpos, toalhas quentinhas recém-saídas da secadora, flores frescas no quarto. Uma esponja nova – disse ela, e olhou para mim. – É *incrível* quanto uma esponja nova pode ser restauradora. – Ela levantou. – Vou te dar uma.

– Uma esponja? – repeti, virando para observá-la caminhar até a cozinha.

– É. Vai mudar sua vida – disse, abrindo a esponja, colocando-a em cima da pia e jogando a velha fora. – É como uma limpeza espiritual. Um recomeço cósmico.

– Uma esponja... – falei mais uma vez sem expressão, olhando para ela, curioso.

Parecia que ela estava prestes a responder, mas alguém começou a bater com força em uma porta no corredor. Vanessa olhou para a direção de onde vinha o barulho.

– Parece a minha porta, não parece? – perguntou.

Ela saiu da cozinha, abriu a tranca e espiou pela porta. Então voltou a me encarar, o rosto cheio de preocupação.

– Tenho que ir. É a polícia.

8

A POLÍCIA APARECEU. O QUE ACONTECEU DEPOIS VAI TE DEIXAR DE QUEIXO CAÍDO!

Vanessa

– Pois não? – falei, saindo do apartamento do Adrian.

O policial olhou para mim.

– Estou procurando Vanessa Price.

– Sou eu.

Ele olhou para uma prancheta.

– A senhorita é dona de um Kia Rio 2018?

Merda.

Meu coração disparou.

– Sim. Algum problema? – perguntei, engolindo em seco.

Adrian veio atrás de mim e deu uma olhada no corredor.

– Policial Sanchez – disse, por sobre meu ombro. – Como vai?

O policial pareceu reconhecê-lo e abriu um sorriso.

– Copeland! Você mora aqui?

– Já faz cinco anos – disse Adrian. – E sua esposa?

Ele riu.

– Está grávida de novo. Não tenho visto você na academia.

– Ando ocupado. No meio de um julgamento. Algum problema aqui?

– Ah, sim. Esta manhã encontramos seu carro batido contra uma árvore perto do centro de eventos, Srta. Price. Não tinha ninguém lá dentro. Está sabendo de alguma coisa?

A postura do policial parecia mais relaxada desde que Adrian apareceu, mas senti meu coração na boca assim mesmo.

– Não – falei, torcendo para soar normal.

– A senhorita emprestou o carro para alguém?

Adrian apertou meu cotovelo discretamente.

– Pelo jeito foi roubado. Talvez tenham dado um passeio – disse.

O policial Sanchez olhou para Adrian por cima da minha cabeça.

– A chave estava dentro. Não foi ligação direta.

Senti a respiração do Adrian em minha orelha quando ele falou comigo.

– Você não disse que tinha perdido a chave, Vanessa?

Ele estava me instruindo. E estava perto. Muito pertinho. Era de propósito. Adrian queria que o policial achasse que estávamos juntos.

Estava me emprestando sua credibilidade.

Fazia menos de uma semana que nos conhecíamos, ele não sabia o que estava acontecendo em minha vida, e ainda assim interferiu para me defender, me dando o benefício da dúvida e me protegendo de quaisquer possíveis consequências daquela situação. Não sei por que ele fez isso, mas não poderia estar mais grata. Eu estava surtando por dentro.

Assenti.

– Verdade. Faz algumas semanas que perdi a chave – menti. – Estava usando a reserva.

O policial Sanchez assentiu, mas de repente seus olhos pareceram me analisar a fundo.

– Onde a senhorita estava por volta das três da manhã?

Adrian riu.

– Onde você *acha* que ela estava?

O policial Sanchez olhou do Adrian para mim, e de mim para ele. Então deu uma risadinha.

– Tá bom, cara. Vou registrar como veículo roubado – avisou, e voltou a olhar para mim. – Está no pátio da polícia. Aqui está o endereço.

Ele me entregou um cartão.

Pigarreei.

– Desculpa, é... Havia sangue ou algo do tipo? Acha que alguém se machucou?

– É difícil dizer. O airbag foi acionado, mas vasculhamos a área. Não havia ninguém morto numa vala. Acho que a pessoa fugiu a pé – sugeriu, e assentiu para Adrian. – Ei, você precisa voltar para a academia para me ajudar no supino.

A risada de Adrian retumbou em minhas costas.

– Pode deixar. Bom dia. E mande um oi para Karla.

Assim que entramos no apartamento e a porta se fechou atrás de mim, corri e peguei o celular.

Liguei para o meu pai. Foi direto para a caixa postal. Então liguei para Annabel. Caixa postal. Brent teria atendido, mas me bloqueou quando eu disse que só lhe daria minha mochila da Gucci quando ele conseguisse um emprego. Aff!

– Merda. Merda merda merda merda merda. Tenho que ir.

Comecei a pegar minhas coisas, enfiando os lenços e o álcool em gel na bolsa de fraldas, então corri até a cozinha para pegar a mamadeira que tinha deixado no escorredor. Eu precisava pegar Grace e o balanço. A correspondência estava espalhada pelo chão. Eu estava tão em pânico e nervosa que não conseguia pensar direito.

Adrian cruzou os braços, me observando enquanto eu andava pelo apartamento como uma barata tonta.

– Quem estava dirigindo seu carro? – perguntou.

Hospital. Eu precisava ligar para os hospitais.

– Meu pai. Comprei um carro para ele usar. Ele está em condicional, deve ter se assustado.

– Qual foi a condenação? – perguntou ele.

– Violações ao código de saúde. Umas coisas no quintal – respondi. Então parei no meio da sala, ofegante, a bolsa de fraldas pendurada no cotovelo. – Acha que seu amigo suspeitou que você estava mentindo?

Ele deu de ombros.

– Não importa. Não houve feridos nem danos materiais. A não ser que haja alguma filmagem, ele não tem como provar nada e sabe disso. Não vale a pena perder tanto tempo. Eu isentei você de qualquer responsabilidade e o poupei da burocracia e de ter que ir até a casa do seu pai. E eu sabia que não tinha sido você. Ouvi você com a Grace às três da manhã.

Assenti, apavorada demais para sentir pena do Adrian por ter ficado acordado com a gente no meio da noite, então passei reto por ele para pegar o canguru da Grace em cima da mesa.

– Ei – disse ele, pousando as mãos nos meus ombros para me segurar quando voltei. – Respire um pouco. – Adrian baixou a cabeça e me olhou com aqueles olhos verdes profundos. – Do que você precisa?

Engoli em seco.

– Preciso... que cuide da Grace – falei depressa.

A frase saiu antes que eu tivesse tempo de pensar. Mas na verdade eu pensei. Não podia levá-la comigo em minha saga por hospitais e celas de cadeia. E *definitivamente* não podia levá-la comigo à casa do meu pai.

Adrian assentiu e pegou a bolsa de fraldas do meu braço.

– Claro. Vá fazer o que precisa.

– Tem certeza? – perguntei, sem fôlego. – Você dá conta?

Ele olhou bem no fundo dos meus olhos.

– Absoluta. Pode ir. Ela vai ficar bem comigo.

Ele tinha um ar de força, firmeza, autoridade. O ar de alguém que estava acostumado que os outros dependessem dele. Adrian era tão hábil, e me perguntei se havia pais assim.

Assenti e saí do apartamento dele quase tropeçando em meus próprios pés. Corri para casa a fim de trocar de roupa. Quando já estava quase no elevador, me dei conta de que não estava nem com minha bolsa, nem com a chave do carro, e usava chinelos de unicórnio e um colar de Froot Loops.

Cheguei a Eagan em vinte minutos. No caminho, liguei para os hospitais locais. Meu pai não estava em nenhum deles. Também não estava no sistema prisional do Condado de Ramsey. Perguntei sobre Annabel, pensando que ela poderia estar com ele no momento da batida e que poderia estar machucada, mas o nome dela também não surgiu em lugar nenhum.

Quando bati à porta da casa do meu pai, o pânico já tinha se transformado em raiva.

Quer dizer, que merda era aquela? Ele bate meu carro e acha que não vou descobrir? Nem se dá ao trabalho de me ligar para avisar, dizer que está bem?

Quando ele abriu a porta, o cheiro de banheiro mofado e lixo podre me atingiu.

– Pai – falei, com frieza.

Ele ficou parado ali, os olhos vermelhos e o cabelo desgrenhado. Não *parecia* alguém que tivesse batido o carro, mas quem poderia saber?

Ele estreitou os olhos.

– Melanie? – perguntou.

Ouvir aquilo foi como um soco no estômago. Tive que fazer uma pausa para me recompor antes de responder.

– Pai, sou eu, *Vanessa*.

Ele piscou, me encarando, e o brilho de seus olhos sumiu. Meu pai abriu a porta e me deixou entrar, então foi até o sofá com passos rígidos e se deitou, fazendo careta.

Fechei a porta.

Meu Deus, a casa estava nojenta. Meu pai sempre foi acumulador, mas aquilo era demais até para ele.

Torci o nariz para um saco de lixo podre ao lado da porta. Alguém tinha tirado da cozinha, mas não levara para fora. O chorume vazava no fundo, formando uma poça marrom pútrida. Como sempre, havia sacos de coisas aleatórias por toda parte. Coisas que as pessoas jogavam fora e ele levava para casa com o plano grandioso de consertar ou usar de alguma forma. Era ridículo.

Normalmente, eu tirava os sapatos quando entrava na casa de alguém, mas me negava a andar descalça ali.

– Pelo jeito está tentando bater um novo recorde pessoal – comentei, passando por cima de uma cama de cachorro suja e rasgada, o que era interessante porque meu pai não tinha animal de estimação.

Ele falou do sofá, como se estivesse com dor.

– Vanessa, estou com um desconforto descomunal. Sua irmã levou toda a minha oxicodona, e minhas costas estão me matando. Não dormi nada ontem à noite. Se veio pegar no meu pé, peço que vá embora.

Na semana anterior, ele tinha lesionado as costas ao tropeçar em alguma coisa dentro de casa. Eu disse a ele que trancasse os comprimidos, mas claro que meu pai não fez isso. Também pedi que limpasse a casa, o que ele também não fez.

Fui até o sofá e fiquei ao lado dele com os braços cruzados.

– Não quer saber o que vim fazer aqui hoje? – perguntei. Como ele nem se deu ao trabalho de abrir os olhos, continuei: – Um policial foi até o meu apartamento. Parece que encontraram seu carro batido em uma árvore hoje de manhã. Vazio. Por acaso está sabendo de alguma coisa?

Ele soltou um gemido e cobriu o rosto com um dos braços.

– Está machucado? – perguntei, irritada. – Precisa que eu te leve até o hospital?

– Estou ótimo – resmungou ele.

– Então o que aconteceu? Você simplesmente bateu e fugiu?

Ele não respondeu, e eu chutei o pé do sofá.

– Pai!

Ele se sentou devagar, estremecendo.

– Tá bom, tá bom. Você conseguiu minha atenção. Satisfeita?

Olhei bem para ele.

– Não fui eu – disse meu pai. – Foi Annabel. Eu nem estava aqui.

Baixei os braços.

– Você emprestou o *carro* para ela? – perguntei, boquiaberta. – Por que você fez isso? Ela devia estar sob o efeito de drogas! E está com a carteira suspensa!

– Ninguém precisa dessa baboseira emitida pelo governo para dirigir – respondeu ele, erguendo a mão. – Isso é só mais uma desculpa para o Grande Irmão arrancar dinheiro da gente por algo que uma criança de 10 anos consegue fazer. Qual vai ser a próxima? Colocarem GPS no nosso cérebro? Para termos o privilégio de pagar uma taxa anual pelo uso? Ou códigos de barras em humanos? Não, obrigado.

Olhei para ele.

– Por favor, me diga que está brincando.

– Por que estaria? E eu não emprestei o carro para ela – respondeu ele, massageando a lombar. – Ela pegou.

– Sem *permissão*?

Meu pai estreitou os olhos.

– Ela é uma mulher adulta, Vanessa. Não precisa da *minha* permissão para sair de casa...

Fiquei boquiaberta.

– Uau. Isso é... *Uau* – falei, balançando a cabeça, incrédula. – Quer saber? *Cansei.* Você vai tomar jeito, Brent vai arranjar um emprego e ela vai para a reabilitação... e não vai mais morar aqui enquanto isso, entendido? – Apontei com o polegar para o meu peito. – Eu pago a hipoteca desta casa. *Eu* pago o carro que ela bateu. Está registrado no *meu* nome. Eu vou pagar o seguro, a manutenção e o conserto daquele carro. E faço isso para que você consiga dar um jeito na sua vida e para que Brent talvez consiga um emprego caso decida procurar um, não para que Annabel coloque outras pessoas em risco. Se vocês três acham que vou financiar essa... essa *merda*, perderam o juízo.

Comecei a juntar as garrafas de refrigerante vazias que estavam em cima da mesa de centro, segurando-as contra a barriga.

– Ela podia ter *matado* alguém – falei, furiosa, as garrafas batendo umas nas outras. – Vocês têm sorte de ela só ter batido em uma árvore. – Parei e o encarei. – Ela levou dinheiro? Não minta para mim.

Ele pareceu indignado.

– Você não dá mais nada para ela. Como Annabel vai comer?

– Quanto? – perguntei, com firmeza.

Meu pai ergueu uma das mãos, como se aquilo não fosse nada.

– Talvez algumas notas de 20. E meu celular – respondeu, balançando a cabeça. – E...

Esperei.

– ... a aliança de noivado da sua mãe.

Mas que MERDA!

Ergui um dos braços e fui até a cozinha pisando firme. Eu queria destruir alguma coisa. Quebrar um prato. Pegar um taco de beisebol e destruir aquela casa nojenta.

Ele foi atrás de mim. Joguei as garrafas no lixo.

– Sabe, não custa ter um pouco de compaixão pela sua irmã – disse ele. – O vício é uma doença. E uma mãe merece ver a filha.

Virei para ele.

– Eu *tenho* compaixão. É por isso que *eu* estou fazendo tudo ao meu alcance para que ela se trate. E se você a amasse, estaria me ajudando. Ela precisa de limites, pai. Precisa haver consequências. E se você não é capaz disso, então é parte do problema.

Meu pai contraiu o maxilar, a barba por fazer.

Dei as costas para ele e comecei a lavar a louça com raiva.

– Sabe, só *uma* vez eu queria poder desmoronar. Estou exausta de resolver os problemas de todo mundo.

A porta que dava para a garagem se abriu. Brent entrou.

Ele morava do outro lado da rua com o namorado, Joel, e a família dele. Devia ter visto meu carro na entrada e provavelmente precisava de alguma coisa. Como sempre. Nenhum de nós ia até aquele inferno à toa.

– Quer dizer que a princesa voltou – disse, em tom de brincadeira.

Olhei bem para ele.

– Você está na corda bamba, Brent. Não me teste. E que coragem me bloquear no celular que *eu* comprei.

Ele deu uma olhada em volta e levou a mão ao nariz, respirando através do tecido da camisa.

– Aff, este lugar está *fedendo*. Enfim, queria falar com você...

– É claro que queria. Para qual esquema de pirâmide quer dinheiro desta vez?

Ele bufou, indignado.

– Em primeiro lugar, *não* é um esquema de pirâmide, Vanessa. É uma empresa legítima, e vou ser meu próprio chefe. Só preciso de um investimento inicial.

– Ótimo. Mais uma empresa de marketing multinível. Melhor *ainda* – retruquei, colocando com força um prato no escorredor. – Não vou te dar um centavo, Brent. Você tem um diploma de administração. Arranje. Um. EMPREGO. Um emprego *de verdade*.

– Não sirvo para um emprego tradicional, Vanessa, você sabe disso! Eu odeio todo mundo, a alimentação é de dar nojo e não sirvo para trabalho braçal – resmungou ele.

Meu pai estava em algum lugar atrás de mim.

– Seu irmão é um empresário, só está pedindo um dinheirinho para começar.

– Ah, é? Então dê *você*.

– Nesta família nós cuidamos uns dos outros – rebateu meu pai, sem se deixar abalar. – É o que *fazemos*. Eu cuidei de você e da sua irmã quando sua mãe morreu. Você e Annabel cuidaram da Melanie, e agora você está cuidando de nós. É o jeito Price de fazer as coisas. Se não tivermos uns aos outros, vamos ter o quê?

– *Você* cuidou de nós? – falei e ri, indignada. – É isso que você acha que aconteceu?

– Olha só para você. Está se saindo muito bem! – gritou ele, ainda atrás de mim.

Coloquei mais um prato no escorredor, com força.

– Como você ousa qualificar como cuidadosa sua paternidade à moda "cada um por si"? A gente não tinha dinheiro, nossas roupas cheiravam a mofo, então sofríamos bullying na escola, e só tinha comida vencida na despensa. Você trouxe para casa um sofá mofado que achou na rua. Tivemos uma infestação de percevejos e passamos a Páscoa na casa dos pais do Joel enquanto você…

Brent olhou para as próprias unhas.

– Aquele sofá era nojento *mesmo*… – comentou.

– Isso foi há uns quinze anos – disse meu pai. – Até quando vocês vão falar daquele sofá? Se querem saber, era um modelo vitoriano incrível, só precisava de uma reforma. E datas de validade são um mito. Eles só querem que a gente compre comida sem necessidade.

– Quem são esses "eles"? A conspiração dos supermercados? – perguntou Brent, sarcástico.

Soltei uma risadinha seca.

– Eu ensinei vocês a se virarem – continuou meu pai. – É uma habilidade indispensável. A propósito, de nada. Você deve tudo o que tem ao modo como eu criei vocês, e me obriga a andar por aí em um *Kia* usado. É um insulto. E, para falar a verdade, é péssimo para sua imagem. O pai de uma personalidade famosa da internet devia andar em algo mais distinto. Quem sabe um Lexus. Ou aquela C-Class nova…

Bufei mais uma vez.

– Aquele carro *já era*. A partir de agora, vai ter que pedir um Uber quando precisar sair. E limpe essa casa e troque a fechadura, ou não vou mais pagar as contas. Você que se vire.

Meu queixo começou a tremer. Como aquela família ia viver quando eu não estivesse mais aqui?

Eu era a cola. A única coisa que mantinha aquela merda toda unida.

Se eu morresse, meu pai teria que cuidar da Grace, e eu tinha pouquíssima fé de que ele estaria à altura dessa tarefa. Não a levaria até lá nem para visitá-lo, imagine para morar. Ele era um caso perdido. Podia muito bem morrer sob uma avalanche de lixo no porão, e só encontrariam seu corpo quando os vizinhos reclamassem do cheiro. Annabel acabaria tendo uma overdose em busca do próximo barato, e não voltaria para cuidar da filha. Brent gastaria a herança com algum esquema para ficar rico rápido, e estaria falido e passando fome antes mesmo que meu corpo esfriasse.

Eu imaginava que tinha mais ou menos um ano. Um ano, se minha mão significasse o que eu achava que significava. Então estaria morta e enterrada, e aquele festival de merda ia continuar sem mim, sem ninguém para contê-lo. Todos eles sofreriam muito até o dia em que morressem.

Um soluço escapou da minha garganta, e eu me virei. Fui deslizando pela máquina de lavar até sentar no chão imundo, chorando, as mãos cobrindo o rosto. E a pior parte era que eu não conseguia sentir as pontas dos dedos.

Ouvi meu pai vindo me consolar porque o piso de linóleo estava tão grudento que seus sapatos fizeram barulho, como alguém soltando uma fita adesiva. Isso só me fez chorar ainda mais.

Era como se a família Price estivesse fadada à extinção. Genes defeituosos, predisposição a doenças e à droga da Lei de Murphy.

Coitadinha da Grace. Uma mãe viciada, um avô narcisista, um tio iludido e uma tutora moribunda.

Caí no choro, completamente destemperada, e meu pai me abraçou.

– Por que está chorando, docinho? A vida é boa! Annabel vai ficar bem, e a Grace tem você.

Chorei ainda mais alto.

Eu não podia contar a ele sobre minha mão. Não podia contar a nenhum deles. Meu pai ia desmoronar – nem que fosse só para chamar a atenção. Brent entraria no modo dramático e só Deus sabe o que aconteceria com minha irmã.

Meu Deus. Alguém deveria adotar a Grace. Cortar contato com a família e fugir com ela. Um casal legal, que a mimasse, a inscrevesse em acampamentos divertidos e que lhe desse um pônei de presente, para que ela crescesse sem conhecer o lixo de família em que nasceu, porque ninguém ali ia mudar, *nunca*.

Brent sussurrou meio alto de onde estava, perto da porta que levava à garagem.

– Tá, tipo, você sabe que eu quero consolar você, né? Mas *não vou* me sentar neste chão.

Ri em meio às lágrimas.

Enxuguei os olhos com a manga da camisa, respirando fundo, trêmula, tentando me acalmar. Como sempre, *eu* não podia me dar ao luxo de surtar.

Acho que terapia me faria bem. Talvez mais um grupo de apoio on-line, no mínimo. Mas para que tentar me tratar, se eu talvez nem existiria mais em doze meses?

– E aí, onde você acha que ela está? – resmunguei, pressionando os olhos com as palmas das mãos.

– Ela mandou mensagem hoje de manhã – respondeu Brent, como se aquilo o irritasse. – Está bem.

– Você conhece Annabel – comentou meu pai, desdenhando da seriedade da situação. – Ela sempre cai de pé.

Brent zombou.

– Ela está mais para uma barata que para um gato – resmungou.

Senti meu pai se virar e olhar para ele.

– Ela é sua *irmã*, garoto.

– O quê? Não falei por mal! Só quis dizer que ela é indestrutível. Se uma bomba nuclear explodisse, Annabel sairia correndo ilesa pelas ruínas, ainda usando o lenço da Burberry que roubou de mim. Ela insiste que não sabe onde ele está – disse Brent, cruzando os braços. – *Sinto falta* daquele lenço.

Soltei um suspiro longo e cansado.

– Eu falei que o carro foi roubado. Por sorte, estava com um advogado criminal quando a polícia apareceu – contei, enxugando os olhos com a palma da mão. – Sabe, isso tudo é documentado, pai. Pode prejudicar minha imagem. Você precisa ser mais cuidadoso.

– O cara gato do corredor? – perguntou Brent.

Assenti, sem vontade.

– Cara bonitão – comentou meu pai. – E é um bom emprego. Advogados ganham dinheiro. Seria bom ter um advogado na família.

Bufei baixinho. *Muito conveniente.*

Meu pai e eu não tínhamos o tipo de relacionamento no qual a opinião dele a respeito dos caras com quem eu saía tivesse qualquer importância. Não que estivesse saindo com Adrian e não que fosse sair um dia. Aquele homem não ia querer se envolver no caos que era minha vida. E isso também me deu vontade de chorar.

Eu gostava dele. Ele fazia muuuito meu tipo. Se as coisas fossem diferentes, se ele estivesse um pouquinho interessado e eu não estivesse encarando minha própria data de validade, pularia em cima daquele corpo como se fosse um trampolim.

Estremeci só de pensar no que Adrian poderia achar de tudo aquilo. Parecia que todo dia tinha que acontecer algo de humilhante comigo na frente dele, só porque o universo precisava dar uma boa gargalhada. Ri mais uma vez em meio às lágrimas, meio sufocada, e apoiei a testa nos joelhos.

Eu precisava que minha família fosse independente. *Precisava.* Não podia mais permitir toda aquela irresponsabilidade. Logo não estaria mais presente para ajudá-los. Mas eu não sabia o que fazer. Não podia ajudar Annabel se ela não quisesse ajudar a si mesma. Brent estava convencido a caçar o pote de ouro do arco-íris. E meu pai...

Eu esperava que a intervenção da Prefeitura o fizesse acordar para a vida. Ele tinha sido multado e condenado a seis meses de liberdade condicional pelo estado do quintal. Sei que se sentiu humilhado. Mas não parou de acumular coisas. Aquilo já não era mais uma simples necessidade de economizar. Ele estava guardando lixo. Algumas das coisas que meu pai insistia em manter eram literalmente lixo. E ele trazia tudo para casa mais rápido do que eu conseguia jogar fora.

Funguei e descansei a testa sobre as mãos.

– Vá tomar um banho. Nós vamos a uma reunião do Narcóticos Anônimos – anunciei. – Você também, Brent.

Eles não discutiram. Provavelmente porque sabiam que, se quisessem que eu continuasse pagando as contas, teriam que pelo menos parecer colaborar.

Segui meu pai até a sala e dei a ele dois analgésicos que tinha na bolsa. Teríamos que ir atrás de outra receita – e de um cofre para guardar o remédio. Ele também precisava de um celular novo.

Quando ouvi o chuveiro, comecei uma limpeza rápida na casa. Obriguei Brent a passar aspirador enquanto eu tirava o pó. Coloquei a roupa na máquina de lavar. Não era nem um centésimo do que precisava ser feito, mas era um começo.

Meia hora depois, meu pai saiu do banho e veio pelo corredor, vestido e limpo, bem na hora que eu estava ligando a lava-louças.

– Podemos almoçar no Perkins? – perguntou ele, arregaçando as mangas do suéter.

Suspirei. Meu pai era um homem bonito. Estava com uma camisa branca de botão embaixo do colete em gola V e tinha feito a barba. Usava óculos. Parecia o tipo de cara que relaxa em uma cadeira de couro em frente à lareira, folheando um livro. Parecia um cavalheiro educado e sofisticado, muito inteligente e charmoso demais para seu próprio bem – o que ele *era* mesmo.

Às vezes, eu achava que a inteligência do meu pai era o motivo pelo qual ele era daquele jeito. Ele era esperto demais para ser apenas feliz. Estava sempre muito ligado em tudo o que acontecia à sua volta, absorvendo o mundo como uma esponja. Ele poderia ter sido qualquer coisa. Médico. Cientista. Contador, como já tinha sido.

Mas era *aquilo*.

O último lugar onde eu gostaria de almoçar era o Perkins.

E levei meu pai lá mesmo assim.

PASSEI QUASE CINCO HORAS FORA. Eram duas da tarde quando voltei. Perguntei da Grace meia dúzia de vezes. Adrian sempre me garantia que estava tudo bem e que eu não precisava me apressar. Quando finalmente voltei ao seu apartamento, bati à porta. Adrian gritou lá de dentro, pedindo que eu entrasse.

Ele estava em frente à pia da cozinha. Ouvi o barulho da água. A pasta de trabalho estava aberta sobre a mesa e alguns papéis estavam espalhados, como se ele estivesse tentando trabalhar um pouco. Eu me senti ainda mais culpada por ter roubado metade do seu dia de folga com meus problemas. Ele devia ter coisas para fazer.

– E aí – falei, entrando e fechando a porta. – Como ela está? – perguntei, olhando para o balanço da Grace, que estava vazio.

– Estava ótima, até uns vinte minutos atrás – respondeu ele, sem tirar os olhos do que quer que estivesse lavando. – Aposto que você nunca viu uma fralda cheia de verdade.

Dei a volta no balcão da cozinha e vi que era Grace dentro da pia.

Ele estava dando banho nela.

Meu coração *derreteu.*

Adrian tinha enrolado uma toalha para apoiá-la e um paninho molhado estava amontoado em um canto. Ele enxaguava Grace com um copinho. Tinha usado a embalagem de xampu para viagem que havia dentro da bolsa de fraldas. O frasco estava pela metade.

Ele enxugou a testa com as costas da mão.

– Subiu pelas costas. Tinha até no cabelo. Não sei como eles conseguem fazer isso. Quase joguei Grace no lixo com roupa e tudo.

Uma gargalhada escapou de meus lábios, e cobri a boca com a mão.

– Desculpa, não é engraçado. Eu não devia estar rindo.

Ele sorriu.

– Tudo bem. Você prometeu *mesmo* que o dia ia ter aventura e emoção – disse, apontando para o saco de lixo no chão. – O pijama sujo dela está ali. Eu ia lavar.

Parei ao lado dele e arregacei as mangas.

– Deixa eu ajudar você. Ela fica muito escorregadia quando está molhada – falei, e meu braço encostou no dele quando me inclinei sobre a pia.

Ele estava cheiroso. *Muito* cheiroso.

Pensei em Adrian pertinho de mim naquela manhã, na frente do policial Sanchez, e meu coração acelerou de leve.

Fazia bastante tempo que eu não transava. Eu não queria namorar, mas não me opunha a uma noite de sexo casual de vez em quando. Só que isso ia ficando cada vez mais difícil conforme a fama crescia. Eu conhecia homens que sabiam quem eu era e as coisas ficavam esquisitas. Tinha medo de que eles contassem histórias tórridas a meu respeito na internet ou tirassem fotos minhas enquanto eu ainda estivesse dormindo e vendessem por aí. Nada espanta mais o romance que um termo de confidencialidade.

A fama me isolava do mundo. Quase tanto quanto o motivo pelo qual eu preferia ficar sozinha.

De repente, me ocorreu que a última vez que eu tinha transado talvez fosse a última transa da minha vida.

Suspirei ao ser tomada por essa compreensão. Se estivesse mesmo doente, muitas coisas iam acontecer pela última vez. Talvez eu tivesse acabado de passar meu último Dia de Ação de Graças. Aquele seria meu último Natal. Meu último ano-novo. Aquela talvez fosse a última vez que eu ficava ombro a ombro com um homem bonito.

Eu me obriguei a parar de pensar nisso. A fazer o que sempre fazia: ver gratidão no que eu tinha em vez de lamentar o que ia perder.

Adrian me distraiu e me ajudou quando precisei. Foi ele que incitou meu vídeo, um conteúdo para o meu canal, para que eu pudesse continuar doando dinheiro para os estudos sobre a ELA. E tive a chance de conhecê-lo, algo que nunca imaginei que pudesse acontecer. Alguns dias antes, éramos estranhos. Eu podia me sentir grata por todas essas coisas.

Mas senti que continuava afundando.

Talvez todas as coisas estivessem desmoronando sobre a minha cabeça de uma vez, e eu não tivesse forças para reagir como sempre fazia. A dor na mão e o que aquilo podia indicar. Meu pai, Brent, Annabel. A exaustão, a aliança da minha mãe.

Era assustador pensar que talvez eu estivesse perdendo as forças. Que talvez estivesse finalmente chegando ao limite de tragédia e desespero que era capaz de suportar.

Reagir com rapidez era meu mecanismo de defesa. Eu me recuperava em tempo recorde de qualquer destruição. Era uma otimista que sempre via o copo meio cheio. Uma pessoa naturalmente positiva. Essa era a minha praia. Eu vivia a vida ao máximo, cada dia como se fosse o último.

Mas aquele dia? Aquele dia tirou alguma coisa de mim. E o estranho é que achei que isso tinha mais a ver com Adrian que com qualquer outra coisa.

Eu estava acostumada com a instabilidade de Annabel e as merdas do meu pai e de Brent. Estava acostumada até mesmo com a ideia de que morreria antes dos 30 anos. Mas não estava acostumada com *aquilo*.

Com ele.

Adrian era um dos marcos que eu nunca alcançaria. Talvez não ele exatamente. Ele não estava interessado nem disponível. Mas a *ideia* que ele representava. Um homem por quem eu poderia me apaixonar.

Eu nunca teria um marido. Nunca teria uma família. Caramba, nunca mais teria um namorado.

A ELA tirou isso de mim, como tirou tantas outras coisas. Aquela doença era mais que apenas uma ladra de vida. Roubava a esperança. A dignidade. Os sonhos. E continuaria roubando até que não restasse mais nada.

Nem eu mesma.

Minha respiração saiu trêmula.

– Para alguém que nunca deu banho em um bebê, você fez certinho – elogiei, tentando afastar aquele sentimento sombrio que surgia quando eu estava perto dele.

– Tive que ligar para minha mãe. Não sabia nem por onde começar.

Dei risada mais uma vez, mas sem muita vontade.

Ele jogou um último copo de água sobre os ombros de Grace, e eu a ergui com a toalha.

Ele tirou o tampão do ralo enquanto eu abraçava minha bebê molhada, beijando seu rostinho. Fui tomada pelo desejo de protegê-la. Para todos os efeitos, naquele momento, ela era mesmo *minha*.

Filhos nunca estiveram nos meus planos. Eu já tinha até feito laqueadura. Não havia como saber qual gene causava a ELA na minha família, então não poderia selecionar embriões para descartá-la em uma fertilização in vitro. E embora *eu* estivesse muito feliz por ter nascido, mesmo com os riscos, e muitas pessoas na minha situação escolhessem ter filhos ainda assim, eu me recusava a jogar roleta-russa com meus próprios filhos.

Eu não transmitiria a ELA para mais uma vítima. Essa doença já tinha roubado muito da família Price. Eu não precisava colocar mais um possível sacrifício a seus pés.

Havia opções. Doação de óvulos ou adoção. Mas nunca nem as considerei, porque não sabia se estaria presente para criar a criança. E era exatamente essa situação que eu enfrentava agora. Também não poderia criar Grace.

Mesmo que quisesse.

Queria acreditar que tudo ficaria bem. Que Annabel ficaria sóbria, como já tinha acontecido. Que ela se recuperaria pela filha. Mas eu não tinha tempo para fé. Não mais. Não podia me dar ao luxo de apostar nisso e perder.

Eu precisava de um plano a longo prazo para aquela garotinha, e precisava executá-lo enquanto ainda era possível.

– Conhece algum bom advogado especializado em adoção? – perguntei.

Adrian se apoiou no balcão da cozinha, secando as mãos em um pano.

– Conheço. Está pensando em adotar Grace?

Não podia falar a verdade. Ele não precisava saber. *Eu* mesma não queria saber aquela verdade: que teria que abrir mão dela, encontrar outra família para criá-la. A dor pareceu borbulhar em meu coração, e eu tive que engoli-la.

– Acho que ela precisa de estabilidade, sabe?

– Sua irmã vai autorizar a adoção?

Balancei a cabeça.

– Não sei.

Adrian largou o pano sobre o balcão.

– Se ela não quiser autorizar, você pode usar o dinheiro. Oferecer um incentivo. Isso costuma dar certo – disse ele, cruzando os braços. – Você conseguiu resolver tudo com sua família?

Soltei um longo suspiro.

– Mais ou menos. Annabel bateu o carro. Roubou. Então, boa notícia, você não cometeu perjúrio mentindo para a polícia. Ela roubou o celular, o dinheiro do meu pai e a aliança de noivado da minha mãe... – falei, engasgando com a última palavra. Não consegui me conter. Fui pega de surpresa e não consegui me segurar. Mordi o lábio e me virei para a sala. – Desculpa – murmurei. – Ainda estou assimilando a notícia.

Eu tinha uma regra. Não ficava me lamentando por nada. Não me permitia, independentemente do que fosse. A vida era muito curta. Mas aquilo tinha doído.

O anel da minha mãe era das poucas heranças da família com as quais me importava. Eu tinha poucas coisas dela.

E agora já não tinha mais a aliança.

– Você registrou boletim de ocorrência? – perguntou ele, atrás de mim.

Assenti, deitando Grace no sofá para colocar a fralda nela. Engoli em seco antes de falar. Não queria chorar na frente dele.

– Registrei, mas o diamante é pequeno. A aliança não deve custar nem mil dólares. Eles não vão procurar muito. Tem a palavra *destino* inscrita, então acho que não é impossível, mas não acredito que vão achar – falei, fungando. – As coisas são como são. Tudo bem. É que era um objeto de valor sentimental, só isso.

Adrian se aproximou de mim por trás e me deu a roupinha que tinha escolhido para Grace. Peguei a roupa sem olhar para ele.

– Você perdeu sua mãe? – perguntou.

Assenti.

– Perdi. Quando tinha 6 anos. Acidente de carro.

Vesti o pijaminha em Grace.

– Sua irmã é nove anos mais nova que você. É de outra mãe?

– A segunda mulher do meu pai. Ela também é mãe do Brent.

– E onde ela está?

Terminei de abotoar a roupinha e peguei Grace no colo.

– O mais longe da *gente* possível. E eu nem a culpo – resmunguei. Virei para ele e enxuguei os olhos. – Desculpe ter tomado tanto tempo do seu dia. Obrigada por ter ficado com ela. Já vou te deixar em paz.

– Não quer jantar comigo?

A pergunta me pegou tão de surpresa que me obriguei a parar e encará-lo. Adrian estava sentado em uma cadeira, os cotovelos apoiados nos joelhos, as mãos unidas, olhando para mim.

– Você quer jantar comigo? – perguntei, piscando.

– Quero.

– Ainda não cansou das merdas que acontecem na minha vida? Ou das que saem dela? – perguntei, apontando com a cabeça para Grace.

Ele riu.

– Não.

Adrian não estava dando em cima de mim. Era absolutamente platônico. Mas eu gostava dele, e me permitir passar mais tempo com alguém por quem eu poderia desenvolver certos sentimentos não era bom para mim – nem para ele. Adrian não fazia ideia de onde estava se enfiando. Minha vida era um daqueles armazéns com a placa: X DIAS SEM ACIDENTES, e o número estava sempre no zero.

Hesitei.

– Me aproximar assim de alguém não é uma boa ideia para mim no momento.

– Por quê? – perguntou ele.

Suspirei.

– Adrian, minha vida está uma zona. Uma *zona*. Você não faz ideia. Meu mundo parece um monte lamacento de merda, e se você se aproximar demais vai acabar escorregando morro abaixo comigo.

– Porque você tem problemas familiares? Não existe família perfeita. Só aquelas que cuidam melhor da própria imagem que a sua.

O cantinho do meu lábio se curvou.

– Gosto de ficar com você – disse ele. – E preciso assistir a mais episódios de *The Office*. Continuo não dando em cima de você, se é com isso que está preocupada.

Bom, pelo menos isso. *Meu Deus.*

Minha vida, senhoras e senhores. Imagine o cara gato, inteligente e incrível *não* dar em cima de você ser o cenário preferível.

– Vou fazer pernil de cordeiro – disse ele.

Franzi o cenho.

– Você não falou que não sabe cozinhar?

– Talvez eu tenha sido um pouco modesto. Não gosto de cozinhar só para mim. Não vale a pena. Mas gosto muito de cozinhar para os outros. Principalmente para alguém que vai saborear.

Mordi o lábio.

– Não sei. Preciso lavar a roupa e, se eu comer com você, só vou conseguir fazer isso à noite. A lavanderia fica lotada depois das oito.

Ele deu de ombros.

– Lave aqui. Eu tenho uma máquina lava e seca.

Arqueei uma sobrancelha.

– Você tem? Sério?

– Meu apartamento é bem maior que o seu, lembra? Lave quantas roupas quiser.

– Tem certeza?

– Tenho.

Abri um sorriso.

– Desse jeito fica difícil recusar.

– Foi o que ela disse.

Soltei uma risadinha.

– Rá, rá! Humor *The Office*. Eu já estou mudando você para melhor. Tá bom. Vou tomar um banho. Acabei de limpar uma casa que devia ter sido interditada – falei, olhando para minhas roupas.

Ele levantou e pegou Grace.

– Eu fico com ela.

Inclinei a cabeça.

– Sério?

Ele sorriu para Grace de um jeito que fez meu coração doer.

– Sério. Não me importo. Vou deixar a porta aberta. Pode entrar quando estiver pronta.

EU ME ARRUMEI. ELE NUNCA tinha me visto tão linda. Não que fosse um encontro, claro, mas ter um lugar para ir e poder me arrumar era um luxo que me faltava havia semanas. Naqueles dias, eu era apenas versões diferentes de "levantei da cama". Além disso, minha apresentação pessoal precisava corresponder ao prato. O homem ia preparar pernil de cordeiro.

Vesti um suéter cor-de-rosa folgado e calça jeans, enrolei o cabelo e me maquiei. Quando entrei no apartamento dele uma hora depois, estava tocando música clássica. Harry Puppins estava de fralda, dormindo na caminha ao lado do sofá. Grace estava no balanço na entrada da cozinha, onde Adrian conseguia vê-la.

Adrian estava no fogão, mexendo em uma frigideira de cobre com uma espátula, um pano de prato preto pendurado no ombro. Estava de jeans, um avental branco e um suéter vinho com as mangas arregaçadas. A cena parecia uma página de catálogo de uma loja elegante de coisas para casa.

Devia haver algum desequilíbrio no universo. Algum pobre coitado devia ter sido deixado para trás para que Adrian Copeland tivesse aquela cota desproporcional de beleza.

– E aí – falei, entrando com uma cesta de roupa suja e uma garrafa de vinho.

Toda a minha correspondência estava ao lado da porta, organizada em caixas.

– Pedi a Becky que levasse as doações até o Exército da Salvação para você – disse Adrian por sobre o ombro. – Espero que esteja com fome.

– Morrendo.

O cheiro estava *incrível*.

Ele apontou para o corredor com a cabeça.

– A lavanderia é a segunda porta à esquerda.

– Obrigada – falei. – Posso ajudar com alguma coisa?

Pela primeira vez desde que eu tinha entrado, Adrian olhou para mim. Ficou parado por um tempinho.

– Não precisa – respondeu, me olhando fixo por mais um tempo, depois voltou ao preparo.

Dei uma risadinha. *Ele estava me avaliando.*

Foi legal saber que a atração talvez não fosse unilateral. Não para efeitos práticos, claro. Nada ia acontecer entre nós. Mas era ótimo para a autoestima.

Parei e dei uma olhadinha na Grace. Ela observava Adrian cozinhar, a chupeta na boca, os olhos arregalados. Arrumei seu cobertor, então peguei minha cesta e segui pelo corredor.

O apartamento tinha três quartos. A suíte ficava à direita da sala, dividindo a parede comigo. A porta estava fechada.

Aí havia a cozinha, uma sala de jantar aberta com uma mesa para seis pessoas e o corredor por onde segui à esquerda. Fui dando uma espiada nos quartos ao passar.

Um deles era um escritório que parecia bem de advogado, com uma estante de cerejeira que ia do chão ao teto atrás da mesa. Ele tinha transformado o outro quarto em uma academia impressionante. Havia um banheiro completo entre os cômodos e, finalmente, a lavanderia.

O apartamento era imaculado. Nada estava fora do lugar. Adrian era meticuloso. Até a lavanderia era organizada e impecável. Todos os detergentes e amaciantes formavam uma fileira perfeita em cima da lavadora.

As paredes do apartamento eram de um tom frio de cinza. O piso era de madeira escura, exceto o do banheiro, uma espécie de ardósia. Era tudo bem frio e masculino.

Ele precisava de plantas e velas.

Enchi a primeira máquina e voltei para a cozinha.

– Meu Deus, seu apartamento parece um palácio.

Espiei por cima de seu braço para ver o que ele estava preparando. Batatas refogadas com um pouco de alecrim em uma caçarola. O cheiro estava tão bom que meu estômago roncou.

– Por que não aluga uma unidade maior? – perguntou ele. – Pelo jeito você pode pagar. Claramente é bem-sucedida.

Eu me escorei no balcão ao lado do fogão.

– Eu doo boa parte do dinheiro. Por isso não tenho muita coisa. Fico só com o que preciso... e um pouquinho a mais para me divertir. E comprar vinhos – acrescentei.

Ele derramou um pouco de merlot na panela, que chiou.

– Verdade, eu li isso na página da Wikipédia sobre você. Você doa para os estudos sobre ELA.

Então quer dizer que ele andou pesquisando.

Isso significava que ele *sabia*.

Adrian podia assistir a qualquer um dos meus vídeos e entender o quadro geral. Eu falava abertamente sobre tudo. A probabilidade de cinquenta por cento de ter a mutação que não era detectável por nenhum teste. Meu desejo de não buscar tratamento caso ficasse doente. Estava tudo lá. Talvez não em um único vídeo, mas espalhado por vários, com generosidade. Isso sem falar nos artigos sobre mim e na página da Wikipédia. Se ele fizesse o mínimo de pesquisa, o que pelo jeito tinha feito, teria uma imagem cristalina de como era a minha vida.

Naquele momento, eu soube qual rumo aquela conversa tomaria, e precisava impedir isso. Não queria começar uma discussão casual sobre meu possível diagnóstico terminal. Queria aproveitar o jantar.

Queria esquecer a morte que parecia começar pela minha mão.

Prendi o cabelo atrás da orelha.

– Posso pedir um favor?

Ele olhou para mim. Aqueles olhos calorosos, verdes, lindos.

– Não quero falar sobre... nada que você tenha descoberto pelo meu canal. *Nunca*. É que... estar com você parece uma folga de tudo. Tipo, você não é minha família louca, não faz parte do mundo youtuber ou do lado ELA da minha vida, e gosto disso.

Adrian olhou em meus olhos por um instante.

– Claro. Isso tem sido uma fuga da realidade para mim também. Eu entendo. – Ele virou as batatas com uma destreza incrível. – E aí, qual vinho você trouxe?

Abri um sorriso, peguei a garrafa e a estendi em sua direção para que ele visse.

– Ótimo – comentou ele, sorrindo para o rótulo. – Estava guardando para uma ocasião especial? É de uma safra incrível.

– Eu nunca guardo nada – falei, pegando o abridor que estava em cima do balcão. – Desfruto das coisas o mais rápido possível. Acendo as velas caras, uso o sabonete chique em formato de rosa e bebo o vinho, nem que seja só para comemorar o fato de que hoje é terça-feira.

Ele abaixou o fogo.

– Bom, para mim é ótimo que você faça isso. Com certeza vou gostar. Pode deixar que eu abro – disse ele, pegando a garrafa que eu estava com dificuldade de abrir.

Então pegou duas taças no armário, serviu e me entregou uma.

– Obrigada – falei, girando o líquido e enfiando o nariz na taça para cheirar. – Se gosta tanto de vinho, precisa ir à Toscana. Já foi? – Olhei em volta, procurando por fotos. – Onde estão suas fotos de viagens? No computador ou algo do tipo? – Apontei para trás por cima do ombro. – Porque se você tiver um álbum de fotos de backup, vou precisar dar uma olhada para ver se não tem mesmo fotos de pau.

Ele soltou uma risadinha.

– Eu não tenho um álbum de backup. Não viajo.

Pisquei, olhando atônita para ele.

– *Nunca*?

– Passei uma semana em Los Angeles há alguns anos, mas foi para um evento de trabalho.

– Então você só faz isso? Trabalha?

– Basicamente.

Fiquei um tempo olhando para ele.

– *Por quê*?

Adrian deu de ombros e se escorou no balcão.

– Não é fácil conseguir uma folga. O escritório precisa de mim. Sou sócio. E não me importo de trabalhar. Ganho bem.

– Você precisa de tanto assim? – perguntei.

– Tanto o quê?

– Dinheiro. Você precisa de tanto assim? Tipo, tem algum objetivo para isso? Pagar um empréstimo estudantil, alguma outra dívida? Está guardando para algo importante?

– Não. Não tenho dívida. Minha mãe pagou minha faculdade. E a renda que ganho com o prédio é bem razoável. Acho que só trabalho por trabalhar.

Percebi certa tensão quando ele disse isso.

– O que foi? – perguntei.

Adrian desviou o olhar.

– Não sei...

– O que foi? Me diga.

Ele voltou a olhar em meus olhos.

– Gosto do que eu faço. É gratificante. Recompensador. Mas não é... – Ele balançou a cabeça e pressionou os lábios um contra o outro. – Não consigo deixar de sentir que está faltando alguma coisa. Talvez seja porque acabei de terminar um relacionamento. – Ele esfregou a testa. – Deve ser isso.

Apontei com a taça para ele.

– Você sofre da síndrome do Algum Dia...

Ele franziu o cenho.

– Como é?

– A síndrome do Algum dia... Você vive como se algum dia fosse fazer tudo o que adiou. Algum dia vai fazer aquela viagem. Algum dia vai ter uma família. Algum dia vai experimentar tal coisa. Você só trabalha e não se diverte. O dinheiro só traz felicidade quando a gente sabe o que quer, Adrian. E aí, o que você quer?

Ele balançou a cabeça e me olhou como se nunca tivesse pensado nisso.

– Não sei.

– Deveria tentar descobrir. Sabe, você tem muita sorte. A maioria das pessoas não tem condições de viver uma vida diferente ou de fazer uma mudança drástica no estilo de vida, arrumar as malas e tirar seis meses de férias do trabalho e ainda assim conseguir pagar as contas. Você tem – falei, dando de ombros. – É só fazer.

Ele pareceu achar graça.

– Só fazer? Só fazer a mala e ir?

– Ou ficar. Mas arranje um tempo para coisas que não sejam trabalho. Encontre um equilíbrio. Encontre a *alegria*. Você é o tipo de homem que não vê o formato das nuvens. E não é que te falte imaginação. Você só está ocupado demais para olhar para o céu.

Adrian ficou um tempo piscando para mim. Uma expressão que não consegui entender surgiu em seu rosto. Ele pigarreou e se afastou do balcão.

– Bom, ir para a Itália talvez seja exagero – disse, pegando as batatas. – Eu não ando de avião, lembra?

Grace ficou agitada. Soltei-a da cadeirinha e a peguei no colo.

– Você estava mesmo falando sério quanto a não voar? – perguntei, embalando-a.

Ele colocou o conteúdo da panela em uma travessa.

– Tenho ataque de pânico.

Franzi o cenho.

– Que *droga*. Já tentou tomar um ansiolítico?

Ele colocou a panela na pia e abriu a torneira. A panela chiou.

– Já tentei de tudo.

– Terapia?

– Ah, não. Já sou bastante analisado pela minha mãe. Ela acha que é porque não tenho controle da situação. Que ficaria bem se eu é que estivesse pilotando o avião – disse ele, puxando o pano dos ombros para secar as mãos. – Ela diz que tenho síndrome do abandono. – Mais uma vez, ele pareceu achar graça. – Meu pai foi embora quando eu era criança. Ela diz que isso causou uma necessidade profunda de sempre estar no controle.

– Hum. Sua mãe é psicóloga?

Ele deu risada.

– Não. Mas acho que já fez terapia o suficiente para saber.

– E como essa síndrome do abandono influencia seus relacionamentos? – perguntei, colocando a chupeta na boca de Grace.

Adrian abriu o forno e deu uma olhada lá dentro.

– Como assim?

– Nossos traumas de infância *sempre* influenciam nossos relacionamentos. Acho que é uma regra.

Conhecia essa regra porque estava sujeita a ela. E, no meu caso, a influência era que eu *não* me relacionava.

Aprendi bem cedo que o amor era sempre carente. Era uma responsabilidade. Uma obrigação. O amor nos esgota e se aproveita de nós. Pede nosso dinheiro, bate nosso carro, deixa um bebê na nossa porta.

Ele nos abandona.

Ele morre.

Eu não queria fazer isso com outra pessoa. Não queria que ninguém se apaixonasse por mim só para me ver morrer e ser abandonado. E de qualquer forma, eu não valia a pena. Não àquela altura. A recompensa era pequena demais. Eu tinha pouco tempo.

Ele baixou a temperatura do forno.

– Exceto por me impedir de ir a Seattle para ver Rachel, acho que essa questão não prejudicou meu relacionamento.

– E você teve outros relacionamentos sérios antes dela? – perguntei.

Adrian dobrou o pano em um quadrado perfeito e o colocou sobre o balcão.

– Alguns. Tive um namoro que durou alguns anos durante a faculdade. Alguns outros relacionamentos. Meu trabalho me deixa pouco tempo. Ela foi a primeira namorada que tive em… três anos?

Fiquei surpresa.

– Uau. Ela devia ser muito especial.

Ele suspirou, mas não respondeu.

Senti minha expressão ficar suave.

– Você está bem? Descobrir que a pessoa é casada é um jeito péssimo de terminar.

Adrian assentiu.

– Estou. Ou vou ficar. Um dia. Ter alguém com quem conversar ajuda.

Abri um sorriso e beijei a cabecinha da Grace.

– Vamos brindar – falei, erguendo minha taça. – À amizade, e só.

Ele abriu um sorrisinho torto.

– À amizade.

Brindamos.

9

HOMEM É PEGO POR UMA AVALANCHE TERRÍVEL! VOCÊ NÃO VAI ACREDITAR NO QUE O SOTERROU!

Adrian

Acordei pensando em Vanessa.

Era inacreditável imaginar que eu não a conhecia. Que não tinha percebido que alguém tão vibrante morava no apartamento ao lado do meu. Parecia o tipo de coisa que seria impossível não perceber. Um calor que eu deveria ter sentido através da parede.

Na noite anterior, ela levara um Far Niente Cabernet 2013 para o nosso jantar. Muito requintado. Jantamos e começamos a ver *The Office*, mas acabamos conversando tanto que pausamos o episódio e não voltamos mais à série.

Eu tinha pesquisado um pouco sobre ela enquanto Vanessa resolvia o problema com o pai e o "veículo roubado". Digitei "Vanessa Price" e cliquei no vídeo que tinha mais visualizações. Era com outra youtuber chamada Willow Shea, e as duas comiam pimenta fantasma. Achei muito engraçado.

Então dei uma olhada na página da Wikipédia. Era curta. Ela era defensora ferrenha das pessoas com deficiência e tinha uma instituição de caridade que se dedicava a angariar fundos para a cura da ELA. Vanessa era famosa, o que eu já sabia em razão da quantidade de correspondências que ela recebia dos fãs e dos cinco milhões de visualizações do vídeo das pimentas a que eu tinha assistido.

Eu queria saber em que ela trabalhava antes de ser youtuber, mas as informações da página da Wikipédia eram escassas.

Ela disse que não namorava porque as mulheres de sua família morriam cedo.

A mãe morreu num acidente de carro, e a irmã morreu de ELA. Fiz uma pesquisa rápida. ELA é uma doença degenerativa que afeta as células nervosas do cérebro e da medula espinhal. Causa atrofia muscular e acaba levando à morte. A arrecadação de dinheiro para as pesquisas sobre a doença incitara o Desafio do Balde de Gelo havia alguns anos. Stephen Hawking teve uma versão de ELA que progredia lentamente.

Era uma doença terrível e *muito* rara. Noventa por cento de todos os casos eram aleatórios, ou seja, provavelmente não era hereditário no caso dela. Seu pai estava vivo e bem e, embora sua mãe tivesse morrido quando Vanessa era jovem, não foi a doença que a matou. A Wikipédia não listava outros familiares com ELA. Foi azar a irmã tê-la desenvolvido, mas não parecia ser algo com que Vanessa tivesse que se preocupar.

Com duas mortes prematuras na mesma família e uma irmã determinada a se autodestruir, Vanessa devia achar que estava vivendo uma versão do filme *Premonição.*

Isso era ridículo, claro, e algo que eu acreditava que ela ia acabar superando. Algo que *esperava* que ela superasse. Vanessa era incrível demais para ficar sozinha para sempre.

E ela tinha razão. Eu subestimara o poder de restauração de uma esponja nova.

Eu estava na cozinha preparando um cappuccino. Não eram nem 8h15. Não tinha planos para o dia e estava pensando em correr na esteira quando meu celular tocou.

Era uma chamada do telefone fixo da casa de Richard.

Meu bom humor evaporou na mesma hora.

Quando liguei para a minha mãe no dia anterior a fim de perguntar como limpar Grace depois do fiasco da fralda, ela achou que eu ia passar o Natal lá. Ficou surpresa por eu estar cuidando do bebê de outra pessoa. Ficou menos surpresa por eu continuar firme na recusa de estar na presença de Richard.

Atendi, imaginando se tratar de mais um telefonema dela para me fazer sentir culpado.

Era pior. Era a minha avó.

– Adrian? – disse ela, a voz baixinha e frágil. – A que horas você vai me levar para almoçar hoje?

Franzi o cenho.

– Vó, não vou ver a senhora hoje.

– Mas é terça! Você sempre me leva ao Perkins.

Não era terça. Era domingo. E eu nunca a levava para almoçar. Nossa tradição era o jantar.

Ela estava confusa de novo.

Esfreguei a testa, cansado.

– Vó, a senhora está em Nebraska agora, lembra?

Ela ficou em silêncio, e eu tive a certeza de que estava fazendo o que sempre fazia quando sua mente parecia se perder: franzindo as sobrancelhas finas e olhando para o chão.

Era mais difícil estabelecer uma conexão com ela pelo telefone. Minha avó ficava menos desorientada pessoalmente. Eu não conversava de verdade com ela desde a mudança. Sempre que eu ligava, ela perdia a linha de raciocínio ou esquecia com quem estava falando, largava o telefone e saía.

Aquilo me deixou ainda mais irritado com a minha mãe por tê-la levado para longe de tudo o que era familiar, e meu ódio pelo Richard aumentou um pouco mais.

Ouvi alguém no fundo.

– Com quem a senhora está falando?

Ouvi um barulho, então minha mãe pegou o telefone.

– Quem é? – perguntou.

– Mãe, sou eu – respondi, cansado.

– Adrian? Não ouvi o telefone tocar.

– Ela que me ligou.

Foi a vez da minha mãe de ficar quieta do outro lado da linha.

– Ela tem perguntado por você – comentou, depois de um tempo.

Apertei as têmporas.

– Sua avó não entende por que você não está aqui – disse ela. – E eu não sei como explicar.

– Bom, talvez não devesse ter se mudado com ela para outro estado – falei, e meu tom saiu mais irritado do que eu pretendia.

– Eu tenho uma vida, Adrian. Muito embora você não queira fazer parte dela.

Qualquer trégua que tivéssemos estabelecido ao telefone no dia anterior quando liguei para perguntar como limpar Grace estava oficialmente encerrada.

– Vou devolver o telefone à Audrey para que você possa se despedir – disse ela, irritada. Ficou óbvio que não queria mais falar comigo.

Ouvi mais uns barulhos e minha avó voltou.

– Adrian?

– Vó, eu te amo. Tenho que ir, tá? – falei, a voz meio embargada.

– Tá bom. Se cuida. A gente se vê em breve. Tchauzinho.

Desliguei e fechei os olhos, soltando um longo suspiro.

Era como se eu estivesse no meio de uma batalha de custódia. O único jeito de conseguir uma visita era concordar em fazer as pazes com Richard e ir até lá – o que eu jamais faria.

Eu me senti exausto, como se estivesse sendo punido por ter princípios.

Voltei a preparar o café. Meu celular tocou mais uma vez e olhei para a tela, imaginando que seria minha avó de novo. Dessa vez, era Vanessa. Sorri para a tela e atendi.

– E aí...

– Adrian, preciso de ajuda. É uma emergência.

Larguei a xícara e fui em direção à porta na mesma hora.

– O que aconteceu?

– Preciso que vá comigo até a casa do meu pai.

Fiquei paralisado, já com a mão na maçaneta.

– A casa do seu pai?

– Tipo, não é motivo para chamar a polícia, mas definitivamente é urgente. Preciso de alguém forte para me ajudar. Minha mão está muito fraca, não tem ninguém na casa do Brent e não conheço outra pessoa.

– Tá. Vou só me vestir – falei, voltando em direção ao quarto.

– Não use nada que vai te deixar triste se tiver que queimar depois.

Vanessa deixou Grace com a Mulher da Ioga – que na verdade se chamava Dawn. Eu dirigi.

– O que aconteceu? – perguntei, entrando na rodovia.

Ela não parava de retorcer as mãos.

– Umas coisas caíram e ele está preso.

Olhei para ela.

– Preso? Tipo, *embaixo*?

Ela assentiu.

– Isso, mas só as pernas. Ele conseguiu me ligar. Não corre nenhum perigo imediato. Acho que não está machucado nem nada. Só não consegue sair sozinho.

Balancei a cabeça.

– E você não quis ligar para a emergência? Eles teriam chegado lá mais rápido.

– Não posso chamar a polícia. Eles vão interditar o lugar.

Franzi o cenho.

– Interditar? O que tem de errado com a casa?

Vanessa soltou um longo suspiro.

– Você se lembra do que eu disse sobre o monte lamacento de merda? E você nem deu bola e quis ser meu amigo assim mesmo?

Mudei de pista.

– Lembro...

– Bom, a casa é o escorregador.

Quinze minutos depois, paramos em frente a um sobrado em Eagan. Vanessa saltou do carro e correu pela calçada, entrando sem esperar por mim. Fui atrás dela, mas parei à porta de repente.

O cheiro me atingiu em cheio.

Entrei devagar, cobrindo o rosto com o braço. Eu nunca tinha visto nada parecido. Não na vida real.

Havia pilhas de coisas do chão ao teto por toda a parte. Espalhadas pela casa inteira. Cada superfície tinha uma pilha.

O sofá da sala estava coberto por uma espécie de coleção de revistas/jornais, em pilhas tão altas que bloqueavam a luz da janela. Na cristaleira havia um liquidificador quebrado cheio de tampinhas de garrafa, ao lado de uma cabaça podre que atraía moscas. Havia lixeiras por toda parte, cobrindo as paredes com sabe Deus o quê, a carcaça de um pneu, uma caixa cheia de porta-retratos quebrados, uma daquelas cestas de vime brancas que usavam na decoração de casamentos nos anos 1980 com um tanque de gás hélio amassado dentro...

Parte daquela loucura transmitia uma espécie de método caótico. Algumas coisas pareciam agrupadas. Uma pilha de jogos de tabuleiro sobre uma cadeira, uma coleção de CDs. Mas grande parte era lixo e comida podre. Bugigangas e eletrodomésticos quebrados e inúteis.

Vanessa me chamou de algum lugar dentro da casa. Abri caminho em meio à bagunça até um corredor tão cheio de coisas que tive que virar de lado para passar. Vanessa estava em pé em um quarto no fim do corredor, tentando erguer uma cômoda caída sobre uma pilha de roupas.

– Pode deixar – falei, erguendo a cômoda e colocando-a contra a parede.

Só depois de erguê-la eu percebi que havia um homem embaixo dela.

Vanessa já estava tirando o pai de debaixo das camisas e calças.

– Pai, você está bem? – perguntou, ajudando-o a levantar.

Ele ajeitou o suéter, uma meia ainda pendurada no ombro.

– Estou bem, docinho. Coloquei umas roupas em uma gaveta e deve ter ficado muito pesada. A cômoda virou em cima de mim. Mas a queda foi amortecida.

Vanessa olhou para mim com uma expressão de cansaço.

– Obrigada pela ajuda.

O pai dela abriu um sorriso digno de vendedor de carros.

– Ainda não fomos devidamente apresentados – disse, estendendo a mão. – Gerald Price.

Eu estava enjoado. Meus olhos começavam a lacrimejar.

– Adrian Copeland – murmurei, e apertei sua mão.

Gerald colocou as mãos nos bolsos e balançou sobre os calcanhares.

– Então, Vanessa disse que você é advogado…

Ele sorriu para mim como se não tivesse acontecido nada de errado. Como se eu não tivesse acabado de erguer uma cômoda que caíra em cima dele e tivéssemos nos encontrado por acaso na padaria.

Eu não ia conseguir ficar de papo com ele ali, no meio daquela pilha de lixo. Estava com dificuldade de respirar. Não só por causa do cheiro, mas porque o lugar estava tão cheio de lixo que estava atacando minha ansiedade. O piso sob meus pés era irregular. Eu estava em cima de cobertores e meias enroladas, e minha cabeça estava perto demais do teto. Era claustrofóbico.

– Com licença, me desculpe. Preciso sair daqui.

Deixei o homem ali parado. Só parei quando cheguei à varanda e respirei ar fresco.

Como é que Vanessa podia ter crescido naquele lugar? Eu não diria que minha infância foi livre de traumas, mas aquilo me deu vontade de ligar para a minha mãe e agradecer.

Três minutos depois, eu ainda estava na varanda quando Vanessa saiu e se sentou ao meu lado em um banco meio gasto, onde eu tinha me refugiado.

Balancei a cabeça.

– Uau!

Ela bufou.

– Eu usaria uma palavra de baixo calão, mas... É.

Olhei para ela.

– Desculpa, não foi minha intenção ser grosseiro. Eu só precisava de ar.

Ela suspirou.

– É demais, eu sei. Principalmente para quem não está acostumado.

– Você está acostumada?

– Estou acostumada com muita coisa – respondeu ela, com uma risadinha sem graça. – Uma vez encontrei um guaxinim morando em um dos armários. Quando você se dá conta de que está a uma janela aberta e um banheiro entulhado de viver com pandas do lixo, dá um jeito de mudar de vida.

Dei risada, embora não fosse engraçado.

Ela cutucou meu braço.

– E aí, ainda acredita naquela coisa de que "outras famílias só cuidam melhor da própria imagem"?

Dei uma risadinha e balancei a cabeça, olhando para o quintal.

– Ele sempre foi assim?

Vanessa respirou fundo e soltou o ar.

– Basicamente. Mas, para ser sincera, essa é a pior situação em que já encontrei a casa – admitiu ela. – Piora sempre que acontece alguma coisa importante. Minha mãe. Melanie. Annabel. Acho que é o jeito dele de enfrentar os problemas.

Ela enfiou a mão na gola da camisa e tirou dali um hidratante labial.

Estreitei os olhos.

– Você acabou de tirar isso aí de dentro do sutiã? – perguntei, vendo-a passar o hidratante.

– Sim. Leggings não têm bolso. Além do mais, o hidratante fica gelado e não sai se eu não guardar num lugar quentinho. Eu chamo de BoobStick – disse ela, e estalou os lábios. – Quer um pouco? – perguntou, estendendo o produto.

– Não. Não gosto do sabor desse negócio.

– É... é meio nojento. Mas deixa os lábios supermacios – comentou ela, pressionando os lábios um contra o outro e voltando a guardar o tubinho no sutiã.

Olhei para a boca dela por uma fração de segundo. Parecia mesmo macia...

Desviei o olhar.

Um carro parou na entrada de uma casa no outro lado da rua.

– Ah, *agora* ele chega – resmungou ela.

– Quem?

Ela esfregou os braços para se aquecer.

– Brent. Ele mora ali com o namorado, Joel.

– Quantos anos seu irmão tem?

– Tem 21. Joel também. Eram namoradinhos de escola. Ele mora ali desde os 15 anos.

Arqueei uma sobrancelha.

– E seu pai deixou?

Vanessa deu de ombros.

– Ele passava metade do tempo lá mesmo. E era do outro lado da rua. Meu pai ainda o obrigava a jantar em casa todos os dias e passar os feriados aqui. Todo mundo saiu ganhando. Brent pôde sair daqui, e meu pai encheu o quarto dele de coisa – contou ela, com uma risadinha irônica. – A família do Joel é legal. Brent está em um lugar bacana. Ele é o que tem a maior chance de sair ileso desta loucura toda – resmungou ela.

Vimos Brent saltar da porta do passageiro. Ele parou e nos encarou por um segundo antes de acenar. Então foi até o porta-malas, pegou umas sacolas de mercado e entrou com o outro cara.

– E o que ele faz da vida? – perguntei.

Ela bufou.

– Perde dinheiro? Ele estudava. Faculdade de administração, se formou na primavera. Mas se recusa a conseguir um emprego. Sempre tem algum negócio desastroso ocupando toda a sua atenção.

– Tipo o quê?

– Ah... suplementos de ervas, produtos para a pele... o que você imaginar. Mas, sendo justa, eu *gostei* da legging. – Ela soprou ar quente nas mãos. – Agora ele está tentando me convencer a investir em um negócio que quer começar. Não estou interessada.

– Por que ele não vai ao banco? Pede um empréstimo?

Vanessa pressionou os lábios, formando uma linha reta.

– Não tem como. Está com o nome sujo. Todos estamos. Quando Melanie ficou doente, quase perdemos tudo. As contas médicas eram astronômicas, e o plano de saúde não cobriu nem metade. Meu pai teve que declarar falência. No final, a gente tinha que passar tudo no cartão de crédito.

Ela levantou.

– Quer me esperar no carro? O lixo passa depois de amanhã. Já que pago pelo serviço, eu devia pelo menos encher a lixeira. É um esforço inútil a essa altura, mas já é alguma coisa.

Levantei também.

– Eu ajudo você.

Vanessa parou à porta.

– Tem certeza? Deve ter pelo menos um tipo de hepatite lá dentro.

– Se você vai pegar hepatite, eu também vou – resmunguei.

Ela riu e seus olhos brilharam. Fiquei feliz por ter oferecido ajuda.

Não queria voltar a entrar, mas ela também não. E eu queria ajudar. Ainda que a tarefa parecesse inútil, fazer com que ela se sentisse menos sozinha não era.

Gerald estava na cozinha quando voltamos, soprando uma caneca de sopa.

– Ele voltou – murmurou.

Vanessa olhou bem para ele e pegou sacos de lixo embaixo da pia. Enfiou um no peito do pai.

– *Ajude.*

Ele olhou para ela.

– Com o quê? O que, me diga, você acha que vai jogar fora, filha?

– Lixo – respondeu ela. – E você vai ajudar.

– Não tem lixo aqui. Tudo nesta casa tem um propósito.

Vanessa pegou um vaso quebrado.

– Ah, é? E qual é o propósito disto aqui? – perguntou ela, sacudindo o vaso.

– Assim que eu encontrar os pedaços perdidos, vou colar – respondeu ele, com a maior cara lavada.

Ela soltou o ar devagar e colocou o vaso em cima do balcão, fazendo-o tilintar.

– Pai, esta casa não está nada aceitável. Entendo que isso é difícil, mas preciso que colabore. Temos três sacos. Vamos enchê-los e levá-los para fora. Você consegue.

Ele franziu o cenho. Então se virou para mim.

– Quais são suas intenções com a minha filha?

– Pai! Foco! – gritou Vanessa.

Ergui as mãos.

– Eu só vim ajudar.

Ele semicerrou os olhos para mim e Vanessa bufou.

– Três sacos. Você vai para o andar de cima – disse ela, empurrando o saco de lixo em seu peito mais uma vez.

Gerald voltou a me encarar com os olhos semicerrados, então largou a caneca. Pegou o saco de lixo e subiu a escada, resmungando baixinho.

Vanessa observou o pai e se virou para mim, soltando o ar pelos lábios franzidos.

– E aí, quer ver uma coisa? – perguntou, sorrindo.

Dei de ombros.

– Claro.

Ela me levou de volta pelo corredor estreito e abriu uma porta. O quarto estava cheio de bicicletas. *Cheio*. Elas estavam empilhadas uma em cima da outra em uma espécie de cemitério macabro. Mountain bikes com o aro torto, bicicletas de pneu largo furado, bicicletas infantis com as rodinhas ainda presas.

– Este era o meu quarto – apresentou ela. – Eu dormia ali embaixo daquela com borlas e cestinha. Antes das bicicletas.

Não havia tom de lamento em sua voz. Ela só estava me mostrando. Como se conseguisse separar o presente do passado sem ficar triste.

Acho que essa era uma das coisas mais impressionantes nela. Principalmente agora que eu via o outro lado. Vanessa não deixava que nada a abalasse. Recebia qualquer coisa como se fosse um golpe em um saco de pancadas. Era derrubada, mas logo levantava de novo. Era resiliente.

Eu não era assim. Não conseguia deixar as coisas passarem.

Cruzei os braços e me escorei no batente da porta.

– O Serviço de Proteção à Criança se envolveu alguma vez?

Vanessa balançou a cabeça, apoiando as costas no batente.

– Quer dizer, eles já foram chamados. Mas, nas poucas vezes em que vieram, ele sempre dava um jeito de se safar, deixava a casa habitável, e a gente ficava. Era o único momento em que eu via meu pai se esforçando de verdade – respondeu ela, e olhou para mim. – Meu pai ferrou com muitas coisas, mas sempre deu um jeito de manter a família unida. A família é a coisa mais importante para ele. Ainda que o homem tenha um jeito estranho de demonstrar isso – resmungou.

Olhei para o quarto. Eu estava começando a me acostumar com o cheiro da casa, graças a Deus.

Ainda havia coisas de Vanessa penduradas na parede, meio encobertas pelo monte crescente de bicicletas. Resquícios de uma vida abandonada. Pôsteres das Pussycat Dolls, o espelho de uma penteadeira com fotos grudadas, uma faixa azul de primeiro lugar.

Eu me perguntei como teria sido crescer em um lugar como aquele. Não devia ter sido fácil. Vanessa deve ter ressurgido das cinzas como uma fênix.

– É melhor a gente começar logo – disse ela. Então virou para voltar à cozinha. Eu fui atrás. Ela começou a arremessar lixo pelo caminho. – Só para você saber, ele vai brigar comigo por causa de cada coisinha. Vai vasculhar os sacos de lixo, então garanta que tudo o que você juntar é lixo mesmo.

– Lixo mesmo. Entendi – falei, e peguei um pacote de salgadinhos amassado e uma embalagem engordurada de comida chinesa. – Tem correspondência aqui – falei, apontando para a mesinha lateral. – Será que fazemos uma pilha? Essas aqui parecem ser para sua irmã.

Vanessa observava uma torradeira com o fio desencapado.

– Vamos fazer uma pilha, sim. Obrigada – respondeu ela, colocando a torradeira no saco de lixo.

A torradeira era preocupante. Aquele lugar era um risco enorme em caso de incêndio. As saídas estavam bloqueadas e tinha um monte de coisas em volta do fogão. Eu seria capaz de apostar que os alarmes de incêndio não funcionavam, e Gerald jamais ia encontrar um extintor naquela zona. Aquilo era perigoso. Não gostei de pensar em Grace ali. Não *mesmo*.

– Annabel morava aqui com a bebê?

– Não, nunca com Grace. Ela morava com uns amigos em uma casa em Hopkins. Quando voltou a usar drogas, eles a expulsaram. Ela ficou aqui algumas semanas. Não faço nem ideia de onde dormia. O quarto antigo *dela* está cheio de peças de carro.

Andei pela sala, deixando de pegar coisas que era tão óbvio que deviam ir para o lixo que me faziam estremecer. Encontrei mais correspondências e acrescentei à pilha. E mais. E mais. Parecia que Gerald pegava do correio, largava em algum lugar na sala e acabava esquecendo.

– Tem muita correspondência aqui. Você disse que paga as contas, né?

– É. Eu recebo tudo o que é importante lá no apartamento – respondeu ela, fazendo uma careta para um aquário de plástico com um tomate podre dentro. Então olhou para mim. – Aposto que quando acordou hoje você não imaginou quantas vezes ia resmungar "Mas que merda é essa?" antes das dez da manhã.

Soltei uma risadinha.

Ela olhou em volta e suspirou.

– Sabe, não estou acostumada a ser humilhada tantas vezes na frente da mesma pessoa. Deve ser um recorde.

– Não devia ter vergonha disso. Não é sua culpa – falei.

– Cadê a pilha de correspondência? – perguntou ela, agitando um envelope. – Achei mais uma.

Apontei para a mesinha ao lado do sofá e ela foi até lá. Parou ao lado da pilha que eu já tinha começado e pegou o primeiro envelope. Seu sorriso se desfez. Então ela abriu o envelope e leu, franzindo o cenho.

– O que foi? – perguntei.

Vanessa olhou da folha em sua mão para a pilha de correspondências.

– Meu Deus… – murmurou. – É muito pior do que eu pensava.

Larguei o saco de lixo no chão.

– O quê? – perguntei, me aproximando e pegando o papel de sua mão.

Era uma cobrança em nome de Annabel por uma visita à emergência.

Olhei para a pilha, peguei metade dos envelopes e dei uma folheada. Devia ter umas 20, 25 cobranças ali. Clínicas, emergências, hospitais.

Vanessa olhou para mim, o rosto pálido.

– Ela estava atrás de drogas. Fingia lesões para conseguir receitas de remédios controlados – disse, e fez uma pausa. – E fez isso enquanto estava grávida.

VANESSA FICOU EM SILÊNCIO DURANTE toda a volta para casa. Quando entramos na garagem e desliguei o motor, ela ficou ali parada um tempo, olhando fixamente pelo para-brisa.

– Olha só – falei. – Teve apenas uma clínica enquanto ela estava grávida. E a gente nem sabe se ela tomou os remédios que eles prescreveram.

– Eu não entendo como um médico pode prescrever um narcótico a uma mulher grávida.

– Obrigação. Médicos não têm como comprovar que o paciente está com dor. Se negarem remédios, podem ser processados.

Vanessa respirou fundo e se virou para mim.

– Quer ir para Duluth hoje?

– Como?

– Para Duluth. Duas horas ao norte. Podemos ver as luzes de Natal em Bentleyville e caminhar no lago.

– Não sei…

– Por que não?

– Por que não ficamos aqui? Posso preparar um almoço para nós.

Ela sorriu.

– Ah, entendi. Você *quer* passar o dia comigo, mas não quer espontaneidade.

– Ei, eu sei ser espontâneo – argumentei, na defensiva.

Vanessa abriu um sorrisinho irônico.

– Ah, é? Quando foi a última vez que você fez algo que não tenha sido planejado até o mínimo detalhe? E coisas dentro do seu apartamento não contam. É seu lugar seguro.

– Bom, eu salvei um homem de uma avalanche hoje.

Ela riu. Foi bom ver o humor retornar ao seu rosto.

– Não conta – rebateu ela, ainda rindo. – Você é um solucionador de problemas, então a emergência de hoje estava totalmente dentro da sua zona de conforto. Estou falando de uma coisa genuína, espontânea, *divertida*.

Eu não tinha nada a dizer.

Como aquela mulher conseguia me enxergar com tanta facilidade?

Como não respondi, ela inclinou a cabeça para o lado.

– Foi o que pensei. Você gosta de previsibilidade – disse, estreitando os olhos. – Aposto que é por isso que adora o seu emprego.

– Como assim?

– Você gosta de estar no controle. E existe jeito melhor de ser o mestre do próprio destino do que vencer as probabilidades, mesmo com tudo contra você? Transformar homens culpados em inocentes?

Refleti um pouco.

– Nunca pensei por esse lado.

– Você não é tão difícil assim de decifrar, Adrian Copeland. Até seus hobbies são planejados. Você participa de corridas para as quais passa meses treinando, você trabalha, trabalha e trabalha... é uma criatura de hábitos. Um maníaco por controle. Até sua gaveta da bagunça é organizada.

Arqueei as sobrancelhas.

– Você abriu minha gaveta da bagunça?

– Eu estava procurando uma colher para o meu café. *Não* estava preparada para ver aquilo. Seus clipes de papel são organizados por cores, e tinha uma caixinha para pilhas soltas... – Ela estremeceu. – Não consigo nem falar sobre isso. Fiquei apavorada.

Soltei uma risada curta.

– Eu prometo que você não vai explodir se fizer alguma coisa que não estava nos planos hoje – disse ela, abrindo um sorrisinho. – Vamos comigo. Vai ser uma aventura. Tem um restaurante italiano no Lago Superior que, juro por Deus, é o melhor restaurante italiano de Minnesota.

Vindo dela, era um elogio e tanto.

– Não me lembro da última vez que estive no norte – falei, um pouco distante. – Eu ia com meu pai, mas faz séculos que não vou.

– Não sabe o que está perdendo. O North Shore é ridículo de tão lindo. E aí? Duluth. Vamos?

Vanessa esperou pela resposta como um cãozinho sacudindo o rabo.

– Tá. Mas *eu* dirijo.

Ela bateu palmas, animada.

– Viva!

Abri um sorriso. Percebi que fazer o que ela queria me deixava entusiasmado. Vanessa era uma espécie de estimulante para mim... mesmo quando estávamos só juntando o lixo na casa de um acumulador.

Eu gostava dela.

E isso também me deixava um pouco entusiasmado.

10

COMO ENCONTRAR O QUE PROCURA USANDO UM TRUQUE ESTRANHO!

Adrian

Na segunda de manhã, entrei no escritório após uma visita ao tribunal com a sensação de que o fim de semana tinha sido o equivalente a seis meses de férias. Apesar da quantidade de merda que estava resolvendo fazia horas, eu sorria.

Tinha passado o fim de semana inteiro com Vanessa. Quando chegamos de Duluth no dia anterior, era quase meia-noite.

Agasalhamos Grace e caminhamos em meio às luzes de Natal em Bentleyville, uma vilinha ao ar livre toda enfeitada. Tomamos chocolate quente, jantamos no restaurante que ela sugerira, no Lago Superior... E Vanessa tinha razão: era o melhor restaurante italiano de Minnesota.

Eu me diverti. *Muito*. Não conseguia me lembrar de um encontro que tivesse curtido tanto – não que tivesse sido um encontro. Não foi, claro. Mas não pude deixar de perceber que fazia muito tempo que eu não me divertia tanto com alguém.

Vanessa me fazia rir. Ela me fazia *esquecer*. Tudo o que não fosse o que estávamos fazendo no momento. Era como um descanso para a alma. Eu vivia sob a pressão constante do trabalho, da minha mãe e do Richard, e agora do término com Rachel. De repente, comecei a me distrair e me divertir, e tudo o que me estressava parecia ter sido desligado. Apagado de alguma forma. Perdido a importância. Eu me perguntei se foi isso que ela quis dizer quando falou de sempre ter algo a esperar. Mas a coisa que eu parecia estar esperando era *ela*.

Não de um jeito inadequado. Eu só queria ver qual era a próxima coisa que ela ia fazer. Era como se tivesse descoberto um restaurante novo em que o cardápio nunca era o mesmo, e eu sempre queria voltar lá para ver o que serviriam.

Becky estava à porta do meu escritório esperando por mim, como fazia todas as manhãs. Com meu café na mão e aquele olhar inquisitivo que já virara um hábito, ela tentava decifrar meu humor.

– Você por acaso tomou sol ou algo do tipo? – perguntou, me entregando o cappuccino. – Parece mais radiante.

Dei a volta na mesa, sentei e abri a pasta para pegar o arquivo do caso Keller.

– Não – respondi, ignorando o olhar semicerrado que ela me lançou. – O que temos na agenda hoje?

– Você tem uma consulta às dez, almoço com Marcus às onze para analisar o caso Keller, e o resto do dia está livre – respondeu ela, olhando em volta. – Hã... Cadê o cachorro? Você *lembra* que tem um, né?

– Com o tanto que aquele bicho caga? Como eu poderia esquecer?

Abri o computador.

– Você deixou o cachorro em casa? Ele não pode ficar sozinho em um apartamento o dia inteiro. É solitário demais.

– Ele tem o demônio pelo qual é possuído como companhia.

Becky me olhou feio.

Tentei não deixar que ela percebesse meu sorriso.

– Ele está com uma amiga. Vou ficar com ele até ser adotado – falei, evitando olhar para ela e o sorriso triunfante que eu sabia que encontraria em seu rosto.

Vanessa gostava do Harry. Tinha pedido para ficar com ele enquanto eu trabalhava e eu concordei, feliz.

Abri meu e-mail.

– Preciso ligar para Sonja Duggar para ver se ela está disponível. Talvez eu tenha um trabalho integral para ela. E não marque nada para mim depois do almoço. Vou sair mais cedo de novo. Vou terminar de ouvir os áudios do caso Bueller em casa.

Becky não deu sua opinião, como costumava fazer. Uma Becky em silêncio era motivo de preocupação. Fui obrigado a olhar para ela a fim de garantir que não tinha morrido ali mesmo, em pé.

Ela olhava fixamente para mim, boquiaberta.

– Você vai sair mais cedo? *De novo?*

Meu celular apitou, e eu o tirei do bolso. Era um vídeo da Vanessa. Harry de fralda, rosnando para a perna de uma cadeira. Dei risada.

Naquele dia em que pegou meu celular para xeretar, ela trocou minha tela de bloqueio para nossa selfie. Só fui perceber algumas horas depois.

Não troquei de volta.

Ela estava com aquele colar de cereal idiota, e eu com a camisa do siri de Maryland e uma pulseira luminosa. O braço dela estava cheio de adesivos. Grace estava sorrindo e o cachorro com a língua para fora. Era um tapa colorido de felicidade bem no meio do meu celular preto e sério – e me fazia sorrir sempre que eu olhava para ele.

– O que está acontecendo? – perguntou Becky. – Você cheirou?

Estreitei os olhos para ela

– Não, não fumei nem cheirei – respondi, e voltei a olhar para o computador. – Só tive um fim de semana bom.

– É uma *garota*? – indagou ela, levando a mão à boca e arquejando. – Ah, meu Deus, é uma garota, é sério. Seu horóscopo de hoje dizia que sua alma gêmea está por perto!

Soltei uma risada curta. Eu e Becky éramos do mesmo signo, e o babaca que ela estava namorando com certeza não era a alma gêmea de ninguém, muito menos dela.

Esperei um pouco antes de responder, só para torturá-la.

Becky estava praticamente rodopiando.

– Ela é minha vizinha – confessei. – O nome dela é Vanessa, e somos só amigos.

Ela deu um gritinho, ignorando a parte do "só amigos".

– Ah, meu Deus! Tá, me conte tudo. O que ela faz? Ela é bonita?

Então, Becky parou de saltitar e ficou séria.

– Você não fica com aquela sua pose sombria digna de *Entrevista com vampiro* perto dela, né?

Olhei bem para ela. Naquele momento, meu celular tocou. Era o detetive particular, retornando minha mensagem.

– Ela é youtuber. É bonita. E, mais uma vez, somos só amigos – respondi, e atendi o celular. – Adrian falando.

– Tom Hillbrand. Recebi sua mensagem.

Girei a cadeira, ficando de costas para Becky.

– Obrigado por retornar minha ligação tão rápido. A aliança foi roubada na sexta. Um boletim de ocorrência foi registrado no departamento de polícia de Eagan por Vanessa Price. Você consegue acessar o B.O.?

Ouvi vento na ligação, o que indicava que ele estava ao ar livre.

– Não será um problema. Alguma característica que identifique o anel?

– Ela disse que tem uma inscrição com a palavra "destino".

– Ótimo. Assim fica mais fácil saber o que procurar. Quando você quer esse anel de volta? Mandar meus parceiros para as lojas de penhores é fácil, mas, se não estiver em nenhuma delas, o serviço pode começar a ficar caro.

Ajeitei a gravata.

– Faça o que for preciso. A peça tem valor sentimental. Encontre.

– Entendido. Mantenho você informado.

Desliguei.

Não contei a Vanessa o que estava tentando fazer. Não queria que ela criasse esperanças. Mas se alguém era capaz de encontrar a aliança, essa pessoa era Tom.

Voltei a me virar e dei de cara com Becky, parada ali feito uma estátua de mármore. Ela estava branca.

– Você é o Tanquinho dos Deuses – sussurrou ela. – O cara da van branca sem janelas. Não acredito que isso está acontecendo...

– Isso *o quê*? – perguntei, apertando o botão da caneta.

– É o melhor dia da minha vida. Estou na presença de um herói.

Abri um bloco de anotações.

– Becky, vou te dar cinco segundos para explicar do que está falando, e aí preciso que você saia daqui – mandei.

– A garota com quem você está saindo é Vanessa *Price*? Ela fala de você. Nos vídeos. Seu abdômen é famoso!

Fiquei paralisado.

– O quê?

Becky pegou o celular e digitou alguma coisa freneticamente. Então estendeu o aparelho para mim.

– VEJA.

Era um vídeo da Vanessa, sentada no banheiro. Pela roupa, era a manhã em que conheci Grace.

Assisti com os olhos arregalados.

E então ela começou a falar de *mim*.

11

RESPONDA AO QUIZ E DESCUBRA QUAL PERSONAGEM DE *THE OFFICE* VOCÊ É!

Vanessa

Eram duas e meia da tarde de segunda-feira. Harry Puppins estava dormindo de fralda, na caminha no meu banheiro. Eu estava com Grace no bebê-conforto, já pegando a chave para sair, quando alguém bateu à minha porta. Abri e vi Adrian ali parado com uma sobrancelha erguida, um dos braços apoiados no batente, de terno e com a gravata meio solta.

– *Tanquinho* dos Deuses? – disse ele, com um sorrisinho.

Ele tinha assistido a mais vídeos meus.

Abri um sorriso largo e dei de ombros.

– Eu digo verdades.

Ele riu. Pelo jeito achou aquilo muito divertido. Graças a *Deus*.

Embora não tivesse citado nenhuma informação que revelasse quem Adrian era, eu não sabia se ele ficaria incomodado por ser assunto do meu canal. Claramente não ficara.

E era bom que Adrian não achasse estranho que eu falasse sobre ele, porque meus seguidores o *amavam*.

Mesmo sem ser visto e tendo sido mencionado só uma vez, Adrian era, de longe, o assunto mais requisitado da história do canal, tirando meu romance breve com Drake Lawless. Eles imploravam atualizações.

Eu ia ter que fazer outro vlog, e logo.

Ele olhou para Grace no bebê-conforto.

– Vocês estão de saída?

Olhei para ela por sobre o ombro, então voltei a olhar para Adrian.

– Estamos. Quero comprar uma árvore de Natal – falei, e fiz uma pausa. – Bom, quase isso. Não consigo carregar uma árvore até aqui sozinha, por isso ia dar uma passadinha no mercado para ver se eles têm daquelas pequenas em um vaso ou algo do tipo. – Inclinei a cabeça para o lado. – Por que você não tem uma árvore? Já é dezembro.

– Não preciso de uma árvore. Sou só eu.

Dei risada.

– E daí? É *Natal* – falei, ajeitando sua gravata. – Quer vir comigo ou não, hein?

Ele olhou para o corredor e voltou a me encarar com um sorriso genuíno.

– Bom, eu ia trocar o óleo da van sem janelas hoje, mas acho que consigo encaixar na agenda uma ida ao mercado.

Dei uma risadinha.

– Espero que não deixe isso subir à cabeça. Eu tenho que falar sobre a minha vida nos vídeos, e chega a ser ridículo quanto você é atraente. O que posso fazer?

Ele abriu um sorriso e se afastou da porta.

– Me dê cinco minutos para trocar de roupa.

ADRIAN INSISTIU EM DIRIGIR DE NOVO. Ele tinha uma BMW coupé azul-ardósia minúscula. Não havia onde colocar o bebê-conforto, muito menos uma árvore de Natal. Mesmo que fosse uma que coubesse em um vaso. Então fomos com meu SUV.

Apesar dos próprios avisos de que dirigia rápido demais, ele foi bastante cuidadoso e atencioso com Grace no carro.

Adrian estava muito cheiroso. O perfume ou outro produto que passara era superfresco e pairava no ar dentro do carro. Eu fazia questão de respirar pelo nariz.

– Você sempre sai do trabalho cedo assim? – perguntei, quando paramos em um sinal fechado. – Também saiu cedo semana passada.

– Não – respondeu ele, sem tirar os olhos da rua. – Costumo trabalhar até tarde. Às vezes só chego em casa depois da meia-noite. Saio mais cedo quando tenho que levar minha avó ao médico, mas só.

– Você leva sua avó ao médico?

– Eu levava. Até outubro, quando ela ainda morava aqui.

Aff.

Aquele homem era maravilhoso. Tipo, em todos os sentidos. A não ser que tivesse um micropênis do qual tivesse vergonha, eu não entendia por que ele não estava no Tinder, deixando as mulheres treparem nele como se fosse uma escada. Eu treparia naquele homem não importava o que ele tivesse dentro da calça.

Talvez Adrian tivesse *mesmo* um micropênis...

Talvez por isso não mandasse fotos do pau...

Talvez tenha sido isso que ele quis dizer com choque e espanto...

Arquejei em silêncio e olhei discretamente para seu colo.

– Minha assistente é obcecada por você – disse ele, interrompendo meus pensamentos.

Tirei os olhos de sua virilha.

– Ela não é de Monett, Missouri, é?

Ele deu risada.

Estava diferente naquela tarde. Mais leve por algum motivo. Mais para Sr. Bingley que para Sr. Darcy.

– Você não está nada taciturno hoje – falei. – Não sei o que acho disso.

Ele sorriu sem tirar os olhos do trânsito.

– Acho que é a esponja.

Cruzei as pernas sobre o banco.

– Sabe, tenho muitas ideias boas.

Adrian entrou no estacionamento do mercado.

– Por exemplo?

– Por exemplo, acho que você precisa de umas almofadas, uma mantinha e uma planta na sua sala. Seu apartamento é meio *Psicopata americano*. Sempre que estou lá tenho a sensação de que você vai começar a falar do Phil Collins do nada.

– "Invisible Touch" foi a obra-prima do grupo – disse ele, citando o filme.

Eu ri tanto que comecei a engasgar com a saliva.

Ele entrou em uma vaga com um sorrisinho.

– Não vou deixar você decorar meu apartamento.

Enxuguei os olhos.

– Não estou tentando decorar seu apartamento – retruquei, fazendo aspas no ar com os dedos. – Estou tentando melhorar sua qualidade de vida. O ambiente afeta nosso humor. – Apontei com a cabeça. – Tem uma loja de decoração bem ali. Acho que a gente devia ir.

Ele deu uma risadinha e desligou o carro.

– Tá. Proponho um trato. Deixo você melhorar minha qualidade de vida com coisas para a casa com uma condição: você me diz o que fazia antes de ser youtuber.

Virei no banco para encará-lo.

– Quatro almofadas, duas mantinhas, uma árvore de Natal e eu escolho um centro de mesa.

Uma expressão digna de advogado surgiu em seu rosto.

– *Duas* almofadas, *uma* manta, uma poinsétia e escolhemos juntos o centro de mesa.

Semicerrei os olhos.

– Não. É pouco – falei, soltando o cinto e descendo do carro.

– É uma oferta muito generosa que meu cliente propôs – disse ele.

Nós dois nos debruçamos sobre o banco de trás para pegar Grace ao mesmo tempo. Deixei que ele ficasse com ela e peguei a bolsa de fraldas. Fui tirar o carrinho do porta-malas e nos encontramos atrás do carro, no ar frio do inverno.

– O que eu fazia antes de ser youtuber é uma ironia épica. Você vai *amar*. Não vou desperdiçar uma informação dessa com sua tentativa meia--boca de me enrolar.

Peguei o carrinho, e ele prendeu o bebê-conforto. Empurrei Grace em direção à loja.

– Enrolar você? – perguntou ele, acionando o alarme do carro e correndo ao meu lado com um sorrisinho.

– Poinsétias são venenosas. Você tem um cachorro e recebe visitas de uma bebê – argumentei.

– Eu compro uma falsa.

Fiquei lívida, e ele riu.

– Uma falsa... Esse nem é o objetivo. Meu Deus, você é o Scrooge – falei, já na calçada. – Preciso que você sinta cheiro de *pinheiro* quando chegar em casa. Faz parte da ambientação.

Adrian abriu a porta da loja de decoração para mim, e senti uma lufada de ar quente com aroma de canela. Entrei e me virei para ele.

– Posso concordar com duas almofadas e uma manta – falei. – Mas *eu* escolho o centro de mesa, e você compra uma árvore de Natal. De verdade.

Ele levou a mão ao queixo como se estivesse pensando. Então deu uma pausa naquele fingimento.

– Vai jantar comigo no meu apartamento hoje? Porque não vou arrumar nada disso sozinho. Você ajuda ou nada feito.

Bufei.

– Ué, com certeza. Claro que eu vou. Que tipo de pergunta é essa? – respondi.

Não deixei que ele percebesse, mas gostei muito do convite.

Eu tinha oficialmente uma paixonite. Não havia mais como negar. Gostava dele. *Bastante.*

Não que pudesse fazer algo a respeito. Eu levava a sério a regra de não namorar. Além do mais, meus dias bons talvez estivessem contados – e seriam poucos –, e ele não estava disponível. Adrian não queria sair com ninguém, então provavelmente não teria feito diferença se eu *pudesse* ir atrás dele. Mas eu estava apaixonadinha assim mesmo.

Ele abriu um sorriso.

– Tá bom. Trato feito.

Também abri um sorrisinho e entrei na loja.

– Estou esperando – disse ele atrás de mim.

Parei ao lado de uma poltrona reclinável de couro e peguei uma almofada com uma rena estampada que eu sabia que ele ia detestar. O nariz era um sino vermelho.

– Gostei dessa – comentei, balançando a almofada para que o sino soasse. – O que você acha?

Ele pegou a almofada da minha mão e a colocou de volta na poltrona.

– Sua parte do trato primeiro – disse, cruzando os braços.

Retorci os lábios e sorri.

– Eu era recepcionista em uma empresa de papel.

Adrian abaixou os braços.

– Ah, *para*. Tipo a Pam de *The Office*? E eu aqui, disposto a comprar uma árvore de Natal...

Eu o olhei bem nos olhos.

– Estou falando sério.

Ele se afastou, indo em direção aos utensílios de mesa.

Fui atrás dele, empurrando o carrinho.

– Não estou inventando – falei.

Adrian continuou de costas para mim.

– O trato está cancelado – anunciou ele, por sobre o ombro.

– Eu tenho provaaaaas – cantarolei.

Ele parou ao lado de uma mesa montada para o Natal e fingiu observar um anel para guardanapos. Abri uma foto no celular e acenei com o aparelho para ele. Adrian olhou para mim e arqueou uma das sobrancelhas.

– Eles me chamavam de Van Beesly – falei.

Ele bufou.

– Tá. Vou fingir que acredito por enquanto – disse, estendendo a mão.

Entreguei o aparelho.

– Essa sou eu, há três anos – comentei. Eu tinha aberto um álbum chamado "Festa de Natal do Escritório". – O nome da empresa é Paper Waits Cards. A gente vendia cartões, convites, envelopes e papel para artesanato. Eu trabalhava no escritório em Edina.

Ele foi passando as fotos em que eu aparecia no escritório, em traje de trabalho. Então olhou em meus olhos.

– Van Beesly?

– Isso. E é bom que não me chame assim se quiser que eu responda.

Adrian parecia não acreditar.

– Tá. Você quer mais provas. Tudo bem – falei, pegando o celular de volta. – Vou ligar para um ex-colega. Estou disposta a fazer o maior dos sacrifícios porque acho que você precisa de uma árvore de Natal em sua vida, e sou uma pessoa altruísta. Eu me doo pelos outros. É o que faço.

Rolei a agenda de contatos, encontrei o número, liguei e coloquei no viva voz. Segurei o celular entre nós dois enquanto chamava, olhando fixamente para o rosto do Adrian. Alguém atendeu, e uma voz masculina surgiu na linha.

– Van Beesly!

Desliguei.

– Pronto. Agora você acredita em mim?

Adrian indicou o celular com a cabeça.

– Quem era?

– Não era o meu Jim Halpert, pode ter certeza – falei, e meu celular começou a tocar. O homem retornara a ligação. – Ele era obcecado por mim quando eu trabalhava lá e parou de me mandar mensagens há *seis* meses. Acabei de cutucar a onça com vara curta. Por *sua* causa. Está vendo quanto estou comprometida com este projeto?

Ele deu risada.

– Tá. Quais almofadas você quer?

Abri um sorriso triunfante.

Não o torturei demais. Escolhi duas almofadas de Natal bastante sofisticadas, de muito bom gosto, com FELIZ NATAL escrito em uma delas e BOAS FESTAS na outra, e uma mantinha vermelha com acabamento de pele falsa. Concordamos em um centro de mesa de pinho e frutas vermelhas. *E* Adrian me deixou escolher uma guirlanda para a parte de dentro da porta, mas, segundo ele, só porque cuidei do cachorro de graça.

Acho que no fundo ele gostou.

Compramos alguns enfeites, uma estrela, umas luzinhas e um tapetinho para colocar a árvore em cima.

Pagamos tudo, guardamos no porta-malas do meu carro e fomos para o mercado.

– E aí, o que você quer jantar? – perguntou ele quando passamos pelas portas automáticas.

– Sopa – falei, empurrando o carrinho. – Podemos jogar tudo em uma panela e deixar cozinhar enquanto arrumamos a árvore.

– Sopa então – respondeu ele, pegando um carrinho. – De quê?

– Hum... frango e arroz selvagem? É bom para o jantar porque sustenta.

Ele sorriu.

– Concordo. Vamos comprar uns pães para servir a sopa dentro.

Saltitei de alegria.

– Vamos comprar uma casa de biscoito de sobremesa! Podemos decorar e comer o telhado.

Ele abriu um sorrisinho e foi em direção ao hortifrúti.

– Alguém já disse não para você?

Fingi pensar antes de responder.

– Nunca.

– Ah, esqueci de te contar – disse ele, parando ao lado das laranjas e tirando um cartão de visita do bolso. – Achei que pudesse se interessar por isto aqui, para o seu pai. – Ele me entregou o cartão. – O nome dela é Sonja Duggar. Ela é companheira de sobriedade e coach de vida.

– Ela é o quê?

– Companheira de sobriedade e coach de vida. Usamos esses profissionais para manter os clientes longe de problemas enquanto estão em julgamento. Ela é muito boa em casos em que o cliente precisa parecer mudado em uma próxima conversa com o juiz. Ela é boa. Acho que ele ia gostar dela.

Olhei para Adrian.

– O que exatamente ela faz?

– O que precisar. Se o problema for álcool ou drogas, ela mantém o cliente limpo e sóbrio. Leva para reuniões do AA e para a terapia e supervisiona as visitas. Garante que eles não violem os termos da condicional. Garante também que tomem os remédios, que permaneçam empregados e que estejam no tribunal na hora certa. Ela era terapeuta. Agora está aposentada e faz isso como um extra.

Bufei.

– Uma babá. E o triste é que ele precisa mesmo de uma – resmunguei.

Fomos em direção às cebolas.

– Ela é cara – disse ele. – E nenhum seguro cobre. Mas você vai ficar livre e não vai precisar se preocupar com ele quando não estiver lá. Ela vai cuidar da casa e ajudar seu pai a enfrentar os motivos pelos quais o lugar ficou daquele jeito, para início de conversa.

Ah, isso seria incrível. Eu não dava mais conta de cuidar de todo mundo. Estava sobrecarregada.

Sorri para ele.

– É maravilhoso. Eu nem sabia que isso existia.

– Existe. Talvez o problema seja fazer com que ele concorde. Os riscos são maiores para os meus clientes, então não é tão difícil eles aceitarem quando *eu* apresento a proposta.

Bufei.

– Ah, os riscos são altos aqui também. Se ele não der um jeito na própria vida, vou parar de pagar as contas.

Adrian sorriu e pegou um saco plástico para as cebolas.

– Ela pode até morar lá, se ele tiver um quarto sobrando e não se importar com o gato dela... mas aí fica mais caro.

Eu não me importava com quanto ia custar. Precisava de resultados. E meu pai estava sempre tão solitário que provavelmente ia amar ter como companhia alguém que não fosse um ferrado como ele.

Falando da Annabel...

Minha irmã não aparecia desde o acidente de carro. Continuava publicando suas artes no Instagram, então eu sabia que estava viva. Talvez estivesse dormindo no sofá de alguém, totalmente alheia ao caos que causara, como sempre. Eu estava puta com ela. Com a destruição do carro e a descoberta de que ela talvez tivesse usado drogas durante a gravidez, eu estava *por aqui*. Tinha oficialmente começado a ser dura com ela. Parei de mandar dinheiro, e ela não podia voltar à casa do meu pai. Mas no dia anterior também cancelei seu número. Eu não ia contribuir com um único centavo. Ia deixar que ela chegasse ao fundo do poço mais rápido.

– Vou ligar para Sonja hoje mesmo – falei. – Obrigada.

Ele sorriu para mim.

– De nada.

Fazer compras com Adrian foi uma das coisas mais divertidas que realizei no ano. Ele era igualzinho a mim na hora de escolher os ingredientes. Inspecionava tudo, escolhia só os melhores. Pegou ervas frescas, e não secas, nata e caldo de frango orgânicos para a base, uma boa manteiga.

Aí enlouquecemos e compramos dezessete tipos de queijo. As pessoas até ficaram nos encarando. Éramos um perigo juntos. Eu não conseguia nem imaginar nós dois na França. Iríamos à falência só com os vinhos.

Em algum momento, alguém comentou do jantar do dia seguinte, e de repente estávamos comprando os ingredientes para aquela refeição também: frango à Cordon Bleu, purê de batatas com raiz-forte e cenouras glaceadas. Mas dessa vez ia ser no meu apartamento.

Quando chegou a hora de escolher a árvore em uma tenda no estacionamento, Adrian parou o carrinho em frente às portas automáticas.

– O que foi? – perguntei.

Ele estava com uma cara estranha, como se não tivesse certeza de que deveria mesmo dizer o que estava pensando.

– E se a gente fosse cortar uma árvore? – sugeriu, finalmente.

Meu rosto se iluminou.

– Tipo... em uma fazenda? – perguntei, saltitando mais uma vez. – Você vai usar uma camisa xadrez de flanela? Vai empunhar um machado?

Ele soltou uma risadinha.

– Eu não tenho camisa de flanela. E, se não me falha a memória, eles dão uma serra.

Mordi o lábio e dei um gritinho.

Ele sorriu.

– Meu pai nos levava a uma fazenda todo ano. Ele cortava a árvore. Era uma tradição de família.

Ahhh. Naquele momento, eu entendi sua hesitação. *E* por que ele não tinha uma árvore.

Minha expressão ficou suave e olhei em seus olhos.

– A última vez que você teve uma árvore de Natal foi quando seu pai estava por perto?

Adrian fez uma pausa antes de responder.

– Foi.

– Então, quando seu pai foi embora, foi o fim da sua infância – comentei.

Ele soltou um suspiro longo.

– Acho que é uma boa leitura da situação.

Sorri para ele.

– Mas, olha só, agora você é adulto e vai cortar uma árvore para o primeiro Natal da Grace. Vai passar essa experiência para ela como um dia alguém passou para você.

Seu olhar também ficou mais suave, e ele olhou para Grace no carrinho.

– Não tinha pensado nisso. Se bem que talvez ela seja pequena demais para lembrar.

Balancei a cabeça.

– Você não sabe do que ela vai se lembrar. Algumas coisas que acontecem enquanto Grace ainda é bebê vão moldar sua identidade pelo resto da vida. Pode ser que aos 100 anos ela ainda sinta uma espécie de paz quando sentir o seu cheiro.

Ele franziu o cenho.

– Quê?

– É! Você não percebe? Como ela se acalma mais rápido quando você a pega no colo? Ela já associa você a uma sensação de segurança porque você a salvou naquela noite. Grace está aprendendo essas coisas. Pequenas sinapses se conectam e dizem a ela que você é uma pessoa boa. Talvez ela goste de homens com barba e olhos verdes gentis e até se case com um, só porque um dia conheceu você. E ela nunca vai saber por quê.

Ele piscou, me encarando, e uma expressão que não consegui decifrar surgiu em seu rosto.

– Enfim – falei, empurrando o carrinho da Grace em direção à saída –, acho que fizemos muito progresso hoje. Mesmo sem a camisa xadrez de flanela e o machado.

Adrian sorriu e empurrou o carrinho do mercado, me seguindo pelo estacionamento.

MEIA HORA DEPOIS, ENTRAMOS NA FAZENDA. Uma mulher vestindo um casaco de inverno pesado e um gorro de Papai Noel se aproximou e nos deu um mapa do local e uma serra. A serra tinha cheiro de pinha.

– Sentiu esse cheirinho? – perguntei, sorrindo.

Ele fechou a janela enquanto avançávamos pela estrada coberta de neve em direção aos vários lotes.

– Senti – respondeu, retribuindo o sorriso.

Olhei para o mapa.

– E aí, que tipo de árvore você quer?

– Abeto balsâmico – respondeu ele, sem pestanejar.

– Resposta correta – falei, e apontei com a cabeça para o lote à esquerda. – Ali tem bálsamos.

Ele parou em uma das vagas e saímos. Tirei Grace do carrinho e troquei sua fralda rapidinho. Então a agasalhei e saímos caminhando entre as fileiras de pinheiros.

O dia estava lindo. Ensolarado e com a temperatura por volta de 1 grau negativo – uma onda de calor para Minnesota no mês de dezembro. Fomos pisando na neve, analisando a seleção.

– Isso não é muito melhor que estar no trabalho? – indaguei, fechando os olhos e inspirando o ar gelado.

– Admito que é melhor que acompanhar depoimentos – respondeu ele, levando a serra.

– Então... você é sócio do escritório, certo? – perguntei, olhando para ele. – O que exatamente isso quer dizer? Você é o chefe?

– Sou um dos chefes, sim.

– Mas não o chefão?

– O chefão é o Marcus. Ele é o dono e fundador do escritório.

– E como ele é?

– Sério. Perspicaz – respondeu Adrian, balançando a cabeça.

– E como funciona exatamente? Ele é o dono e você é o quê? Tipo, se fosse um ambiente comercial, qual seria seu cargo?

Adrian parou a fim de analisar melhor uma das árvores.

– Bom, acho que se fosse um ambiente comercial, eu seria o gerente. Marcus e eu decidimos juntos quais casos pegar e quem contratar. Peço a opinião dele quando preciso, mas ele aceita meu julgamento na maioria das vezes.

– E quantos advogados são?

– Hoje temos nove. Mais três assistentes jurídicos e dois administrativos.

Um vento suave soprou e ajeitei o cobertor da Grace ao redor da sua cabeça, beijando sua testa quentinha.

– E você fica com os melhores clientes?

Continuamos andando.

– Teoricamente os clientes são do escritório. Podem ser representados por qualquer um de nós. Eu costumo liderar os casos maiores.

– Ahhh. Entendi. E você gosta do Marcus?

– Eu *respeito* o Marcus. Gostar dele não é necessário.

Parei embaixo de uma árvore grande.

– Que tal esta? – perguntei, apontando com a cabeça.

Adrian examinou a árvore.

– Para mim ou para você?

– Para você. Vou precisar de uma menor. Não tenho tanto espaço.

Ele assentiu.

– Pode ser.

Adrian se agachou na neve, enfiando-se entre os galhos, e começou a serrar.

– E Annabel, como é? – perguntou ele, a árvore sacudindo de um lado para outro.

– Raivosa.

Ele parou de serrar e virou a fim de olhar para mim.

– Raivosa?

– Raivosa. Como uma adolescente de castigo, irritada e petulante.

– Por quê? – perguntou ele, voltando para debaixo da árvore.

Bufei.

– Por que ela não seria?

Annabel tinha raiva do mundo. Tinha raiva por Mel ter morrido. Pelo fato de a mãe ter partido. Pela camisinha ter estourado e ela ter engravidado de um cara aleatório em Punta Cana na viagem de formatura – pela qual *eu* paguei, aliás. Eu achava que passar para ela meu amor pelas viagens poderia ajudá-la a amar um pouco mais a vida.

Esse tiro saiu pela culatra.

Pelo menos ela nunca teria medo de morrer de ELA. Annabel e Brent eram filhos de outra mãe, o que significava que Grace também estava a salvo. Só isso já era motivo para ser grata. Mas Annabel não era *capaz* de sentir gratidão.

A árvore sacudiu mais uma vez e caiu de lado com um estalo.

Adrian levantou e bateu a poeira do casaco, e eu abri um sorrisinho.

– Você conseguiu. Fechou o ciclo.

Ele olhou para a árvore com um sorriso.

– Agora vamos escolher a sua.

TRÊS HORAS DEPOIS, ESTÁVAMOS DE volta ao apartamento dele. Cada uma das árvores já em sua respectiva sala de estar. Eu ia decorar a minha mais tarde. A dele é que era crítica.

A lareira estava acesa, tinha música de Natal tocando, a árvore do Adrian já estava decorada, e eu com a mantinha nova no colo. Harry Puppins estava aninhado ao meu lado, dormindo e rosnando.

Eu amava aquele cachorrinho maluco. Ele parecia um velhinho rabugento expulsando as pessoas do gramado de sua casa. Quando voltamos com a árvore, Harry atacou a calça do Adrian. Adrian estava com as mãos ocupadas, tentando colocar a árvore no lugar, e não conseguia afastá-lo. Eu ri tanto que nem consegui ajudar. Quase fiz xixi na calça.

– Você não queria ter duas mantinhas agora? – perguntei, cutucando a coxa de Adrian com o joelho. – Estou tão confortável e você está aí, com frio e grudando no couro.

Ele deu risada, raspando a colher na lateral do pão.

– Eu sou calorento.

Abri um sorriso, olhando em volta. Agora o lugar estava aconchegante.

– Diga que não se sente melhor com o apartamento assim – falei, olhando para ele.

Ele sorriu.

– Me sinto mesmo. Você tinha razão.

Deixei a caneca no chão.

– Sabe, acho que foi coisa do destino a gente se conhecer. Você definitivamente precisava de mim na sua vida.

Adrian colocou o pão na mesinha de centro.

– Estou muito feliz por ter conhecido você, mas não acredito em destino.

Balancei a cabeça.

– Como você pode não acreditar em destino?

– Não acho que as coisas estejam predeterminadas ou escritas nas estrelas. Acho que a gente faz o nosso destino.

– Ah, é o maníaco por controle falando – respondi, estendendo a mão. – Me dê sua mão.

Ele me olhou desconfiado.

– Vamos – falei, esperando.

Adrian sorriu mais uma vez e estendeu a mão. Assim que a segurei, uma corrente quente percorreu meu corpo.

Meu Deus, eu seria capaz de apostar que aquele homem sabia o que fazer com as mãos...

Adrian não me parecia o tipo de pessoa que não se dedicava na hora do sexo. Ele não falhava. Em *nada*. Aposto que seria capaz de dar uma aula sobre orgasmo feminino.

Eu gostava de homens com certa experiência, já que não tinha muito tempo para treinos.

Pigarreei.

– Vou ler sua mão – falei, virando-a.

Ele pareceu curioso.

– Onde aprendeu a fazer isso?

– Com uma cartomante em uma vila da Espanha.

– Não é de admirar que Becky goste tanto de você.

Percorri a linha do amor com o dedo e sorri.

– Por quê?

– Ela gosta de astrologia – respondeu ele, se aproximando para ver o que eu estava fazendo. Seu rosto ficou pertinho do meu. Meu coração disparou. – Ela sempre lê meu horóscopo.

– E você nunca acha que tem alguma verdade nele? – indaguei, estudando os vincos de sua mão.

– Não. E aí, o que minha palma está te dizendo?

Abri um sorrisinho.

– Está vendo isto aqui? – perguntei, traçando uma linha na base de seus dedos. – Esta é a linha do amor. Você tem uma falha na linha do coração, bem aqui. Isso quer dizer que você sofreu algum trauma. Deve ser a coisa do seu pai ter ido embora. Mas veja. Olha como a linha fica comprida e estável depois disso. O resto da sua vida é uma linha sólida e feliz.

Sorri sem tirar os olhos da palma da mão dele. Adrian tinha vincos semelhantes a penas no início da linha. Paixão. Interrompida logo abaixo do indicador, o que era bom. Queria dizer que ele poderia ter uma vida amorosa saudável.

Inclinei a palma da mão de Adrian em sua direção.

– Está vendo que a linha do coração tem uma bifurcação no final? Desvia um pouquinho para baixo? Significa que está disposto a sacrificar tudo pelo amor. Você é um romântico.

Quando olhei para Adrian, ele não estava olhando para sua mão. Estava olhando para mim.

– E a sua? – perguntou, sem tirar os olhos dos meus. Ele virou a mão e segurou a minha. – O que a sua diz?

Estávamos tão próximos um do outro que sua respiração fazia cócegas em meu rosto. *Tão* pertinho.

– Hum… na verdade é bem parecida com a sua. Mas o formato da minha mão é de fogo. Tenho a palma comprida e dedos curtos. Significa que…

– Vou adivinhar – disse ele, com um sorrisinho. – Você é cheia de energia. Entusiasmada. Extrovertida.

Eu estava com dificuldade de respirar com o toque dele.

– Quase isso – murmurei. – A sua é de ar. Quer dizer que você é inteligente e lógico. Um bom comunicador.

Ele passou o dedo na palma da minha mão.

– Fogo e ar – disse, e olhou bem para mim. – E o resto? Você vai ter uma vida longa?

Meu sorriso se desfez e eu tirei a mão da dele, fingindo querer um gole da minha bebida de repente. Voltei para meu canto do sofá, abrindo um oceano de distância entre nós dois.

– A linha da vida revela o bem-estar – falei. – A vida muda. A leitura não indica quanto tempo a gente vai viver.

Mas a dormência em meus dedos indicava.

12

ESTE HOMEM REDUZIU AS HORAS DE TRABALHO À METADE E O RESULTADO É IMPRESSIONANTE!

Adrian

Becky e eu estávamos trabalhando na sala de reuniões. Era meio-dia de sexta-feira e estávamos atolados em papelada acumulada. O caso Bueller estava ficando cada vez mais difícil, e eu não me preparara.

Eu ainda não tinha assistido à filmagem ou analisado o exame toxicológico. Marcus estava meio irritado porque perdi um prazo na semana anterior, após ter saído mais cedo para levar Grace ao pediatra com Vanessa.

Eu não tinha planejado ir ao médico com ela. Vanessa nem me convidara. Mas mencionei a consulta com Lenny, e ele disse que os filhos dele choravam tanto quando tomavam vacina que ficavam inconsoláveis. Então disse que Vanessa devia dar paracetamol a Grace antes de ir. Eu não sabia se ela tinha feito isso. Mandei mensagem, mas ela não respondeu.

Eu estava em uma teleconferência, batendo o pé e checando o celular sem parar, até que finalmente falei "dane-se", saí e fui para o consultório.

Vanessa não conseguia acalmar Grace como eu. Ela tinha razão quando disse que a bebê ficava mais calma comigo. Grace gostava que eu a abraçasse quando ela estava agitada. Na verdade, nesse estado, preferia ficar comigo, não com Vanessa. Seria melhor que eu a segurasse na hora da vacina. E eu queria mesmo conhecer o médico, verificar seus antecedentes, ver se ele não tinha processos por negligência ou no mínimo dar uma olhada em suas avaliações na internet.

As enfermeiras começaram a me chamar de "papai". Vanessa dava uma risadinha sempre que isso acontecia.

Fiquei só uma hora fora, mas a interrupção bagunçou meu dia. Esqueci o arquivo e me atrasei dez minutos para uma reunião. Lenny tomou notas do restante da teleconferência, mas perdi a oportunidade de fazer perguntas quando todos estavam juntos e tive que mandar e-mails para me atualizar.

Além dessa saída no meio do expediente, fazia quase duas semanas que eu não trabalhava mais que oito horas. Estava dedicando a Vanessa todo o tempo que costumava dedicar aos casos.

Estava delegando.

Eu nunca delegava trabalho. *Nunca.* Sempre fazia tudo sozinho. Assim garantia menos erros. Mas entreguei o caso García ao Lenny porque sabia que, se não fizesse isso, teria que sacrificar a qualidade da representação ou meu tempo com Vanessa. E, pela primeira vez na vida, o trabalho não era minha prioridade. Ultimamente, quando o relógio batia cinco da tarde, eu ia embora. Não queria perder o tempo que podia passar com ela. Tinha chegado ao ponto de odiar o fim da noite, porque sabia que ela iria para casa e levaria Grace embora, deixando meu apartamento vazio e sem vida mais uma vez.

Eu estava atrasado em tudo. *Tudo.* E estava tentando ficar em dia, então trabalhei na hora do almoço. Precisava fazer isso, porque todos nós sairíamos mais cedo naquele dia para ir ao Baile de Natal do Hospital Infantil.

Não estava ansioso para o baile.

Gostava do evento. A comida e o entretenimento sempre eram bons, e era divertido passar um tempo com a equipe fora do trabalho. Mas eu tinha comprado só um ingresso, porque Rachel não estaria lá naquele fim de semana. Tentei comprar mais um para Vanessa de última hora, mas o evento estava esgotado.

Ela não estaria lá.

De repente, passar a noite comendo filé e lagosta e ouvindo uma banda ao vivo parecia a última coisa que eu gostaria de fazer.

Fazia duas semanas seguidas que eu via Vanessa todos os dias. Jantávamos juntos toda noite. Tínhamos passado a última semana presos no prédio por causa da neve, explorando o primeiro andar, pesquisando os nomes que encontrávamos rabiscados nas paredes e assistindo a *The Office* entre o meu apartamento e o dela.

Nossas vidas se fundiram. Eu encontrava meias de bebê entre as minhas almofadas, e tinha um aquecedor de mamadeira no bar ao lado do decanter de bourbon. Comprei um cercadinho e uma cadeirinha para que não precisássemos levá-los toda hora de um lado para outro.

Vanessa me deu uma chave reserva, e eu nem trancava mais a porta quando estava em casa. Ela entrava e saía quando quisesse. Nem batia. Já entrava falando como se estivéssemos sempre no meio de uma conversa, lavava roupa, usava minha máquina de expresso, levava Harry Puppins para seu apartamento quando eu estava no trabalho e deixava Grace comigo enquanto tomava banho ou saía para comprar alguma coisa. No dia anterior, ficou sentada de pijama no meu banco de musculação enquanto eu corria 10 quilômetros da esteira. Estava comendo uma *frittata* que preparei para ela. Elas estavam sempre ali. *Ela* estava sempre ali. E eu gostava disso. Gostava *dela*.

Muito.

Estava com alguma dificuldade de entender o que sentia, porque não havia muito que eu pudesse fazer a respeito.

O fato de *não* darmos em cima um do outro era parte essencial do nosso relacionamento. Ela flertava comigo, mas era seu jeito. Às vezes dizia que eu era um gato, mas logo reiterava que não saía com ninguém. Não queria dizer nada. Vanessa deixou bem claro que não estava interessada em namorar. Devia ser por isso que se sentia tão confortável comigo – porque eu não estava tentando levá-la para a cama.

Eu sabia muito bem que, se abordasse o assunto, se tentasse conversar com ela sobre o que sentia, corria o risco de perder sua amizade. Até mesmo mencionar sobre ultrapassar aquele limite já significava ultrapassar o limite. Afinal, ficaria explícito que eu queria algo mais, ainda que não fizéssemos nada a respeito. Isso mudaria tudo, e eu morria de medo de que as coisas mudassem. Não podia perdê-la.

Becky organizou sua pilha de documentos e se apoiou nos cotovelos.

– E aí, como é ser amigo da Vanessa? – perguntou, com um sorrisinho. – Vocês recebem tratamento VIP? É a coisa mais legal do mundo? Junta uma multidão em volta e você tem que dar uma de guarda-costas e tirar homens estranhos de cima dela?

Balancei a cabeça.

– Ela dá autógrafos de vez em quando. Não vejo muito esse lado da vida dela. Fazemos coisas normais. Ela é como qualquer pessoa – respondi, prendendo minha pilha de correções com um clipe de papel.

Becky me encarou fixamente do outro lado da mesa.

– Tá, mas ela *não* é como qualquer pessoa. As pessoas *amam* a Vanessa. Pagam para ir a convenções e tirar, tipo, *uma* foto com ela, e você sai com ela e age como se não fosse nada de mais, nem surta?!

– Gosto muito de sair com a Vanessa. Como se não fosse nada de mais – falei, circulando um erro de digitação.

Ela revirou os olhos.

Eu adorava mexer com a Becky.

Ela piscou, atônita.

– Você não entende mesmo, né? Sua vizinha é a queridinha da América e parece que você não sabe disso. Ela foi jurada de um evento com o Tom Hanks e as pessoas disseram que *ela* foi "a mais simpática". Vanessa participou daquele programa de culinária com o Gordon Ramsay, e ele se recusou a gritar com ela... O Post Malone tatuou o nome dela na parte interna do lábio!

Olhei bem para Becky.

– Vanessa conhece o Tom Hanks?

Ela me encarou, horrorizada.

– Como você não sabe *nada* disso?

Reprimi um sorrisinho. Eu não sabia sobre o Tom Hanks... Pensando bem, nem sobre o programa do Gordon Ramsay. E também não sabia o que era Post Malone.

Eu sabia que Vanessa era uma celebridade. Só que para mim ela era só... *Vanessa*. Era bem pé no chão e normal. Na maior parte do tempo, eu nem lembrava o que ela fazia – e acho que ela preferia assim. Ela não gostava de falar sobre o canal.

É verdade que *algumas* vezes percebi que as pessoas a reconheciam. Mesmo que não a abordassem, dava para ver que sabiam quem Vanessa era.

Eu jamais seria capaz de me abrir diante de uma câmera assim, a vida exposta, sem anonimato. Acho que ela não gostava muito dessa parte, mas, para Vanessa, arrecadar dinheiro para a pesquisa de ELA era mais importante que sua privacidade. Acho que quando algo é tão importante assim, vale a pena.

– Não preciso que me diga quanto sou sortudo ou quanto Vanessa é incrível – falei. – Eu sei disso.

Becky balançou a cabeça em reprovação, sem resposta diante da minha falta de detalhes. Ela soltou um suspiro de decepção por eu não estar disposto a fofocar e voltou para suas intimações.

Tirando as surpresas que envolviam seu lado celebridade, me dei conta de que, em apenas duas semanas, eu sabia mais sobre Vanessa e sua família do que sobre Rachel e a dela, mesmo após oito meses juntos.

Tive muito tempo para pensar sobre aquele relacionamento desde que ele chegou ao fim, e tirei conclusões que não me deixaram muito animado. Parte de mim sabia que Rachel escondia sua vida real, por isso eu não a conheci melhor nem sabia o que ela estava fazendo. Mas outra parte começava a se perguntar qual tinha sido a *minha* contribuição naquilo tudo. Porque a verdade era que eu não me importei o suficiente para tentar saber.

Não fiz nenhum esforço para conhecer seus amigos ou sua família nem para visitá-la em Seattle. Quando Rachel passava alguns dias sem me mandar mensagem ou atender as minhas ligações, eu mal percebia, porque também não tinha tempo para conversar com ela.

Não que eu me culpasse pelo que Rachel tinha feito. Mas Vanessa tinha razão a respeito do que dissera semanas antes. Eu não tinha equilíbrio. Minha vida permitia apenas uma namorada sem compromisso, e que continuasse uma estranha após quase um ano de namoro, porque era só para isso que eu tinha tempo. E *essa* responsabilidade eu precisava assumir.

E havia mais uma coisa. Uma vozinha irritante que me dizia que talvez eu *gostasse* que fosse assim. Que talvez Rachel fosse só mais uma manifestação do controle que eu parecia precisar exercer, um sintoma de um problema maior. Que fazer do trabalho meu foco principal era uma maneira de me blindar e não me aproximar demais de alguém que poderia acabar me magoando. Me abandonando, como meu pai. E o mais engraçado era que Rachel acabou *mesmo* me abandonando. Mas, quanto mais pensava a respeito, mais eu me dava conta de que não me importava.

Eu estava indignado e irritado, mas era por uma questão de princípios, não porque estivesse apaixonado por ela, nem de longe. Será que escolhi Rachel deliberadamente? Porque em algum lugar enterrado no fundo do meu subconsciente eu sabia que ela não chegaria perto o bastante para partir meu coração?

Eu não conseguia afastar esse pensamento. E não estava gostando *nadinha*.

Vanessa dissera que traumas sofridos na infância afetam nossos relacionamentos. E eu estava começando a acreditar nisso.

Ela tinha razão a respeito de muitas coisas.

Vanessa me fez mudar. Para *melhor*. Ela me fez enxergar o mundo através de uma lente nova – ou uma lente que eu tinha esquecido que existia.

Era como se eu tivesse voltado a ser criança. A gente fazia guerra de pistolas de água na sala do apartamento dela, brincava de "o chão é lava". Quando fazia um frio de 20 graus negativos lá fora, fervíamos água e jogávamos pela sacada para ver a neblina se formar. Fazíamos bolhas de sabão para vê-las congelando, fazíamos anjos de neve no telhado, guerras de bolas de neve que me davam vontade de cair com ela em um montinho e beijá-la.

Eu ria até a barriga doer, percebia a beleza ao meu redor e ficava impressionado ao me dar conta de que um dia deixei de fazer isso. A sensação era a de que eu era um zumbi e nem percebia, andando pela vida em uma névoa sonolenta, até que ela me despertou.

Vanessa certa vez disse que o dinheiro só traz felicidade quando a gente sabe o que quer. E o que eu queria estava ficando cada vez mais claro para mim. A cada dia que eu passava com Vanessa e Grace, minha certeza aumentava. Mas o que eu queria o dinheiro não comprava. Eu precisava merecer.

Só não sabia se *conseguiria*.

Eu continuava na sala de reuniões, examinando o relatório policial do caso Bueller, quando Becky soltou um gritinho do outro lado da mesa. Uma Becky dramática não era motivo para eu parar o que estava fazendo, então só vi Vanessa entrar com Grace no carrinho quando ela pigarreou.

– Você deve ser a Becky... – comentou, sorrindo para minha assistente hipnotizada por sobre meu ombro.

Meu coração acelerou com aquela visão inesperada.

Ela estava linda. Estava *sempre* linda, mas eu não estava preparado para vê-la naquele momento.

Vestia um suéter roxo que eu nunca tinha visto, e o cabelo estava solto e cacheado. Senti uma pontinha de orgulho ao pensar que aquela mulher acabara de entrar no escritório para *me* ver.

Levantei, sorrindo.

– Oi, não sabia que você vinha.

– Já que não vamos jantar juntos hoje, pensei em fazer uma surpresa e trazer o almoço – disse ela, erguendo um pacote marrom.

Fiquei ali parado, sorrindo para ela como um idiota, até que Becky soltou uma espécie de gemido atrás de mim.

– Vou almoçar lá na minha mesa – falou, com a voz meio esganiçada.

Ela reuniu de qualquer jeito uma pilha de papéis, sorriu para Vanessa como uma maluca ao passar por ela e fechou a porta.

Vanessa abriu um sorriso largo para mim.

– Sabe, você fica ainda mais gato no escritório.

Dei risada.

Grace sorriu para mim no carrinho. Já fazia alguns dias que, sempre que ela estava com a chupeta na boca e eu a fazia sorrir, ela cuspia a chupeta e abria um sorrisão que era só gengiva, os olhos brilhando. E quando eu fazia cócegas nela, ela dava risadinhas. Eu não me cansava daquilo. Amava brincar com ela.

Eu me abaixei para pegá-la no colo e acariciei seu rostinho com o nariz. Ela estava com um macacãozinho de lã azul com flocos de neve e cheirava a talco de bebê com um toque do perfume da Vanessa.

Cheirinho de casa.

Ela estendeu uma das mãos gordinhas, e mordi seus dedos com os lábios. Grace deu uma risadinha feliz. Eu não conseguia parar de sorrir.

De repente, entendi a sensação de receber uma visita da família no trabalho, da esposa e dos filhos. Eu nunca tinha sentido aquele acesso de felicidade ao ver alguém de quem eu gostava quando não estava esperando. Minha vontade era segurar Grace no colo enquanto levava Vanessa para ver minha sala. Apresentá-la ao Marcus. Reanimar Becky e apresentá-la formalmente também.

– O que vamos comer? – perguntei, olhando para Vanessa.

Ela observava Grace e eu. Não consegui decifrar sua expressão, mas parecia distante.

Apontei com a cabeça para a mesa.

– Venha... Sente-se comigo. Afastei alguns arquivos com a mão que estava livre para abrir espaço.

– Trouxe comida tailandesa – respondeu ela, colocando o pacote sobre a mesa. – Ah, antes que eu esqueça, não vou poder jantar com você segunda. Acabei de ficar sabendo.

Vanessa olhou para mim e fez um biquinho.

Senti meu sorriso se desfazer.

– Por quê?

– Surgiu um evento de trabalho – respondeu ela, pegando o pacote e tirando as embalagens para viagem.

Tive que engolir a decepção. Seriam duas noites que eu não passaria com ela.

– Quer que eu fique com Grace? – perguntei, torcendo para que ela não ouvisse a decepção em minha voz.

Vanessa abriu uma embalagem de arroz frito e serviu em um prato.

– Não precisa. Vou pedir à Mulher da Ioga.

– Eu posso ficar com ela – falei, colocando Grace no carrinho e me sentando ao lado de Vanessa.

Ela deu de ombros.

– Tudo bem. Se você quiser. Não pretendia que parecesse uma obrigação – respondeu.

Ela terminou de servir meu prato e o colocou na minha frente.

Fiquei olhando para Vanessa enquanto ela se servia. Ela não estava prestando atenção em mim.

Tinha tingido as pontas do cabelo na semana anterior para um vídeo. Estavam azuis e roxas, combinando com o suéter. Parecia exótico. Ela tinha uma covinha na bochecha que surgia quando ria. Sardas suaves no nariz, cílios longos.

Linda.

Senti algo familiar: aquela vontade de ficar olhando para ela por mais tempo do que seria adequado. Era algo que eu enfrentava bastante na última semana.

Eu parecia um adolescente ofegante por causa de uma garota na aula de educação física. Queria tocá-la. O tempo todo. Quando ela sentava ao meu lado no sofá, eu queria abraçá-la. Queria segurar sua mão no mercado, sentá-la em meu colo quando ela vinha ver se eu estava trabalhando em casa. Era ridículo quanto aquele impulso era forte.

Eu sabia que devia estar projetando meus sentimentos, mas a distância entre nós nunca me pareceu natural. Era como se nós dois fingíssemos querer aquela distância, como se fosse um esforço descomunal mantê-la ali.

Vanessa fazia vídeos sobre mim. Eu não assistia, não tinha tempo para isso. De qualquer forma, Becky sempre me entretinha com um resumo. Na maioria deles, Vanessa falava sobre o que tínhamos feito naquele dia e quanto eu era atraente – não que isso importasse. Era lisonjeiro, mas não mudava nada. Continuávamos apenas amigos e, ao que tudo indicava, seguiríamos assim.

Eu me obriguei a tirar os olhos dela e olhar para a minha comida.

– E aí, como devo me vestir domingo? – perguntou ela, pegando o refrigerante.

Eu ia levá-la para sair e comemorar seu aniversário. Tinha grandes planos.

Ela mordeu o canudinho, esperando pela resposta.

– Ah, algo bonito. Talvez aquele vestido de lã cinza – sugeri, e comi uma garfada de macarrão.

Eu gostava daquele vestido nela.

Gostava de tudo nela.

– Obrigada por me levar pra sair. Eu provavelmente ficaria apenas sentada em casa.

Eu achava bem difícil acreditar *naquilo*.

– E seus amigos? Ninguém teria preparado alguma coisa?

Ela deu de ombros.

– Ninguém que more aqui. Tenho muitos amigos. Só não tenho ex-namorados. A solteirice é tanta que não tenho nem alguém para quem mandar mensagem se ficar bêbada – resmungou.

Abri um sorriso.

– Pode me mandar.

Ela deu uma risadinha.

– Ótimo. É questão de tempo mesmo. É bom saber que tenho sua permissão. Espero que goste de erros de digitação e emojis de choro.

Eu ri.

– Sabe, você poderia namorar se quisesse – falei. – Continuo sem entender por que você não tem namorado.

– Ninguém vai querer se envolver com alguém com a minha bagagem. Acredite.

– Sua bagagem não é tão ruim quanto você pensa – argumentei, limpando a boca. – Qualquer homem seria um grande sortudo em ter você.

Eu seria.

Vanessa apontou o garfo para mim.

– Cara, esse é exatamente o tipo de coisa que as pessoas dizem para fazer a gente se sentir bem, mas não é engraçado que as mesmas pessoas que insistem que a gente seria uma opção e tanto nunca querem a gente?

Havia certa irritação em seu tom de voz.

Ela desviou o olhar e tirou o cabelo da testa, como fazia quando estava frustrada.

Fiquei olhando para seu rosto.

– O que foi? – perguntei.

Vanessa evitou me encarar.

Analisei sua expressão. Seu queixo deu uma tremidinha. Virei na cadeira até nossos joelhos se tocarem e pousei a mão em seu braço.

– Ei, olhe para mim.

Assim que seu olhar encontrou o meu, ela caiu no choro.

Eu me aproximei e a abracei.

– O que houve? – perguntei, acariciando seu cabelo. – Ei, shhhhhhh. Me diga.

Ela só chorou. Vanessa *nunca* chorava, nem quando *deveria.*

Fui tomado por uma sensação de impotência, um impulso repentino de consertar o que quer que houvesse de errado.

– Vanessa, o que aconteceu?

Me diga, para que eu possa consertar as coisas.

– Às vezes parece que estou girando em falso – contou ela. – Como se eu fosse um tornado e não conseguisse parar de rodopiar, a não ser quando estou com você.

O comentário me pegou de surpresa, e eu não soube o que dizer.

Vanessa deixou que eu a abraçasse por mais um instante. Então se afastou, fungou e enxugou as lágrimas.

– Ei, vamos ler nossos biscoitos da sorte. Se você disser "Na cama" antes de ler, sempre fica engraçado – sugeriu ela, com um sorriso um tanto forçado.

Como em um projetor, a imagem mudou em uma fração de segundo.

– Não faça isso – pedi.

O sorriso amarelo ficou ainda maior, e ela olhou para mim ainda com lágrimas nos olhos.

– O quê?

– *Isso* de fingir estar feliz. Você muda de assunto e faz alguma coisa para se distrair. Tudo bem ficar triste de vez em quando. Você não precisa fingir comigo.

Vanessa olhou para mim e ficou tão triste de repente que quase me odiei por ter chamado sua atenção para aquilo.

– Adrian, se eu não rir, vou passar o resto da vida chorando – sussurrou.

Eu me mantive concentrado nos olhos dela. Estendi as mãos e segurei as suas. Nossos joelhos continuavam se tocando. Eu sentia a energia fluindo entre nós dois como se absorvesse sua tristeza, acalmando-a. Eu *queria* absorver sua tristeza. Aceitaria tudo se isso significasse tirar todo o sofrimento dela.

– O que foi?

Ela me encarou por um bom tempo, como se estivesse pensando se devia continuar.

– Adrian, tenho medo de que a dor na minha mão não seja só síndrome do túnel do carpo.

– O que você acha que é?

Ela pareceu surpresa e me encarou, os olhos cheios de lágrimas.

– O que você *acha* que eu acho que é?

– Escuta, você não está morrendo. E é normal que tenha medo disso. Principalmente depois de perder Melanie. Mas não é isso que está acontecendo.

Seus olhos buscaram os meus.

– E se for?

Olhei bem sério para ela.

– *Não* é. E, se está tão preocupada assim, vamos ver o que é…

Vanessa balançou a cabeça na mesma hora.

Vi o medo em seus olhos.

Não conseguia nem imaginar como seria ver a irmã morrer, como aconteceu com ela. Quando algo tão grave assim acontece com alguém que amamos, deve ser difícil se sentir seguro. E ela faria aniversário naquele domingo. A irmã e a mãe não chegaram aos 30. Vanessa ia completar 29. Devia ser mesmo assustador.

Segurei suas mãos com mais força.

– Nesse caso, vai ter que acreditar em mim. Você é uma jovem linda e saudável e vai viver por muito tempo, Vanessa – falei, e coloquei a mão em seu rosto. – Vai ficar tudo bem – acrescentei com delicadeza.

Seus olhos tristes percorreram meu rosto, quase como se ela estivesse procurando a verdade em meu olhar. Ela virou o rosto em direção à minha mão, de leve, como se buscasse meu calor, e seus lábios acariciaram minha pele sem querer.

Minha vontade era beijá-la.

O impulso era tão intenso que precisei me segurar para não me aproximar.

Como seria? Me aproximar e, com um beijo, fazê-la esquecer o que quer que estivesse acontecendo naquela cabecinha linda?

Mas ela não queria que eu a beijasse. Não queria que *ninguém* a beijasse. Pelo menos isso.

Vanessa pegou o guardanapo e enxugou os olhos. Afastei a mão de seu rosto, decepcionado por não ter mais um pretexto para tocá-la.

– Desculpe despejar tudo isso em você aqui no seu escritório – disse ela, fungando. – Você não gosta de mim assim. Gosta de mim quando eu sou divertida.

– Eu gosto quando você está *feliz* – falei, com sinceridade. – A diversão é um bônus.

Ela mudou de assunto.

– Está preparado para ir à casa do meu pai amanhã? – perguntou, ainda enxugando as lágrimas. – Não precisa ir se não quiser.

– É claro que vou.

– Tem certeza? Sei que a casa é nojenta.

Eu não estava muito animado com a ideia de passar mais tempo na casa do pai da Vanessa – ou na companhia dele. A maçã tinha caído bem longe da árvore naquela família. Mas queria dar uma olhada e me certificar de que Sonja estava fazendo seu trabalho.

E também havia outra coisa.

Eu não abriria mão de passar a noite com Vanessa. Por nada no mundo.

Ela era uma luz que continuava brilhando muito depois de eu ter fechado os olhos – e queria continuar olhando para ela. O tempo todo. E se para isso eu tivesse que jantar em uma casa entulhada de coisas, então era isso que ia fazer.

Vanessa olhou para mim. Estava mais calma agora.

Eu percebi que ela fora até ali porque almoçar comigo era uma de suas distrações. Algo que fazia para manter distante qualquer pensamento que a incomodasse.

E me perguntei com que frequência ela fazia aquilo. Quantas vezes tinha aparecido no meu apartamento na tentativa de se animar e não sucumbir à tristeza que enfrentava. Vanessa tinha me procurado porque eu fazia com que ela se sentisse melhor ou porque queria conversar comigo a esse respeito.

Porque estava rodopiando como um tornado e só conseguia parar quando estava comigo.

Então me dei conta.

Eu era a pessoa especial dela. Eu.

Não saberia colocar em palavras como me senti ao perceber isso.

Vanessa não estava programada para deixar que outra pessoa cuidasse dela. Eu sabia disso porque também era assim. Nós éramos a rocha em nossa família, sempre priorizando as necessidades dos outros, então eu sabia quanto era importante que ela me permitisse ajudá-la.

Era um privilégio cujo valor eu reconhecia. Uma honra ser a pessoa que ela procurava quando precisava de socorro. Por um golpe de sorte, uma coincidência geográfica, *eu* a conheci e *me tornei* importante para ela.

E estaria mentindo se dissesse que ser essa pessoa importante não era tudo o que eu queria.

13

ELE RIU QUANDO VIU MEU PEITO!

Vanessa

Adrian olhou para mim, claramente achando aquilo tudo muito engraçado.

– E por que você achou que seria uma boa ideia?

Eu me esforcei para parecer indignada, o que foi difícil com a cabeça presa daquele jeito.

– Quer saber? Não preciso do seu julgamento. Não somos todos gigantes como você, precisamos usar escadas.

– A parte da escada eu entendo. É a proximidade do ventilador que me intriga – respondeu ele, rindo abertamente. – Que bom que você me deu uma chave.

Ele estava de smoking.

Eu achava que Adrian já esgotara sua capacidade de ser ainda mais gato, porém mais uma vez minha imaginação não tinha sido páreo para a realidade.

Era a noite do baile. Eu liguei pedindo ajuda, na esperança de que ele ainda não tivesse saído. Já tinha. Estava na festa. Quando tentei desligar, ele insistiu que eu contasse o que tinha acontecido. Ele veio imediatamente me resgatar – *ou* ver a cena com os próprios olhos. Quem poderia dizer?

Ele começou a subir a escada para me ajudar, e eu me segurei ao senti-la balançar.

– O que você estava fazendo aqui em cima? – perguntou ele.

– Uma coisa. Depois te mostro.

Eu estava colando no teto aquelas estrelas que brilham no escuro. Colei algumas em volta do ventilador e fiz a proeza de prender o cabelo em uma das lâmpadas. Não consegui soltar, e uma das minhas mãos estava dormente, o que não ajudou muito. Desisti e sentei no topo da escada, esperando que Adrian chegasse, o que felizmente demorou apenas quinze minutos.

Não cabiam dois adultos naquela escada. Ele parou quando seu peito alcançou meus joelhos.

– Só vou conseguir subir se...

Se eu abrir as pernas e deixar que ele se enfie entre elas ao subir os dois degraus que restam.

Ah, meu Deus.

Eu estava prestes a entrar no banho quando o zelador apareceu com a escada que eu tinha pedido naquela manhã. Ele a queria de volta antes de ir embora, então decidi acelerar o projeto. Isso significava que eu estava com um robe de seda azul-escuro que ia até o meio das coxas. Sem sutiã, sem calcinha. Só eu e uma camada fina de tecido, a cabeça presa na lâmpada. Puta merda.

Enfiei o robe entre as pernas e abri os joelhos, desejando que o chão se abrisse e me engolisse.

Em sua defesa, Adrian não olhou para baixo.

Ele subiu mais dois degraus e seu zíper pressionou minha virilha. Quase caí para trás.

Adrian colocou a mão entre minhas escápulas e me segurou.

– Acho melhor você se segurar em mim – disse. – Não quero que você caia.

MEU DEUS.

Abracei Adrian pela cintura e morri por dentro.

– Tudo bem? – perguntou ele, o peito quase roçando meu rosto.

Assenti.

Não, eu *não* estava bem. E tinha passado o dia todo assim.

Naquela manhã, eu tinha consultado a advogada de adoção.

Ainda não tinha certeza se precisaria dela. Annabel ainda podia dar um jeito na vida. Mas saber que a adoção era uma possibilidade a ser considerada foi o bastante para me fazer surtar. Na hora do almoço, segurei as lágrimas durante todo o caminho até o escritório do Adrian. Quando cheguei lá, desmoronei e arruinei sua gravata com meu choro inconsolável. Depois, voltei para casa e prendi o cabelo no ventilador, e meus dedos idiotas não conseguiram me soltar porque estavam formigando. Agora eu estava agarrada ao Adrian, o que, por um lado, era muito excitante, mas, por outro, muito triste, porque ele era perfeito, logo, não queria nada comigo.

Minha decisão de não namorar mudara um pouquinho por causa do Sr. Copeland. Eu achava que não era justo namorar alguém quando havia a possibilidade de que eu adoecesse. Mas e se ele *soubesse* que eu poderia adoecer, como Adrian sabia, e me quisesse mesmo assim? Quem era eu para dizer ao homem o que fazer? Foi por isso que contei sobre minha mão. E também foi por isso que parei de dizer que estava feliz por ele não dar em cima de mim. Eu não tinha coragem de dizer que gostava dele. Tinha muito medo de como Adrian ia reagir. E como é que a gente toca nesse assunto? Ei, eu gosto de você. Sei que acabou de passar por um término que foi péssimo, que somos amigos e que eu posso morrer em um ano, mas o que você acha? ARGH.

Adrian tolerava com graça quando eu dava em cima dele descaradamente, mas nunca retribuía. Acho que era de se esperar. Mas se ele algum dia desse em cima de mim, eu ia montar naquele smoking com ele ainda dentro. Ele teria que espalhar trufas caras pelo chão para se livrar de mim e depois sair correndo, porque eu não ia mais soltá-lo.

Ele estendeu a mão acima da minha cabeça.

– Como você *conseguiu* fazer isso?

Seu peito estava bem na minha cara. Isso também aconteceu mais cedo, quando caí no choro agarrada nele. Assim como antes, ele estava cheiroso e exalava calor. Então me dei conta de que talvez fosse ser enterrada com teias de aranha na vagina.

– Hum... não sei? Sabe, aposto que Sloan Monroe fica com o cabelo preso no ventilador o tempo todo.

– Hum... não. Posso garantir que Sloan *nunca* ficou com o cabelo preso no ventilador. Ela não é desse tipo.

– Ah, então quer dizer que existe um *tipo*?

Ele começou a tentar me soltar.

– Bom, se o ventilador serviu...

Reprimi um sorriso.

Senti quando Adrian me soltou, e suspirei de alívio.

– Pronto – disse ele, lá de cima. – Está livre.

Esfreguei a cabeça, e ele desceu até nivelar o olhar com o meu.

– Você tem o costume de se meter em situações assim? – perguntou, com um sorrisinho torto.

Seu rosto estava bem pertinho do meu, e ele continuava no meio das minhas pernas abertas.

Às vezes, eu olhava para Adrian e ficava sem fôlego.

No escritório, mais cedo, quando ele estava com Grace no colo, pensei como ele seria um ótimo pai. Senti orgulho de vê-lo em seus habitat. Adrian era tão inteligente e talentoso. Naquelas últimas semanas, eu percebi que estava me perdendo completamente nele... e quanto mais perdida eu ficava, mais minha mão piorava. Parecia até que as coisas estavam relacionadas. Que meus sentimentos cada vez mais intensos por Adrian tinham um preço.

Prendi o cabelo atrás da orelha.

– É melhor você ir. Está perdendo o baile.

Ele esperou mais um instante. Quase como se *gostasse* de ficar ali. Então desviou o olhar, desceu com um salto e me ajudou a descer também.

Adrian nem se mexeu para ir embora.

Parou ao lado da cadeirinha de Grace e se abaixou para cumprimentá-la. Ela abriu um largo sorriso e cuspiu a chupeta. Ele fez cócegas em sua barriga e colocou a chupeta de volta em sua boca. Então, em vez de ir embora, pegou Harry Puppins da caminha e se escorou na minha cômoda, acariciando o cachorro e sorrindo para mim.

Tá...

Apertei o robe.

– Então... a gente se vê amanhã? – perguntei, sentindo que precisava preencher aquele silêncio. – Meu pai vai me fazer passar vergonha. Espero que saiba disso.

Ele continuou ali parado.

– Vai dar tudo certo – disse.

Quando dizia aquilo a mim mesma, eu tinha certeza de que era mentira. Quando *ele* dizia, eu meio que acreditava. Talvez porque Adrian tinha um jeito de fazer tudo ficar bem. Ou de me fazer esquecer quando tudo ia mal...

Meu pai queria que eu visse o progresso que ele estava fazendo. Não ia até lá desde a avalanche da cômoda.

Sonja e eu conversávamos com frequência desde que ela começara o trabalho, duas semanas antes. Meu pai gostava *muito* dela. Ela perguntou se podia levar uma organizadora profissional e uma equipe de limpeza especializada em casos de risco biológico. Dei tudo o que ela queria. Investi nisso sem nem pensar. Ou eu gastava agora e talvez conseguisse deixar meu pai em uma situação melhor ou ele acabaria gastando com porcarias depois que eu morresse – preferi pagar agora.

Sonja também recomendou uma terapeuta para tratar o transtorno obsessivo-compulsivo, que pelo jeito ela achava que ele tinha. Meu pai ia à terapia duas vezes por semana.

Ele parecia bastante animado com seu progresso, mas eu não estava acreditando muito. Como eu não era capaz de tirar um único saco de lixo sem que ele vasculhasse tudo, não conseguia imaginar que Sonja estivesse fazendo muita diferença.

Enfim, o problema agora era que eu não produzia vídeos suficientes para ganhar dinheiro e continuar pagando por tudo isso. Não para o que precisava realizar nos doze meses seguintes.

Tinha publicado três vídeos desde o Tanquinho dos Deuses. O primeiro era eu pintando o cabelo sem dizer uma palavra sobre Adrian. Sabia que era loucura só de ver quanto as pessoas queriam saber dele. Mas, para falar a verdade, eu queria que aquela parte da minha vida fosse só *minha*.

Adrian não era uma anedota para mim. Ele era real. O que eu sentia por ele era real. Convidar milhões de estranhos para participar como forma de entretenimento depreciaria aquilo tudo. Mas o vídeo tingindo o cabelo flopou. Meus seguidores ficaram *putos*. As pessoas estavam tão desesperadas para saber mais sobre o Tanquinho que fiquei com medo de perder seguidores se não cedesse. Não podia me dar ao luxo de perder dinheiro. Então os dois vídeos seguintes foram resumos dos meus dias com Adrian, toda apaixonadinha – o que, para falar a verdade, nem precisei fingir. Esses vídeos tiveram o maior número de visualizações desde os vídeos com Drake.

Então, por mais que eu não quisesse compartilhar minha vida pessoal, era um mal necessário.

Eu tinha planejado algo bem revolucionário para a publicação de segunda, e já era hora. Precisava de dinheiro. Tinha o bastante para minhas contas do dia a dia – e do meu pai e do Brent. E fazia anos que separava um pouco para pagar pelas despesas médicas, caso eu ficasse doente. Mas precisava pensar no futuro para além disso.

Queria que minha família tivesse uma renda suficiente para se manter. Tinha ido ao contador no dia anterior e criado um fundo para Grace, Brent, meu pai e Annabel – com a exigência de que ela passasse por um exame toxicológico todos os meses para poder usar o dinheiro, e se internasse caso o exame não voltasse limpo. Não era infalível, mas pelo menos ela teria alguma responsabilidade.

Também tinha separado uma quantia para manter Sonja depois que eu morresse e uma quantia boa para minha instituição de caridade.

Fiz questão de me registrar como doadora de órgãos. Os defeitos em meu DNA não impediam isso. Eles poderiam aproveitar tudo, e eu esperava que aproveitassem.

Eu ainda precisava deixar tudo organizado para o funeral, mas não estava preparada para isso. Também pagaria por tudo. Não ia deixar que outras pessoas tivessem que resolver nenhum detalhe depois que eu partisse.

Fazia duas semanas que eu estava cumprindo essa lista de tarefas deprimentes enquanto Adrian estava no trabalho. Aí, à noite, eu deixava a lista de lado. Jantávamos juntos, e ele me fazia esquecer tudo. Aquele meu mundo de merda ia ficando borrado até desaparecer por completo, deixando só Adrian e aqueles olhos verdes incríveis, e eu nem queria mais voltar para casa. Só queria ficar com ele, sentindo o que Adrian me fazia sentir. Queria ficar tranquila.

Ele se afastou da cômoda e colocou Harry Puppins de volta na caminha.

– Quer que eu dê uma mamadeira para Grace enquanto você se veste? – perguntou, dobrando a escada e apoiando-a na parede.

– Não, você precisa voltar. Vai perder...

Foi quando eu vi.

Eu não estava esperando Adrian naquela noite. Ainda não tinha arrumado o apartamento, e minha calcinha de vovó, suja, que eu tinha tirado quando decidi tomar um banho, continuava no chão entre nós dois.

Horrorizada, olhei para Adrian a tempo de ver que seu olhar acompanhara o meu até o chão.

Um rubor quente subiu pelo meu pescoço. Eu o encarei com os olhos arregalados por uma fração de segundo, então me lancei em direção à calcinha para pegá-la do chão. Mas, quando me abaixei, pisei na barra do robe e um peito saltou para fora. Soltei um gritinho e cobri o seio fujão, mas era tarde demais. Ele tinha visto. Ele tinha visto *tudo*.

Fiquei parada feito uma estátua segurando o robe fechado, uma das mãos sobre o peito, como se ele pudesse voltar a escapar por vontade própria.

– Não – falei baixinho. – Não, não, não. Isso não está acontecendo.

– Tudo bem – respondeu ele. – Não é nada de mais.

Adrian segurou uma risadinha.

Olhei para ele em choque.

– Minha vida é uma comédia... – sussurrei. – Você está aqui de smoking, e eu com o peito de fora.

Ele soltou a risadinha que estava segurando, parecendo achar tudo *muito* engraçado.

– Isso não tem graça! Você acabou de ver meu peito!

Isso bastou. Ele caiu na gargalhada.

Eu me esforcei para parecer indignada, mas a risada dele estava meio que *me* fazendo rir. Cruzei os braços.

– É bom que você esqueça *tudo* o que acabou de ver.

– Ah, acho que vai ser impossível.

– Adrian, eu vou *matar* você! Não tenho medo de parar na cadeia.

Ele uivava de tanto rir.

– Vai me matar com o quê? Com a arma ou a coisinha de esfaquear?

– Adrian! – Ai, que ÓDIO. – Tchau! Sai!

Arrastei-o porta afora e fiquei ouvindo sua risada enquanto ele avançava pelo corredor, de volta ao baile.

Eu ia precisar de um mês inteiro para conseguir encarar Adrian de novo.

Ele me deu cerca de cinco minutos.

Alguém bateu à minha porta e, quando fui ver quem era, o olho mágico estava tampado.

– Quem é? – perguntei, já imaginando qual seria a resposta.

– Serviço de quarto – respondeu ele, do outro lado da porta, com uma vozinha fina ridícula.

Revirei os olhos e abri a corrente.

Ele estava apoiado no batente, ainda de smoking.

Cruzei os braços.

– O que foi? Se veio rir do meu peito, pode voltar para o seu evento.

Adrian abriu um daqueles sorrisos deslumbrantes.

– Não vou voltar. Trouxe uma coisa para você. Me deixe entrar e feche os olhos.

– O quê? Você não vai voltar?

– Feche. Os. *Olhos*.

Olhei para ele de cara feia, mas abri a porta e fechei os olhos. Ouvi Adrian entrar, depois a porta de correr.

– O que está fazendo? – perguntei, sentindo uma rajada de ar frio.

– Não espie – mandou ele, e o som pareceu vir lá de fora.

Ouvi a porta se fechar, e o barulho das cortinas também. Quando ele voltou a falar, estava na minha frente.

– Pronto. Pode olhar.

Abri os olhos e dei de cara com ele olhando para mim, com uma cara de quem achava aquilo muito divertido. A frente do smoking estava molhada.

– Por que você está molhado?

– Sente-se no sofá.

– Por quê?

Ele balançou a cabeça, sorrindo.

– Anda.

Fiz cara feia para ele mais uma vez, mas fui até o sofá e me joguei em cima de uma almofada.

Adrian foi até o corredor e trouxe uma sacola grande de comida. Tirou o paletó e o pendurou no encosto de uma das cadeiras da cozinha. Então tirou a gravata e abriu a camisa molhada, que também tirou. Quando sentou ao meu lado no sofá, estava só de camiseta branca e calça. Ele se debruçou sobre a mesa de centro, pegando as embalagens. Abriu uma delas, tirou de dentro uma lagosta alaranjada enorme e balançou.

– Lagosta? – perguntou.

Soltei uma risadinha.

– Você trouxe lagosta para mim?

– E caviar, camarão, baklava, petits-fours… trouxe até o enfeite. Olha só – respondeu ele, e enfiou o braço na sacola, de onde tirou uma melancia cortada ao meio com o nome do evento beneficente esculpido. Ele sorria para mim, orgulhoso.

– Meu Deus, eles nunca mais vão deixar você entrar lá.

Adrian colocou o enfeite na mesinha de centro, mas pareceu deslocado ali.

Ele *continuou* rindo.

– É bom você parar – falei, olhando para ele de soslaio.

– Que foi? Só lembrei de uma coisa engraçada que Lenny disse.

– Mentiroso.

Talvez eu devesse fazer exercício de Kegel sempre que passasse vergonha na frente daquele homem. Pelo menos aquela humilhação toda valeria de alguma coisa. Em duas semanas eu seria capaz de partir um homem ao meio com a força do meu assoalho pélvico.

– Sabe, eu já te vi sem a parte de cima antes. No quadro – disse ele, apontando com a cabeça para a parede.

– Não é a mesma coisa. Aquilo é um desenho, e ele usou licença poética…

– Não usou, não. Para falar a verdade, ele não fez jus a você – disse ele, e olhou para mim. – Pelo menos não ao lado que eu vi.

Adrian abriu um sorrisinho e terminou de esvaziar a sacola.

Tive que esconder o sorriso com a mão.

– E aí, o que quer comer? – perguntou ele.

– Hum… tudo? Mas tem certeza de que não precisa voltar?

Ele tirou a tampa de um copinho com manteiga derretida.

– Acho que o evento pode seguir sem mim.

– Você está tentando fazer eu me sentir melhor por ter sido obrigado a sair de lá pra garantir que eu não morresse presa no ventilador?

Ele deu risada.

Franzi o cenho.

– Como chegou aqui tão rápido? – perguntei, olhando para tudo o que ele trouxera. – Eu liguei e você chegou em uns nove, dez minutos. Como arrumou tudo isso, roubou um enfeite de mesa e ainda chegou para me resgatar em menos de uma hora?

Adrian pigarreou e respondeu sem tirar os olhos da comida.

– Eu já estava vindo com a comida.

Fiquei surpresa.

– Você estava vindo para cá quando eu liguei? O evento começou às seis e meia. São 19h15. Você apareceu lá com uma sacola e começou a saquear o jantar? Você não tinha planos de ficar lá?

– Acho que não.

Fiquei olhando enquanto ele abria mais recipientes de comida.

– *Por quê?*

Adrian ficou um bom tempo sem responder.

– Imaginei que você estivesse tendo um dia difícil e quisesse ver TV com alguém.

Fiquei atônita.

O ingresso custava 200 dólares. Eu *confirmei*. Queria um para ir com ele. Não que ele tivesse me convidado, mas eu teria ido sem ser convidada, se o evento não estivesse esgotado.

Estavam programados um leilão silencioso, uma rifa, música ao vivo, dança. O evento iria até meia-noite. Ele alugou um smoking. E simplesmente... *foi embora*? Para ver TV *comigo*?

Ou ele odiava muito a companhia de Marcus ou gostava *mesmo* de *The Office*.

Ou, ei, talvez Adrian estivesse caidinho por mim e não suportara ficar longe.

RÁ RÁ RÁ.

– Quer ver minha surpresa? – perguntou ele.

– Essa não é a surpresa?

Ele sorriu e levantou. Observei quando ele abriu a cortina da sacada.

Levei as mãos à boca.

Ali, na mesinha alta coberta de neve na minha sacada, estava uma escultura de gelo. Um cisne.

– Diretamente do bufê de sobremesas – disse ele, erguendo a mão. – Não se preocupe, eu não roubei. Doei algumas centenas de dólares por ela. Eles me deixaram trazer de bom grado.

Balancei a cabeça.

– Você subiu carregando a escultura? – murmurei.

– Vai ficar aí até a primavera. Sempre que olhar para ela, quero que lembre que coloquei esse cubo de gelo pingando dentro do meu carro por você.

Senti um aperto no peito. Meu coração tentava abraçá-lo inutilmente, como braços tentando alcançar o outro lado de um oceano.

Ele era perfeito. Em tudo.

Tudo o que eu queria era viver. Envelhecer e ter mais tempo. E agora tinha mais uma coisa que eu queria tanto quanto isso.

Queria *ele*.

E era bem provável que não tivesse nenhum dos dois.

14

ESSAS PESSOAS ESTÃO JANTANDO EM UM LIXÃO E VOCÊ NUNCA VAI ADIVINHAR POR QUÊ!

Vanessa

Paramos na entrada da garagem do meu pai. Eram seis e meia da noite de sexta. Deixamos Grace com a Mulher da Ioga. Eu não queria que ela respirasse o mofo preto e os ácaros que Adrian e eu tínhamos nos comprometido a suportar por duas horas.

Adrian desligou o carro e olhou para a casa.

– Vamos mesmo jantar aí? – perguntou, sério.

Olhei para ele.

– Você não disse que queria pegar hepatite comigo?

Tirei o hidratante labial do sutiã.

– Não confio na capacidade do meu pai de preparar algo que não nos mate, mas confio na Sonja – falei, passando o hidratante antes de guardá-lo de volta dentro da camisa. – Acho que vai ficar tudo bem.

Voltei a olhar pelo para-brisa. As luzes de Natal estavam penduradas. Eu gostaria de poder dizer que era só meu pai se preparando para as festas de fim de ano, mas elas estavam ali havia quatro anos. Durante apenas um mês no ano a casa do meu pai *não* irritava os vizinhos.

– Com que seu pai trabalha? – perguntou ele.

– Agora? Nada. Ele era contador. É muito inteligente. Aí descobriu que podia vender as coisas aleatórias que gostava de juntar e largou o emprego para vender bugigangas pela internet em tempo integral. Mas ele não é muito habilidoso. Boa parte do que tentava vender era lixo, então nunca ganhou o suficiente. Foi quando a mania de acumulação foi de mal a pior, porque tudo virava alguma coisa que podia ser "consertada e vendida" - falei, fazendo aspas com os dedos no ar. - Ele trazia qualquer coisa para casa. Um vaso sanitário largado na calçada. Malas quebradas, patins velhos.

- Bicicletas.

Bufei.

- Muitas bicicletas.

Soltei um suspiro.

- Eu sei que falo muito mal dele, mas acho que ele fez o melhor que podia - comentei. - Não é fácil passar pelas coisas que ele passou. Acho que as tragédias tiram qualquer um dos trilhos.

Adrian se virou para mim.

- Acho que depende de quem você é. Sabe, você passou pelas mesmas coisas e não saiu dos trilhos.

Abri um sorriso suave.

- É. Bom, acho que essas coisas tendem a piorar conforme envelhecemos. Vamos torcer para que eu viva bastante e comecem a me afetar. Quero me transformar na tia excêntrica que embala coisas aleatórias que tem em casa para dar de presente de Natal.

Ele riu.

Cutuquei seu braço.

- E aí, quando vou conhecer a sua família maluca? - perguntei. - Não me parece justo que toda a atenção fique concentrada na minha.

- Minha família inteira mora em Nebraska. Minha mãe se mudou para lá com o marido e a minha avó em outubro. Richard e minha mãe me convidaram para passar o Natal lá, mas eu não vou.

- Por que não?

Ele balançou a cabeça.

- Não me sinto à vontade. Não gosto do Richard.

- Ah, é? Por quê? Ele é um babaca?

Adrian deu uma risadinha. Então fez uma pausa antes de soltar um longo suspiro.

- Richard é meu pai.

Fiquei boquiaberta.

– Como é que é? Tipo… o pai que abandonou a família? *Aquele* pai?

Ele assentiu.

– Aquele pai. Faz um ano que eles voltaram. E agora se casaram de novo.

Fiquei encarando Adrian.

– Ah, meu Deus – murmurei.

– Pois é.

– Mas… *por quê*? Que motivo ele deu para abandonar vocês lá atrás?

Adrian ficou olhando pelo para-brisa.

– Ele teve um caso com uma colega de trabalho. Não durou.

Eu me recostei no banco.

– Uau.

– É. Minha mãe ficou arrasada. Por *anos*. Teve várias crises de depressão. Eu tinha que fazer tudo por ela: pagar as contas, limpar a casa. Não pude nem ir para uma faculdade fora do estado, porque não podia abandoná-la sozinha.

– Seu pai pagava pensão?

– Sim. Pelo menos isso. Pagou pensão para mim e para minha mãe. Continuou pagando mesmo quando não era mais obrigado. Tentou manter um relacionamento comigo, mas eu não tive interesse nenhum.

Soltei um suspiro pelos lábios franzidos.

– É, eu entendo – falei, e olhei para ele. – Mas é até romântico. Eles terem voltado.

Ele me encarou.

– Que foi? – perguntei.

Seu maxilar se contraiu.

– Você parece minha mãe falando isso.

Dei de ombros.

– Bom, é verdade. As pessoas erram. E parece que ele sabe que errou. Vai ver eles são almas gêmeas e nenhum dos dois conseguiu encontrar a felicidade com outra pessoa.

– Eu não *acredito* em almas gêmeas – rebateu ele, meio irritado.

Bufei.

– Bom, meu pai não acredita em data de validade, mas isso não quer dizer que elas não existam.

Ele deu uma risada irônica.

– Sua mãe está feliz? – perguntei.

Adrian voltou a olhar pelo para-brisa e assentiu, relutante.

– Está. Acho que está.

Dei de ombros mais uma vez.

– Ótimo. Então você deveria perdoar seu pai.

Ele se virou para mim com tudo.

– *Como é que é?*

– Por que não? Você não precisa *gostar* dele. Não precisa confiar nele, esquecer o que ele fez ou ser amigo dele no Facebook. Mas seu pai está na vida da família agora, e se prender a esse rancor só vai magoar sua mãe e sua avó. Você não vai nem passar o Natal com elas? Por quê? Porque *ele* está lá? Seu pai que se dane. Vá ver sua família.

Ele não demonstrou reação.

– Uau. Estou vendo que alguém neste carro nunca teve que ignorar o tio misógino bêbado no Dia de Ação de Graças – falei, e me virei para encará-lo. – Adrian, o ódio é exaustivo. A vida é curta demais para odiar. Tente ver seu pai como uma pessoa que não é só boa ou só má. Sabe, ele pode ser seu pai, que ama você e sua mãe, *e* alguém que fez algo péssimo e magoou vocês um dia. Ele pode ser as duas coisas.

Deu para ver no rosto de Adrian o conflito interno que enfrentava.

– Então... eu simplesmente apareço para o Natal?

– É. Por que não? Vou com você se quiser. Se for horrível, a gente volta para casa.

Ele franziu o cenho.

– Você vai?

Dei de ombros.

– Claro.

Adrian apontou para a casa com a cabeça.

– E seu pai? Ele não vai ficar sozinho no Natal se você não estiver aqui?

– Ah, Brent que faça a parte dele. Posso ver meu pai no dia 24. Tomo café da manhã no Denny's com ele. Meu pai vai amar. Podemos sair depois disso e chegar a Nebraska para o jantar.

– Você não se importa de passar o Natal comigo?

– Eu ia passar com você de qualquer jeito.

Ele reprimiu um sorrisinho.

Ficou olhando para mim por um bom tempo.

– Tá – disse, e assentiu. – Tudo bem. Eu vou. Vou tentar.

Sua expressão suavizou de repente. Como se, no fundo, ele quisesse permissão para deixar aquilo de lado, mas não pudesse oferecer essa permissão a si mesmo.

Eu me dei conta de que Adrian não era muito ágil em mudar de rumo. Isso era parte do que fazia dele um homem maravilhoso. A devoção que ele dedicava às pessoas que amava era inabalável. Por isso ele era estável e confiável. Mas também era inflexível e propenso a se apegar a coisas que não lhe faziam bem por mais tempo que o necessário.

– Sabe, talvez você devesse conversar com alguém – sugeri. – Um bom terapeuta pode te ajudar a enfrentar essas coisas.

– Minha mãe passou anos na terapia e nunca melhorou.

– Como você sabe que ela não melhorou? Talvez sem a terapia ela tivesse ficado muito pior.

Ele não respondeu.

– Enfim, vai ser divertido – falei. – A gente devia escolher um audiolivro para ouvir no caminho. Parar em um posto de gasolina e comprar um monte de lanchinhos.

Adrian sorriu para mim.

Fiquei entusiasmada com a ideia de ir para Nebraska. Torci para que a casa da mãe dele só tivesse uma cama de hóspedes e que fôssemos obrigados a dormir juntos.

Então meu sorriso se desfez só um pouquinho.

Adrian não seria solteiro para sempre. E, quando não fosse, eu não iria mais com ele a lugar algum. Provavelmente nunca mais. Ele teria uma namorada para levar aos lugares.

E se ele começar a namorar de novo?

Pensar nisso me destruiu por dentro. E se ele começasse a sair com todo mundo em uma espécie de surto retardado pós-término com Rachel? Será que eu ficaria no meu apartamento minúsculo ouvindo Adrian transar com outra mulher do outro lado da parede?

Pensar nisso partiu meu coração. Era idiota, mas me senti traída só de pensar. Parecia falta de lealdade.

Eu não conseguia imaginar Adrian com outra pessoa. Sabia que teoricamente ele não era meu, mas na prática era. Não segundo qualquer padrão que importasse. Não que isso fosse o bastante. Mas ele *era* meu.

Pelo menos por enquanto.

– O que foi? – perguntou ele, preocupado. – Você ficou tão séria de repente.

– Se eu ainda estiver viva no dia do meu aniversário de 30 anos, você casa comigo?

Ele riu.

– Como?

– Aceita fazer um pacto de casamento comigo? Daqui a um ano, a gente junta as escovas de dentes se você ainda estiver solteiro e eu ainda estiver viva. Podemos ser como aqueles casais do Pinterest que usam camisa de flanela combinando e vão a um campo de abóboras para tirar uma daquelas fotos de noivado com os dois pulando ao mesmo tempo.

Ele achou engraçado.

– Primeiro, você *vai* estar viva. Segundo, nós dois sabemos muito bem que você não pula.

Fiz um biquinho.

– Tá. Boa observação. E você não usa camisa de flanela. Que tal uma daquelas fotos só das nossas pernas, com um quadro de giz escrito "ela aceitou"? Mas a gente pode mudar para "ele teve pena de mim".

Adrian riu de novo.

– E você tem certeza de que sou o cara certo para isso?

– Absoluta. Não vou explicar minha família maluca para outra pessoa. Vai dar muito trabalho.

Ele riu mais uma vez.

– Você não quer se casar por amor?

Sim. Por isso estou propondo isso a você.

Respirei fundo e mudei de assunto.

– Ei, desculpa pela cena no seu escritório ontem.

Ele olhou para mim com aqueles olhos verdes maravilhosos, e eu me lembrei do momento em que ele segurou minhas mãos e meu coração disparou.

Adrian nunca me tocava. Quer dizer, claro que não, éramos só amigos. Mas aquele toque me acalmou como se fosse um sussurro manso para os gritos da minha alma.

Eu entendia por que Grace preferia Adrian. Os braços dele transmitiam toda a segurança do mundo. E eu detestava o fato de que, na única vez que eles me envolveram, eu estava quebrando minhas próprias regras e me lamentando pelo meu destino.

– Quer conversar sobre isso? – perguntou ele.

Fiz uma pausa, olhando para o gramado coberto de neve.

– Sabe quando a gente pergunta para uma pessoa o que ela faria se o Sol estivesse prestes a atingir a Terra e ela tivesse só 24 horas de vida? E todo mundo diz que ficaria com a família, comeria sua comida favorita, iria para algum lugar que sempre quis visitar? Ninguém diz que passaria o último dia na cama chorando... porque ninguém faria isso. Não é o que as pessoas querem fazer com suas últimas horas de vida – falei, e olhei para ele. – Quer dizer, você ia chorar, claro. E ficaria com medo porque vai morrer. De vez em quando olharia para o céu, sabendo o que vai acontecer, porque é da natureza humana. Mas passaria a maior parte do tempo curtindo o dia que lhe resta. Principalmente porque não poderia fazer nada para impedir. Não tem saída, não tem esconderijo. Então por que se dar ao trabalho? Ficar pensando no fim é inútil.

Continuei, olhando em seus olhos:

– Se passar a vida pensando na pior coisa possível, quando finalmente acontecer, vai acabar tendo passado por ela duas vezes. Não quero viver o pior que pode acontecer duas vezes. Eu me esforço *muito* para não pensar nas coisas ruins. Mas de vez em quando eu olho para cima. Sou humana. – Analisei sua expressão em silêncio. – Ontem foi apenas um desses dias em que olhei para o sol.

Adrian me encarou com uma expressão suave.

– Você é uma mulher incrível, Vanessa Price. Sabia disso? – disse, baixinho.

Abri um sorrisinho.

– É melhor a gente entrar. Meu pai está esperando. – Peguei a bolsa. – Não esqueça: se respirar pela boca fica mais fácil.

Adrian abriu um sorriso confiante e saiu do carro.

Chegamos à varanda e eu bati à porta, que se abriu em poucos segundos.

Meu pai sorriu para nós de orelha a orelha, e Sonja também surgiu sorridente atrás dele.

– Bem-vindos à minha humilde moradia – disse meu pai, com um floreio. – Por favor, entrem.

Ele saiu da frente da porta, e meu queixo caiu.

A primeira coisa que percebi foi a luz. A casa do meu pai era sempre escura. Me lembrava o Mundo Invertido de *Stranger Things*, meio assustadora e cinza. Mas a entrada estava clara. Calorosa. E, quando entrei, vi por quê.

A casa estava *impecável*. Mais limpa do que nunca. Da entrada, olhei para a sala, em choque.

– Pai... – sussurrei.

As pilhas de coisas tinham desaparecido. Todo o lixo e a tranqueira. Dava para ver o carpete, que estava *limpo*. Novo, na verdade. Acho que ele tinha até pintado a casa. A TV de tela plana que vivia encostada na parede estava pendurada. Alguém emoldurou e pendurou um desenho que Melanie fez na escola primária e que estava preso na parede com um alfinete. Tinha um cercadinho novo ao lado do sofá, com uma cobertinha de crochê dobrada e pendurada com zelo na lateral. E o cheiro... Não tinha cheiro. Quer dizer, tinha: a casa cheirava a molho de tomate no fogo.

Eu me agarrei ao braço de Adrian como se minhas pernas fossem ceder a qualquer momento.

Meu pai se balançava nos calcanhares, olhando para a casa com um sorriso largo.

Sonja sorriu para mim.

– Conversamos muito sobre objetivos. Quer saber qual é o principal objetivo do seu pai, Vanessa?

Olhei para ele, tão impressionada que fiquei sem fôlego.

Meu pai apontou com a cabeça para o cercadinho.

– Quero que Grace venha passar a noite na casa do vovô.

Comecei a rir. Então, quase na mesma hora, comecei a chorar.

Acho que nunca acreditei que minha família fosse realmente capaz de ficar bem. Em qualquer sentido da palavra. Era o que mais me aterrorizava quando eu pensava que podia adoecer, o que me impedia de estar em paz com a ideia de morrer. Mas talvez meu pai *pudesse* mudar. E se ele podia mudar, talvez Annabel e Brent também pudessem. Se eles estivessem bem, Grace também ficaria bem. E eu poderia ir. Poderia me concentrar em mim e no tempo que ainda tinha, se isso acontecesse, e a ELA teria uma coisa a menos para me roubar. Ela roubaria minha vida, mas talvez não roubasse minha família junto.

Adrian se aproximou.

– Você não disse que esse lugar era um chiqueiro? – sussurrou ele em meu ouvido.

Dei uma risadinha em meio às lágrimas, e ele me abraçou de lado.

Meu pai pendurou minha bolsa.

– Fiz goulash para o jantar, como nos velhos tempos.

Pisquei para ele em meio às lágrimas, ali no meio da casa limpa. Então fui até ele e o abracei.

Não éramos uma família muito carinhosa. Eu não esperava aquele abraço e nem meu pai. Mas nós dois ficamos felizes por ter acontecido e, por uma fração de segundo, voltei a ser criança.

Eu me afastei, enxugando as lágrimas. Brent entrou com Joel, segurando um martíni.

– Ah, meu Deus! Meu DEUS! – exclamou Brent, gesticulando, todo dramático. – Quer dizer, eu vi os caminhões de lixo lá fora, mas achei que estivessem *trazendo* coisas.

Dei risada.

Brent estendeu a mão.

– Pai, você devia estar *muito* orgulhoso.

Meu pai abriu um sorriso largo, os olhos marejados.

– Tenho uma surpresa especial. Para a sala, vamos – disse, batendo palmas.

Ele nos levou até o sofá. Quando vi o que ele queria mostrar, arquejei.

Sobre a mesinha de centro estavam os álbuns de fotos da nossa família. Que meu pai dizia não saber onde estavam. Que eu tinha medo que tivessem se perdido para sempre em meio às tranqueiras.

– Você achou...? – perguntei baixinho, pegando um.

– Achei – respondeu meu pai, orgulhoso. – Com a ajuda desta adorável senhora, é claro.

Sonja sorriu, e sentou em uma poltrona que antes estaria entulhada de jogos de tabuleiro.

– Foi ele quem se dedicou para que isso acontecesse. Estou muito impressionada.

Meu pai estava reluzente.

Ele sempre teve muito mais orgulho de si mesmo do que deveria. Tinha delírios de grandeza sem fim. Mas dessa vez meu pai merecia estar orgulhoso.

Sentei no sofá e abri um dos álbuns com o maior cuidado. Era o que tinha as fotos da minha mãe. Meus olhos voltaram a encher de lágrimas enquanto eu virava as páginas. Minha mãe sentada em uma cadeira de jardim, e eu e Mel brincando em uma piscininha na grama. No Halloween, minha mãe fantasiada de motoqueira, sorrindo com uma abóbora entalhada. Aniversários com o bolo de sorvete que ela sempre comprava. A casa também estava limpa naquela época.

Fotos do meu pai, 25 anos mais jovem. Com costeletas e olhos claros.

Ainda não tinha sido estilhaçado pela vida.

Eu me perguntei quanto tempo o efeito cascata da morte de uma pessoa poderia durar. Talvez até que todos que a conheciam morressem também? Ou seria algo que passaria de geração em geração, porque o estrago herdado afetaria cada pessoa que chegasse, ainda que ela não soubesse o motivo?

Algo me disse que era isso.

Grace nunca conheceria tia Melanie, mas a perda a destruiria assim mesmo, porque tinha destruído sua mãe.

Annabel usava drogas para abafar as lembranças de tudo o que testemunhara nas mãos da ELA. Não conseguia fazer o que eu fazia: levar uma vida boa apesar daquilo. Precisava de algo que aliviasse a dor. Então sua perda agora também era a perda da Grace. A menina surfaria naquela onda a vida inteira, a não ser que Annabel se recuperasse – ou que eu a tirasse da piscina. Que ela fosse adotada por uma família ilesa àquela tragédia.

Afastei essa ideia.

Não adiantava pensar nisso naquele momento. Eu já tinha passado muito tempo pensando em coisas que não podia mudar naquele dia. Não queria olhar para o Sol mais uma vez.

Adrian sentou ao meu lado, tão pertinho que sua coxa tocou a minha. Ele olhou para o álbum.

– Ela se parece com você.

– Sim... Parecia... – respondi baixinho.

E, como acontecia comigo, sua doença era invisível, mas estava ali, esperando dentro dela, pronta para lançar sua armadilha.

Minha mãe era bailarina. Dava aula de dança em uma escola. Perder a capacidade de fazer aquilo que mais amava, com seus músculos se atrofiando a cada dia, devia ter sido especialmente cruel. Era um lembrete de que algumas coisas são piores que a morte. Perder as coisas que fazem a vida valer a pena é pior que morrer.

Viajar era o que *eu* amava fazer.

Nunca economizei para a velhice. Não fiz faculdade. Nem tinha dinheiro para isso na época. Por que desperdiçar minha vida sentada em uma cadeira, me dedicando para conseguir um diploma, se morreria antes de usá-lo?

Eu não cuidava do colesterol nem me exercitava. Não ficava pensando sobre onde estaria em dez anos. Fazia planos para minha família, não para mim. Mas para *aquilo* eu me preparei.

Quando comecei minha jornada pelo mundo, pesquisei as melhores cidades do mundo para pessoas em cadeiras de rodas. E em todas as minhas viagens, não visitei nenhuma. Barcelona, Viena, Singapura, Sydney, Berlim – era por isso que eu ansiava. Eu ia aproveitar cada gotinha de felicidade do meu tempo nesta Terra. Ia curtir cada segundo.

Principalmente agora que eles estavam se esgotando.

O JANTAR FOI INCRÍVEL. Pela primeira vez em muito tempo, não fiquei preocupada, irritada ou ressentida com meu pai. Pude aproveitar sua companhia. Pude ouvi-lo contar histórias engraçadas, rir e lembrar quanto ele podia ser encantador. E o melhor de tudo era que Adrian também enxergou isso. Deu para ver. Meu pai dizia algo espirituoso e Adrian olhava para mim, e eu via em seus olhos. Foi como levar alguém a um lugar mágico da nossa infância, para que a pessoa visse as mesmas maravilhas que você viu um dia, embora o lugar não tenha a mesma importância para ela. E eu nem saberia explicar o quanto aquilo era precioso para mim.

Queria sentir orgulho do meu pai. E não havia ninguém no mundo que eu queria que testemunhasse aquilo mais que Adrian.

Ele era normal e pé no chão. Tinha tudo sob controle, e eu estava sempre apagando incêndios. Minha vida eram ruínas em um ciclone de caos. Eu sabia que Adrian gostava de ser meu amigo porque eu era divertida. E eu tentava *muito* me manter alegre quando estava com ele. Quanto mais tempo Adrian passava comigo, no entanto, mais ele via. E a maior parte do que via era triste. Compartilhar e celebrar um momento de normalidade era um presente.

Depois do jantar, Adrian me ajudou com a louça, ombro a ombro comigo. Meu pai e Sonja tinham cozinhado, então nós limpamos tudo. Eles ficaram na sala com Joel e Brent – que não fizeram nada para conquistar o direito de relaxar, mas aquilo era normal.

Adrian olhou para mim.

– Você deve estar muito orgulhosa do que ele fez aqui – disse, baixinho.

– Estou.

Não era a casa toda. Meu antigo quarto ainda abrigava meia dúzia de bicicletas que meu pai insistiu em guardar e vender. E o andar de cima continuava intocado. Mas o progresso era animador.

Sonja nos explicou que o processo de limpeza da casa envolvia mais que apenas se livrar das coisas. Estava ajudando meu pai a entender por que ele achava que tinha que guardar tudo para começo de conversa. O plano não era apenas limpar a casa. Era que ele reaprendesse comportamentos e encontrasse outras maneiras de lidar com o estresse que causava a compulsão. Uma das principais medidas era que ele conseguisse um emprego. Algo que não envolvesse colecionar coisas para sobreviver. Ela não precisava *me* dizer que o caminho seria árduo, eu já tinha visto isso com meus próprios olhos. Meu pai queria voltar a trabalhar com contabilidade. Tinha uma entrevista marcada para segunda-feira.

Sequei um prato e o coloquei sobre o balcão.

– Sabe, isso não teria acontecido se você não tivesse recomendado a Sonja.

Ela claramente tinha sido o catalisador daquela mudança transformadora na vida do meu pai. Mas Adrian era o motivo pelo qual Sonja estava ali.

Com ele, parecia que eu tinha um parceiro. Que não tinha que resolver tudo e sempre saber o que fazer – e eu *sempre* tive que resolver tudo e saber o que fazer. Mesmo com Grace, ele assumia a responsabilidade. Parecia que ela era nossa. Estávamos criando Grace juntos, e parecia muito natural e espontâneo.

Falei sério aquele dia no escritório. Eu tinha muitos amigos, mas eles não me conheciam como Adrian. Ninguém me conhecia como Adrian. Drake conhecia as histórias que eu contava para ele. Eu era sempre sincera e conversávamos sobre tudo. Mas era diferente de viver essas coisas comigo, como Adrian estava vivendo. Contar sobre a casa do meu pai para alguém era diferente de ir até lá comigo e resgatá-lo de debaixo de uma cômoda.

Havia algo de cativante em uma pessoa que via o que Adrian tinha visto e não saía correndo nem julgava. Eu me sentia segura. Como se estivesse sendo levada pelo vento, sem rumo, e tivesse encontrado uma árvore firme, de raízes profundas, onde me empoleirar e me abrigar. Como se eu pudesse surtar, e ele ainda estaria ali, segurando minha mão.

Terminamos de lavar a louça e fomos para a sala. Adrian pediu licença e foi ao banheiro. Assim que ficamos sozinhos, meu pai começou a me interrogar.

– E aí, como vão as coisas com o advogado? – indagou, erguendo as sobrancelhas espessas.

Claro. Era só questão de tempo.

Balancei a cabeça.

– Somos só amigos, pai – falei baixinho.

Ele soltou uma gargalhada.

– Você está de brincadeira, né? – perguntou, e inclinou o tronco para a frente. – O homem está apaixonado. Olhe só para ele – sussurrou.

Sonja sorriu, levando a xícara de café aos lábios, e Joel assentiu.

– Ele não consegue tirar os olhos de você – sussurrou Brent. – É como se estivesse assistindo a uma partida de tênis. Cabeça pra cá, cabeça pra lá, onde quer que você vá.

Bufei.

– Ele *não* está de olho em mim.

Meu pai balançou a cabeça.

– Você só pode estar cega. Por favor, me diga que não criei uma filha tão desligada.

Estreitei os olhos, mas não pude responder porque Adrian voltou pelo corredor.

Meu pai abriu um sorriso falso.

– Acho bom encerrarmos por hoje. Tenho certeza de que esse jovem forte tem planos românticos para a noite.

Revirei os olhos e olhei para Adrian. Ele apenas sorriu.

– É melhor irmos embora mesmo. Não quero deixar Grace por mais tempo que o necessário – falei, tirando do bolso o celular que vibrava. Não reconheci o número, mas era da cidade, então atendi. – Alô?

Fiquei sentada, escutando o que a pessoa falava do outro lado da linha.

Meu coração disparou.

Era um policial ligando do hospital.

Minha irmã estava na sala de cirurgia.

Tinha levado um tiro.

15

O MÉDICO APARECE E TODOS FICAM CHOCADOS!

Adrian

Estávamos na sala de espera do Hospital Royaume Northwestern. Eram dez da noite e fazia duas horas que estávamos lá.

Tínhamos recebido informações incompletas. Ao que parecia, Annabel invadira uma propriedade, entrando pela janela, e o proprietário atirou nela. A bala atingira o ombro e o ferimento não era fatal. Ela estava em cirurgia para fechar a ferida, e depois Vanessa, Brent e Gerald poderiam vê-la.

Além das breves informações que Vanessa conseguiu com o policial ao telefone, ninguém tinha saído para falar conosco. Até onde eu sabia, não havia nenhuma acusação formal contra Annabel... ainda. Além da invasão de propriedade, eles encontraram Annabel com vários frascos de narcóticos. Nenhum estava no nome dela. Ninguém sabia onde ela conseguira os remédios, mas, se invadiu aquela casa, podia ter invadido outras.

Gerald e Sonja conversavam baixinho. Brent e Joel mexiam no celular. Vanessa estava encolhida ao meu lado, sentada em uma cadeira com a cabeça em meu ombro. Eu colocara um braço em seus ombros, que estavam cobertos pelo meu casaco. Tive que me segurar para não beijar sua cabeça.

Tive que me segurar para não fazer muitas coisas.

Eu gostaria de dizer que preferia estar em casa, na minha cama, mas, já que Vanessa não estaria lá comigo, ficar sentado naquela cadeira de hospital com ela estava ótimo.

Ela foi até mim, não até o pai.

Tomou refúgio em meus braços como se fosse o único lugar seguro no mundo – e era exatamente isso que eu queria ser. Eu me dei conta de que *sempre* quis estar lá para recebê-la. Queria aproveitar todas as oportunidades de ser útil para ela. Ansiava por isso. Esperava por isso. Estava sempre de olho para não deixar de segurá-la caso ela precisasse. Para não perder seus lindos olhos percorrendo um lugar e se fixando em mim, sinal de que devia afastá-la do tornado e mantê-la firme.

Fiquei feliz ao ver que Gerald estava se recompondo. Fiquei feliz por Vanessa. Mas, naquela noite, eu me dei conta de que, mesmo que isso não acontecesse, não havia quantidade de loucura que ela ou sua família pudessem descarregar em cima de mim que me faria mudar de ideia a seu respeito.

As portas se abriram e o médico veio. Assim que o viu, Vanessa levantou de um salto, e a família foi para cima dele.

O médico foi breve.

– Meu nome é Dr. Rasmussen. Ela está se recuperando. Está estável – disse, o tom direto. – Acho que não vamos precisar mantê-la aqui por mais de um dia.

Vanessa pareceu aliviada.

– Podemos vê-la?

Ele olhou para Vanessa, parecendo irritado com a pergunta.

– Não, não podem. Ela está presa.

Vanessa ficou decepcionada.

– O quê? – perguntou baixinho.

Gerald ficou pálido.

– Presa? Pelo quê?

O médico o ignorou.

– Sem visitas. Ela vai ser transferida para o sistema prisional do Condado de Hennepin – disse, sem nem tentar esconder o desprezo.

Meu maxilar se contraiu. Não gostei do seu tom. Sabia *exatamente* por que aquele tinha sido o tom usado pelo médico.

Para ele, Annabel era uma criminosa e uma viciada. Mas nada disso era da conta dele. Ela era irmã de Vanessa e mãe de Grace. Era bom ele rezar para que seu preconceito não se traduzisse em displicência, porque eu o arrastaria para um processo por negligência como ninguém jamais viu.

– Eu sou o advogado dela – falei, nada amigável. – Ela tem direito a defesa. Vou precisar falar com ela. – Olhei bem nos olhos dele. – E espero que, quando isso acontecer, ela esteja recebendo um cuidado médico *exemplar*.

O homem estreitou os olhos.

Eu já tinha visto de tudo. Toda espécie de crueldade sutil imposta a pacientes que cometeram algum crime. Fazê-los esperar por analgésicos, usar a maior agulha possível na hora de tirar sangue para que doesse mais, querer se livrar logo deles, dar alta muito cedo e em detrimento de seu tratamento, só pra tirá-los de lá. Eu sabia muito bem o que faziam.

E agora ele sabia que eu sabia.

– Tudo bem – respondeu ele, firme. – Leve seu documento ao balcão de enfermagem. Espere vinte minutos para que o efeito da anestesia passe, senão ela não vai conseguir conversar muito – acrescentou ele, e saiu.

Vanessa olhou para mim.

Coloquei as mãos em seus ombros.

– Ei, não chore.

Seu lábio inferior tremeu.

– A culpa é minha. Eu cancelei o celular dela. Ela devia estar com frio e com fome. Foi até a casa onde morava antes e tentou entrar pela janela porque está fazendo 20 graus negativos. Ela não tinha nem como me telefonar para pedir ajuda, e agora vai para a cadeia ferida!

Brent pigarreou.

– Na verdade, a culpa é *minha* – disse. – Annabel estava meio que morando com a gente depois que você disse que ela não podia mais ficar na casa do papai. Eu a expulsei hoje de manhã, porque minha pulseira da Tiffany sumiu.

Vanessa encarou o irmão.

– Annabel estava com *você* esse tempo todo?

– Ela me ligou depois que bateu o carro – respondeu ele, com uma careta.

Vanessa ficou de queixo caído.

– Por que não me contou?!

– Você sabe como reage! E, de qualquer forma, eu impus limites firmes e reforcei esses limites quando ela fez merda... E quer saber? Não – disse ele, cruzando os braços. – A culpa não é minha. Nem sua nem do papai. A culpa é dela, que é uma problemática. Talvez precise mesmo mofar na cadeia.

– Brent! – exclamou Vanessa, lívida. – Ela precisa de ajuda! Não precisa ser presa!

Ergui a mão.

– E ela vai conseguir ajuda. Não vai ser presa. Eu garanto.

Vanessa se virou para mim e fungou.

– Como?

– A casa que ela tentou invadir... Você disse que ela já morou lá, não foi?

– Sim.

– Eles a despejaram? Ou ela foi embora?

– Acho que ela foi embora.

– Há quanto tempo?

Ela enxugou as lágrimas.

– Três, talvez quatro semanas?

– Tá. Então ela ainda reside na propriedade e tem o direito de estar lá. Não estava invadindo. Na verdade, arrisco dizer que quem atirou tem mais com que se preocupar que Annabel. Essa pessoa é que vai acabar retirando a queixa.

– E os remédios? Ela estava com um monte de remédios roubados. Eles não vão dizer que Annabel estava vendendo ou sei lá o quê? Que estava traficando?

– Se alguma coisa colar, posso cobrar um favor. Vou convencer a promotoria a concordar com um programa de reabilitação no lugar da prisão. Vou fazer isso com ela ainda aqui no hospital. Ela nem vai pisar em uma delegacia, prometo. Annabel está no melhor lugar possível para ela agora. Está segura e vai conseguir ajuda. Vou cuidar disso. Não se preocupem.

Vi o estresse se esvair de seu rosto lindo. O alívio se instalou.

Vanessa confiava em mim. Acreditou quando eu disse que ia garantir que tudo ficasse bem – e eu ia fazer isso.

Eu era bom no meu trabalho. Mas ver que ela sabia que eu era capaz de fazer o que prometi me deixou mais orgulhoso do meu diploma do que qualquer caso que já ganhei ou qualquer artigo escrito a meu respeito. A opinião dela era mais importante que tudo para mim. E seus conselhos também.

Nunca teria concordado em passar o Natal na casa da minha mãe e de Richard se Vanessa não tivesse dito que eu deveria fazer isso. Eu confiava nela. Principalmente no que dizia respeito a coisas que me deixariam feliz. Estava começando a perceber que não conseguia nem pensar para além da minha visão de mundo limitada e descobrir quais coisas *seriam* essas.

Eu era obstinado. Não gostava de mudanças. Não gostava de ter que me adaptar. Era mais fácil decidir odiar alguma coisa ou alguém e me manter assim, porque a outra opção seria me abrir para o desconhecido e me expor à possibilidade de ser magoado. E Vanessa tinha razão. Por que odiar Richard? Qual era o sentido? Estava fazendo todo mundo infeliz. Incluindo eu mesmo. E acho que nunca teria chegado a essa conclusão se ela não tivesse me guiado.

Vanessa olhou para mim com os olhos marejados. Coloquei a mão em seu rosto macio e enxuguei uma lágrima com o polegar.

– Vou lá falar com Annabel, acabar logo com isso e ir pra casa.

Gerald pareceu satisfeito consigo mesmo.

– Eu disse que era bom ter um advogado na família...

– Pai! – exclamou Vanessa, lançando-lhe um olhar sério.

– Isso é ridículo – disse ele, sem se abalar. – Tentar trancafiar uma garota inocente de 19 anos, atirar nela por tentar entrar pela janela da *própria* casa! Esse governo não tem nada melhor para fazer que ferrar cidadãos inocentes que estão apenas vivendo a vida. Vou escrever uma carta firme ao governador e dizer onde ele pode enfiar o envelope.

Brent suspirou, todo dramático.

– Ah, claro. Ótima ideia. Tão boa quanto cortar a própria franja. Bom, vou para o estacionamento fumar pontas de cigarro descartadas se alguém precisar de mim – disse, então pendurou a mochila no ombro, tomou Joel pela mão e saiu.

Vanessa olhou para mim, exasperada, e sorri para ela.

Eu gostava de Brent. E, defeitos e excentricidades à parte, também estava começando a gostar de Gerald.

Ele amava a família. Amava as filhas e a neta. Era muito difícil não gostar dele, por mais absurdas que fossem suas opiniões – durante o jantar daquele dia, ele anunciou que o pouso na Lua foi uma farsa.

Apertei o braço de Vanessa e fui em direção ao balcão da enfermagem.

Foi a segunda vez que encontrei Annabel e, mesmo depois de meia hora ouvindo seu lado da história, eu *ainda* não a conhecia. O efeito da anestesia ainda não tinha passado completamente e ela estava sob efeito de drogas – próprias ou do hospital. De qualquer forma, fiquei com a impressão de que ela mal se lembraria do nosso encontro. Fiquei feliz por Vanessa não poder vê-la. Ela ficaria triste: a irmã estava algemada à cama.

Falei com a enfermeira-chefe e informei que a paciente tinha tolerância a narcóticos, o que devia ser levado em consideração no gerenciamento da dor. Também deixei *bem* claro que esperava que ela ficasse confortável e que ficaria de olho.

Depois, levei Vanessa para casa. Gerald e Sonja estavam de carro e foram embora com Joel e Brent. Vanessa parecia exausta. Pegamos Grace com a Mulher da Ioga e eu a levei no colo até o apartamento da Vanessa, onde entrei com a desculpa de ajudá-la a fazer Grace dormir. A verdade, porém, era que eu não queria deixá-la.

Detestava aquela parede que nos separava. A parede física e a que eu não conseguia ver.

Queria convidar Vanessa para passar a noite no meu apartamento, o que era ridículo, porque eu não tinha um quarto de hóspedes. Mas queria convidá-la assim mesmo. E sabia que, se convidasse, ela aceitaria. Vanessa só queria distração e diversão. Ela provavelmente gritaria "festa do pijama" e me obrigaria a pintar as unhas e passar uma máscara de argila – e eu nem me importaria. Eu aceitaria. Eu a colocaria no meu quarto com Grace e dormiria no sofá...

Mas era má ideia.

Vanessa não era apenas uma amiga – ainda que eu fosse apenas um amigo para *ela*. Tudo com ela significava algo a mais. E sempre que me oferecia um pouquinho mais de si mesma, eu tinha dificuldade de devolver. Se eu acordasse de manhã e a visse ali, cada dia que isso não se repetisse seria mais vazio que o anterior.

Por isso eu não podia convidá-la para dormir no meu apartamento. As coisas só ficariam mais difíceis para mim, e os limites, mais confusos. Limites que ela impôs por um motivo. E que deixou claro que não queria que fossem ultrapassados.

Vanessa foi ao banheiro para vestir o pijama enquanto eu trocava a fralda da Grace. Quando saiu, estava com o cabelo preso em um rabo de cavalo e tinha lavado o rosto. Estava com uma camiseta marrom da Vance Refrigeration e uma calça de pijama de bolinhas. Cheirava a pasta de dentes e sabonete ou creme floral.

A sensação era de que eu também deveria trocar de roupa. Me preparar para deitar com ela. Uma sensação tão casual e natural que quase precisei me lembrar de que eu não morava ali – embora parecesse que sim.

Eu me perguntei como seria estar com Vanessa no meio da noite. Dormir ao seu lado, ainda que nunca nos tocássemos. Acordar com Grace para que ela pudesse ficar dormindo, ouvir sua respiração suave e poder vê-la assim que abrisse os olhos, cobri-la no meio da noite. Saber que ela e Grace estavam seguras e protegidas porque eu nunca deixaria nada de mal acontecer com elas...

Aquelas horas da madrugada eram proibidas para mim. Tão proibidas quanto beijá-la. E eu queria aquelas horas. Queria o privilégio de tê-las.

Eu estava começando a sentir um desespero crescente. Como se no fundo da alma eu soubesse que devíamos ser mais do que aquilo, mas não soubesse como fazê-la enxergar isso.

O desejo começava a ficar insuportável. E só ia piorar, porque era isso que estava acontecendo a cada dia que eu passava com ela.

Deitei Grace no berço. Vanessa se aproximou e suspirou baixinho.

– Sabe, a maioria das pessoas que vê um trem descarrilhado se aproximando tem o bom senso de fugir – disse, cansada. – Você não. Agora você é advogado de uma Price.

– Não me importo de ajudar – falei, virando para ela.

Vanessa olhou para mim.

– Eu quero poder fazer alguma coisa para agradecer tudo o que você tem feito por mim.

– Eu *gosto* de fazer coisas por você.

Sua expressão ficou um pouco mais suave.

– Porque você resolve as coisas. É seu jeito de se manter no controle. Mas, sabe, nem tudo pode ser consertado. Nem sempre é possível melhorar as coisas, Adrian.

Como não respondi, ela mudou de assunto.

– Como ela estava? Quando você falou com ela. Annabel estava bem?

Cruzei os braços.

– Desorientada. Um pouco assustada, talvez. Mas ela vai ficar bem.

Vanessa balançou a cabeça.

– Será? E se esse não for o alerta que todos estamos esperando que seja? E se levar um tiro não for o fundo do poço para Annabel?

– Não tem nada que você possa fazer pra garantir que seja. Cuide da Grace e se concentre em você.

Ela mordeu o lábio e ficou um bom tempo em silêncio.

– Conversei com a advogada de adoção ontem de manhã.

Abri um sorriso.

– É? O que ela disse?

Vanessa desviou o olhar.

– Ela disse que se eu convencer Annabel a abrir mão da Grace, ela pode estar com uma família em poucos meses.

Essa novidade me atingiu como um soco no estômago.

– O quê? – perguntei, baixinho. – Achei que *você* fosse adotar a Grace.

Vanessa balançou a cabeça e voltou a olhar para mim.

– Adrian, talvez eu não esteja aqui ano que vem – disse. Seu queixo voltou a tremer. – Eu *não posso* ser mãe dela. – Ela engasgou nas duas últimas palavras.

Olhei para Grace e fui tomado por uma dor no peito que não tinha direito nenhum de sentir.

Quando voltei a olhar nos olhos de Vanessa, o que vi neles foi angústia.

– Adrian, eu preciso garantir a melhor chance de estabilidade pra ela. Espero que Annabel fique sóbria. Espero que *se mantenha* sóbria. Mas se ela não conseguir... minha vida não é propícia para a maternidade. Principalmente a maternidade solo. Preciso fazer o que é melhor pra ela.

Nunca pensei no que a maternidade poderia significar para a carreira da Vanessa. Ela teria que voltar para a estrada em algum momento. Eu sabia que o que ela estava fazendo não ia se sustentar, e não era realista arrastar uma criança pelo mundo enquanto ela fazia vídeos. Já era difícil levar um bebê ao *mercado*. Eu nem conseguia imaginar levar Grace em voos internacionais e tentar manter uma rotina viajando pelo mundo. Mas desistir?

Passei a mão no rosto.

O que podia dizer? Eu não era da família. Não era pai da Grace. Não era nem namorado da Vanessa. Eu era só o vizinho. Um cara que ela conhecera havia algumas semanas e que de vez em quando cuidava da Grace. Aquilo não era da minha conta.

Então por que a sensação era a de que algo seria tirado de mim sem minha permissão?

Vanessa enxugou as lágrimas e eu vi o desvio chegando. O esforço de redirecionar o assunto e pensar ou fazer algo que não a deixasse triste.

Parar de olhar para o Sol.

– Ei – disse –, o que acha de uma festa do pijama?

Franzi o cenho.

– Como?

– Aqui. Hoje. Meu sofá vira cama. Pode ser divertido. Podemos ficar acordados até tarde assistindo *The Office* e fazer máscaras de argila.

Eu quase tive que rir da ironia.

Balancei a cabeça.

– Eu bem que queria. Mas isso não seria apropriado.

O sorriso dela se desfez.

– Ah. É – disse, colocando uma mecha de cabelo fujona atrás da orelha. – Eu entendo.

Ficamos ali parados um tempo, um peso estranho no ar entre nós. Pairando como o vapor de um chuveiro quente.

Eu não queria ir para casa. Mas estar no apartamento da Vanessa à meia-luz, com ela descalça e sem sutiã, pedindo que eu passasse a noite ali, era território perigoso.

Eu tinha plena consciência de que aquilo podia me magoar. Sabia que estava me apaixonando por uma mulher que não queria ser conquistada. E continuar me colocando em situações íntimas, que me faziam desejar que ela *quisesse*, não era bom para mim. Ao mesmo tempo, eu não queria ir embora. Não queria perder nenhum instante com ela. Não queria nem fechar os olhos quando estava com ela. Não queria piscar. E me dei conta disso no meu escritório e na escada, no dia anterior, quando o perfume dela dançou ao meu redor como vaga-lumes piscando no verão. Rindo com ela depois do acidente com o robe e sentado ao seu lado na casa de seu pai, sentindo seu calor como se ela fosse uma chama intensa.

Vanessa me olhou com aqueles olhos castanhos grandes e vulneráveis, e pensei mais uma vez em como seria beijá-la. Parte de mim queria dizer "que se dane" e se jogar, correr aquele risco, quebrar as regras, esquecer as consequências, a possibilidade de perdê-la, e simplesmente me aproximar.

Deixei meus olhos mergulharem até seus lábios. Aqueles lábios que pareciam tão suaves e quentes. Eu conseguia imaginar minhas mãos subindo por sua camiseta, envolvendo sua cintura, puxando-a para mim. Queria roçar meu nariz em seu pescoço, entrelaçar os dedos em seu cabelo, sentir o sabor de sua boca. Queria que ela me tocasse.

Fiquei olhando para ela durante apenas um segundo antes de desviar o olhar para qualquer outro lugar.

Vanessa não fazia ideia do poder que exercia sobre mim. Acho que nem *eu* mesmo tinha me dado conta disso até aquela noite. Foi quase engraçado, Gerald declarando que eles tinham um advogado na família – porque tinham *mesmo*. Eu faria qualquer coisa que ela precisasse. Ela me tinha na palma da mão sem nem tentar.

Eu tive clientes que foram para a cadeia por terem feito alguma idiotice a mando de uma mulher e sempre reprovei tamanha ingenuidade. Mas agora entendia. Tinha a sensação de que, se Vanessa me ligasse pedindo ajuda para ocultar um cadáver, eu apareceria em cinco minutos com luvas de borracha e alvejante.

Pigarreei.

– Preciso ir.

Peguei meu casaco e fui embora antes que dissesse, ou pior, *fizesse*, algo idiota.

À meia-noite, eu estava deitado na cama, a 30 centímetros de onde ela devia estar deitada. Já era seu aniversário.

Mandei a mensagem que tinha preparado no dia anterior. A foto da torta de caramelo salgado da Nadia Cakes que comprei para ela com uma vela e as palavras: "E aí, tá acordada?"

Ouvi sua risada do outro lado da parede.

Ela respondeu: "100% acordada. Vem."

Sentei e olhei para a parede que nos separava. Eu queria ir até lá. Queria que ela realmente quisesse que eu fosse. E não para uma festa do pijama.

Respondi com um emoji rindo. Então passei a noite rolando na cama, sentindo sua falta, tentando dormir na cama errada.

16

VOCÊ NUNCA VAI ADIVINHAR QUEM APARECEU NA MINHA FESTA DE ANIVERSÁRIO!

Vanessa

Passei a manhã do meu aniversário com meu pai e Brent. Fomos a mais uma reunião dos Narcóticos Anônimos e depois saímos para comer. Aquela reunião não era exatamente minha ideia de diversão, mas eu não tinha vergonha de usar meu aniversário como chantagem para convencê-los a ir. Adrian ficou cuidando da Grace.

Ele queria ir junto.

Primeiro se ofereceu para preparar um café da manhã para mim. Quando disse aonde estava indo, perguntou se eu queria que ele me levasse. Respondi que não. A quantidade de absurdos que eu era capaz de permitir que ele suportasse tinha limite. Encontrar meu pai duas vezes em menos de doze horas, uma reunião dos Narcóticos Anônimos *e* um café da manhã duvidoso? Poderia muito bem ser o fim da nossa amizade.

Cheguei em casa por volta das onze da manhã, mas Adrian disse que cuidaria da Grace mais um pouco para que eu pudesse ficar algumas horas sozinha. Ele sempre cuidava da Grace enquanto eu tomava banho, mas eu nunca me alongava. Não queria me aproveitar dele. Algumas horas sozinha devia ser o melhor presente de aniversário que eu já tinha ganhado. Estava muito animada. Ia tomar o banho de banheira mais longo do mundo.

Além disso, fui recebida por flores no meu apartamento. Ele também tinha feito uma faxina. Havia marcas de aspirador de pó no carpete. Ele arrumou minha cama e lavou toda a louça. Limpou até o banheiro.

Não sei nem dizer quanto me custou não correr até o apartamento dele e arrancar suas roupas.

Na noite anterior, eu tinha pedido a ele que passasse a noite comigo. Não estava planejando nada de escandaloso, mas se *ele* tomasse a iniciativa, eu é que não ia negar. Mas ele recusou o convite com muita educação e voltou correndo para casa. Então mandou uma mensagem à meia-noite com a foto de um bolo, e eu disse a ele que fosse para o meu apartamento. Não era brincadeira.

Ele mandou um emoji rindo.

Aquilo era deprimente. Claro que eu estava me apaixonando por um cara que não tinha interesse nenhum em mim.

Tomei meu banho e tirei um bom cochilo. Então me arrumei e encontrei Adrian em seu apartamento às seis da tarde. Ele tinha pedido a Becky que cuidasse do Harry Puppins e da Grace na casa dele, enquanto me levava para jantar em comemoração ao meu aniversário. Garantiu que ela era perfeitamente capaz e tinha muita experiência como babá. Acho que ela até teria confirmado, mas ainda não conseguia falar perto de mim.

Adrian dirigiu até a Summit Avenue, um bairro de luxo em St. Paul. A rua era ladeada por mansões históricas, lar dos magnatas do sistema ferroviário e barões da madeira dos anos 1800. Paramos em frente a uma casa enorme, construída em 1881, de acordo com a placa que indicava o marco histórico.

– Onde estamos? – perguntei, olhando pelo para-brisa quando ele parou na entrada da garagem.

Ele estava sorrindo.

– Não vou estragar a surpresa – respondeu.

A porta estava aberta, e Adrian entrou. Vozes que não reconheci soavam na entrada, vindas de uma sala ao lado. O cheiro indicava que algum prato incrível estava em preparação.

Adrian colocou o bolo no aparador, me ajudou a tirar o casaco e pendurou-o.

– Oi! – gritou, tirando também o próprio casaco. – Chegamos.

A primeira pessoa a aparecer era a última que eu esperava ver ali. Malcolm. E ele estava *filmando*.

– Feliz aniversário, Vanessa! – disse, atrás da câmera.

– Meu Deus, que está acontecendo?

– Espero que não se importe que eu tenha chamado Malcolm – disse Adrian. – Sei que está com dificuldade de conseguir conteúdo para o seu canal, e achei que esta noite seria digna de um vídeo. Pedi a permissão de todos que estão aqui. Mas você não precisa usar a filmagem se não quiser. A decisão é sua.

Um segundo depois, entendi por que ele achou que eu poderia querer aquela filmagem.

Uma mulher apareceu para nos receber.

Era Sloan Monroe.

Dei um gritinho.

– Oi! – disse ela, e me deu um abraço caloroso. – Feliz aniversário! É um prazer conhecer você.

Ela virou para o meu acompanhante.

– Adrian, que bom ver você.

Ele a cumprimentou com um beijo no rosto.

Eu já tinha visto fotos dela. As capas de revista e a foto em preto e branco na capa do *Sloan, nem aqui nem lá*, álbum que o marido dedicou a ela. Mas Sloan era ainda mais bonita pessoalmente. O cabelo louro era comprido; os braços, cheios de tatuagens coloridas. Estava com uma sombra cintilante que fazia seus olhos castanhos se destacarem. Não tive a oportunidade de perguntar qual sombra era aquela, porque os demais convidados surgiram logo atrás. O primo do Adrian, Josh, sua esposa, Kristen, e o marido da Sloan, Jason, mais conhecido como Jaxon Waters, o famoso músico ganhador do Grammy.

Levei as mãos à boca.

– Não acredito que você fez isso – sussurrei.

Adrian sorriu para mim.

– Sloan está preparando um jantar para você. O ossobuco do seu livro de receitas. Todos eles vieram de Ely só para te conhecer. A casa é nossa esta noite. Um cliente me devia um favor.

Olhei para Adrian, e meus olhos se encheram de lágrimas.

Aquele podia ser meu último aniversário. Aliás, segundo meu histórico familiar, provavelmente era.

E ele tinha organizado o melhor aniversário da minha vida.

TRÊS HORAS DEPOIS, JÁ TÍNHAMOS jantado e comido o bolo. Eu estava sentada na sala, em frente a uma enorme lareira crepitante com Kristen e Sloan. Os caras estavam conversando perto do bar. Eu tinha liberado o Malcolm depois do parabéns. Estava grata a Adrian por ter pensado em chamá-lo, mas não ia compartilhar aquele vídeo.

Certo dia, depois que tive que tirar uma foto com alguém no supermercado Trader Joe's, Adrian me disse que não sabia como eu conseguia lidar com aquela falta de normalidade. Eu conseguia porque era o que possibilitava minha luta contra a ELA. Mas Adrian não estava envolvido naquela briga.

Meu número de seguidores não era baixo. Se eu compartilhasse aquele vídeo, Adrian ficaria famoso na hora. Nunca mais seria anônimo. Uma coisa era eu falar sobre um homem chamado Tanquinho dos Deuses, outra era lhe dar um rosto. Ele seria reconhecido em público, perseguido na internet, e talvez até aparecessem no trabalho dele. Os demais deviam estar acostumados com isso. Sloan e Jason com certeza, e Josh e Kristen por tabela. Mas Adrian ainda tinha privacidade. Quando expliquei isso, ele disse que ainda assim não se importava, mas percebi que preferia que eu não compartilhasse. Então estava decidido. Mas amei que Malcolm tivesse registrado tudo. Assim eu me lembraria daquele dia para sempre.

Eu *amei* os amigos do Adrian. Amei que eles foram até ali só porque ele pediu. Amei quanto eram pé no chão e gentis, e o fato de terem feito de tudo para que o dia fosse especial para mim. Fiquei até com certo ciúme por eles serem tão normais e Adrian ser obrigado a lidar com o festival de cagadas que era a minha família.

Eu estava um pouquinho bêbada. Jason tinha passado a noite preparando martínis.

Sloan comeu a azeitona do drinque.

– Meu Deus, fazia tanto tempo que eu não bebia um desses. Ainda estou amamentando.

– Menino ou menina? – perguntei.

Ela sorriu.

– Menina. Emma. Está com 1 aninho.

Olhei para Kristen.

– E vocês têm, o quê...? Quatro?

– Isso. Oliver tem 5 anos. Kimmie tem 10, Sarah, 12 e o bebê, 1.

Sentei em cima da perna.

– Uau... quem está cuidando de todos eles?

Kristen soltou uma risadinha.

– A mãe do Jason. Aquela mulher é uma santa – respondeu ela, então colocou o copo na mesinha de centro e se aproximou. – Tá, você tem que abrir o jogo. E o pênis? É grande?

Sloan soltou um gemido e se recostou na cadeira.

– Ah, meu Deus, de novo a coisa do pênis.

Olhei de uma para outra.

– O quê? Que coisa do pênis?

Sloan balançou a cabeça para a melhor amiga.

– Eles são apenas amigos. Ela não viu o pênis dele. Deixe a garota em paz.

Ergui a mão.

– Ah, não, espera. Agora eu quero saber. Que coisa do pênis?

– Ela quer saber, Sloan. Fique fora disso – disse Kristen, sorrindo, empoleirada na beirada do sofá.

Sloan revirou os olhos para a amiga.

– Josh tem um pênis enorme, e eu tenho uma teoria de que é hereditário – disse Kristen.

Meus olhos saltaram para Adrian do outro lado da sala.

– *Sério*? – sussurrei.

– Aham.

Então Kristen mostrou o tamanho com as mãos. Sloan se engasgou com a bebida.

Sloan balançou a cabeça para a melhor amiga, tossindo.

– Isso é tão inadequado.

Kristen piscou para ela.

– É uma pesquisa importante, Sloan.

– Concordo, mais estudos são necessários.

Kristen riu, enquanto Sloan ficou horrorizada. Tive a sensação de que mexer com ela era um dos passatempos preferidos de Kristen. E ela parecia mandar muito bem nisso.

Eu me recostei no sofá.

– *Adoraria* explorar as possibilidades da caneta mágica do Adrian. Mas infelizmente ele não quer nada comigo.

Kristen e Sloan trocaram um olhar.

Olhei mais uma vez de uma para outra.

– O que foi?

Kristen olhou bem para mim.

– Não sei o que ele te disse, mas o cara está enfeitiçado.

Sloan assentiu, os olhos arregalados.

– O quê? Não...

Kristen olhou por cima de mim.

– Ele está com os olhos literalmente fixos na sua nuca neste momento. Não parou de olhar para você a noite inteira.

Espiei de lado, mas não virei.

– Parece que ele está assistindo a uma partida de tênis? – perguntei baixinho. – Tipo, cabeça pra lá, cabeça pra cá, me seguindo?

Sloan assentiu.

– É *exatamente* isso. Essa é uma descrição bem precisa, pra falar a verdade.

– Ele ficou meia hora falando de você quando ligou para Josh para pedir que a gente viesse – revelou Kristen. – Josh desligou e falou. "Caramba, nunca vi o cara assim."

Meu coração acelerou. Então lembrei que não havia motivo para isso.

Suspirei.

– Eu não acho que ele esteja interessado.

Sloan franziu o cenho.

– Por quê?

Morte iminente?

– Meu estilo de vida não é propício para manter um relacionamento – murmurei.

Kristen assentiu.

– Ah, sim, a coisa da fama. Isso é uma merda. Você tenta namorar e acaba com um cara que é obcecado pelos fiapos da sua secadora.

Sloan assentiu.

– Também foi difícil para o Jason. Ele só me contou quem era duas semanas depois que nos conhecemos. Não é fácil.

– É, não é exatamente isso… – respondi. – Mas prefiro não falar a respeito.

Sloan abriu um sorriso gentil, que deu a entender que ela seguia meu canal.

– Bom, não se esqueça de que o universo não manda mais do que a gente pode suportar.

Kristen bufou.

– Ah, manda, sim. O tempo *todo*. O universo não está nem aí, é um babaca.

17

SEU CRUSH VAI PERCEBER QUE VOCÊ EXISTE? FAÇA ESTE QUIZ!

Adrian

Fiquei observando as mulheres reunidas na sala de estar.

– Do que vocês acham que elas estão falando?

Jason bebeu um gole do drinque.

– Bom, pelo jeito, Kristen ativou o tique nervoso da pálpebra da minha esposa, então vou chutar que o assunto é inapropriado.

Kristen ergueu as mãos.

– É ciência, Sloan!

Vanessa riu e olhou para mim, aqueles olhos lindos reluzentes.

Abri um sorrisinho para ela.

– O que as garotas estão fazendo? – perguntei em voz alta.

Vanessa virou a fim de sorrir para mim por cima do apoio do sofá.

– Invocando o demônio. Não venha aqui.

Josh riu e me entregou um *old-fashioned*.

– Só um – falei, aceitando. – Estou dirigindo.

– Fiquei feliz quando você ligou – disse Josh. – A gente devia se reunir mais vezes. Venha pra Ely ver a casa nova. – Ele apontou com a cabeça para as garotas. – Leve a Vanessa.

Olhei para ela e sorri. Eu adoraria levá-la. Levaria Vanessa para qualquer lugar. Eu tinha orgulho de conhecê-la. Ela era exatamente o que dizia seu canal no YouTube: uma borboleta carismática. Uma mulher que a gente podia colocar em qualquer situação e ela encantaria qualquer um que estivesse envolvido.

Vanessa era cintilante. Nunca conheci uma pessoa que eu pudesse descrever com aquela palavra, mas era verdade. Ela brilhava. A energia emanava dela, e ela iluminava tudo e todos ao seu redor.

Só quando percebi que Jason estava falando comigo é que me dei conta de que estava olhando fixamente para ela.

– Desculpe, o que disse? – perguntei, olhando para ele.

– Eu só disse que fico feliz por você não ter tirado todos esses truques da manga no seu encontro com a Sloan, ou minha esposa talvez tivesse casado com você, e não comigo.

Dei risada.

– Eu não tinha a menor chance. Até hoje, nunca uma mulher saiu correndo tão rápido de um encontro comigo.

Jason riu. A esposa olhou para ele, procurando aquele som, e ele piscou para ela.

– Há quanto tempo vocês estão juntos? – perguntou ele.

– Não estamos – falei, levando a taça à boca. – Somos apenas amigos.

Josh soltou uma risada abafada.

– Tem certeza?

– Vanessa não quer namorar – respondi.

Josh riu.

– Minha esposa me disse a mesma coisa – falou, apontando com a cabeça para a porta da frente. – Ei, acho que tem um visco de Natal pendurado na entrada.

Ele ergueu as sobrancelhas, todo sugestivo.

Eu não queria que a Vanessa me beijasse só por estarmos embaixo de um visco. Não queria que ela me beijasse só porque deu meia-noite no ano-novo. Não queria uma noitada ou amizade colorida. Queria ela por inteiro. Queria do jeito certo.

Queria que ela me quisesse também.

18

COMO PERDER UM CARA COMETENDO UM GRANDE ERRO!

Vanessa

Adrian entrou na garagem do nosso prédio. Era por volta das dez da noite, e eu ainda estava meio altinha. Virei a cabeça a fim de olhar para ele.

– E aí, sobre o que vocês estavam falando no bar?

Ele parou o carro.

– Pomada infantil, na maior parte do tempo. A filha do Jason e da Sloan está com assadura.

– Tadinha da Emma.

Ele desligou o motor.

– Sobre o que *vocês* estavam conversando?

Dei de ombros.

– Seu pau, basicamente.

Ele ficou lívido.

– *O quê?*

– E o do Josh também – falei, na defensiva. – Mas principalmente do seu.

Adrian achou engraçado.

– E o que vocês tinham a dizer sobre o meu pau? Nenhuma de vocês viu.

Ergui as mãos.

– Né?! Foram basicamente teorias da conspiração – expliquei, e soltei o cinto de segurança. Então me virei para ele, dobrando as pernas sobre o banco. – Rola um boato de que é enorme. Não precisa dizer nada... pisque uma vez se for verdade... mas não precisa falar.

Ele desceu do carro, rindo. Fiquei vendo Adrian fazer a volta e abrir minha porta. Quase caí para fora.

– Muito bem, vamos – disse ele, me segurando em pé. – Consegue andar?

Dei de ombros.

– Se eu tropeçar, invento uma dança sexy.

Adrian abriu um sorrisinho irônico.

– Vou ficar com Grace por algumas horas até você ficar sóbria. Consegue se segurar em mim para eu carregar você?

Cocei o nariz.

– Consigo.

Adrian se virou, e eu pulei em suas costas.

Ele me carregou até o prédio e subiu a escada. *Correndo*.

Três lances de escada e o homem não ficou nem esbaforido. Eu só podia imaginar a resistência que ele tinha na cama – sério, eu só podia imaginar. Nunca fiquei com alguém que tivesse um corpo como o dele.

Eu ri enquanto Adrian me carregava pelo corredor.

– Ei, podemos parar no meu apartamento antes de irmos até o seu pegar a Grace? Quero te mostrar uma coisa.

– Claro – respondeu ele, e parou à minha porta, pegando as chaves enquanto eu pulava de suas costas como uma macaquinha.

Eu amava que ele tinha a chave do meu apartamento. Não só para que pudesse entrar e me salvar do ventilador ou fazer uma limpeza surpresa de aniversário, mas porque amava que não houvesse portas fechadas entre nós. Nem físicas nem de outra natureza. Ele sabia tudo sobre mim. Sabia sobre a minha família de merda, sabia até que eu tinha medo de estar doente. E continuava ao meu lado assim mesmo.

Ele abriu a porta e me carregou até o sofá, onde me deixou.

– Muito bem – disse. – O que quer me mostrar?

– Sente – exigi, puxando o bolso de sua calça.

Adrian sorriu e se sentou ao meu lado. Estendi a mão e apaguei o abajur. Uma centena de estrelas brilhou sobre nós.

– Uau! – exclamou ele, baixinho.

– Né? – Eu me virei para ele no escuro. – Você tinha dessas estrelas no seu quarto quando era criança?

Ele deu uma risadinha.

– Tinha. Acho que elas ficaram no teto do meu antigo quarto na casa da minha mãe até ela ser vendida.

– Por que os adultos param de fazer esse tipo de coisa? – perguntei, jogando a cabeça para trás a fim de olhar para o teto. – Por que a gente esquece?

– Não é lá muito sofisticado. Acho que eu teria que me explicar se levasse uma mulher para casa e o teto do meu quarto fosse assim.

– Ah, meu Deus. Eu ia *amar* se um homem me levasse para casa e o teto do quarto dele fosse assim. Ia ficar muito mais animada para transar com ele.

Senti seu olhar em mim.

– Sério? Acha que consigo comprar pelo Amazon Prime?

Dei uma risadinha.

– Só para você saber: não vou transar com você só porque colocou estrelas que brilham no escuro no teto do quarto.

– Tem alguma coisa que te convenceria a transar comigo? Gostaria de poder colocar em prática.

Dei risada. Bom, *isso* foi um avanço. Não era do feitio dele. Ele nunca dizia esse tipo de coisa.

Estava brincando, lógico.

Queria que não estivesse.

Ele voltou a olhar para as estrelas.

– Se esta vista tivesse trilha sonora, qual você acha que seria? – perguntou.

– Não sei, mas acho que provavelmente um solo épico de saxofone. Com um pouco de jazz no meio.

Adrian deu risada.

– De onde você tira essas coisas?

Dei de ombros.

– Meu monólogo interno tem umas cem abas abertas. Você tinha que ouvir as coisas que eu *não* digo – respondi, e de repente um sorrisinho travesso surgiu em meu rosto. – Adrian?

– Diga...

– Posso pegar no seu tanquinho?

Ele soltou uma risadinha.

– Quê?

Acendi a luz e pisquei para ele, toda inocente.

– Estou falando sério. Nunca encostei em um tanquinho, e o seu é lindo. Está meio que na minha lista de desejos.

Ele deu risada.

– Claro?

Bati palmas, entusiasmada. Ele ergueu a barra da camisa e se recostou no sofá. Eu sentei em cima das pernas e mordi o lábio, analisando seu corpo.

Um rastro de pelos descia até o cós da calça. Não sei por quê, mas era ainda mais atraente que o abdômen.

Prendi a respiração e comecei a roçar os dedos em sua barriga, traçando as ondas dos músculos. Então passei a mão inteira em sua pele quente. O contato quase me fez estremecer.

Eu nunca tinha me sentido tão atraída por alguém. *Nunca*. E não era só algo físico. Era tudo. Eu amava sua firmeza e confiança, seu carinho com Grace. Ele era generoso e gentil, e protegia aqueles que amava. Era inteligente, engraçado e leal. Tudo isso me dava vontade de fazer coisas com ele.

Eu queria enfiar as mãos em sua calça, montar em seu colo e beijá-lo. Sentir Adrian ficar duro embaixo de mim, deixar que tirasse minhas roupas. Eu conseguia imaginá-lo me deitando de costas no sofá, deslizando para cima de mim. Quase conseguia sentir seu peso entre minhas pernas...

A ponta do meu dedinho deslizou sob o cós de sua calça enquanto eu analisava sua pele. Ele pigarreou.

– Tá, vamos ter que parar por aqui ou vamos ter problemas – disse, sentando e cobrindo o abdômen com a camiseta.

Engoli em seco, tentando disfarçar quanto fiquei sem fôlego.

– Que tipo de problema?

– Você *sabe* que tipo de problema.

Fiquei vermelha e voltei a me recostar no sofá ao seu lado, com uma leve sensação de triunfo. Acho que eu não teria coragem de parecer tão satisfeita comigo mesma por quase deixar meu vizinho duro se estivesse sóbria, mas a Vanessa bêbada ficou exultante.

– Ei – falei, colocando o cabelo atrás da orelha. – Obrigada por esta noite. Você organizou o dia perfeito. Foi *perfeito*. Jaxon *Waters* cantou parabéns pra mim. Como você sabia que eu ia amar?

Adrian me encarou em silêncio por um instante.

– Porque eu te conheço. E sei o que é importante pra você – respondeu ele, olhando em meus olhos. – Criar conteúdo para o seu canal para continuar arrecadando dinheiro para as pesquisas sobre ELA. Comida boa. Experiências únicas.

Abri um sorrisinho para ele.

– Tenho tanta sorte de conhecer você – falei baixinho.

Ele fez uma breve pausa.

– Sinto a mesma coisa. Parece que minha vida era um quarto abafado, e você é a brisa que entrou quando a janela se abriu.

Trocamos um olhar... então ele deslizou a mão quente sobre a minha, que estava no sofá entre nós dois. Foi como se um raio percorresse meu corpo.

Ele estava me tocando!

Adrian quase nunca me tocava – e, quando tocava, não era assim.

Deixei que meus olhos mergulhassem até nossas mãos e, quando voltei a olhar para ele, ele encarava meus lábios.

Ah, meu Deus...

Ah, meu Deus, ele queria me beijar!

Na mesma hora, comecei a pensar em quanto ele tinha bebido. Não tinha sido muito, tinha? Porque eu não conseguia nem conceber a ideia de que ele pudesse me querer, a não ser que alguma coisa estivesse minando seu poder de decisão. Mas ele *parecia* estar pensando nisso.

Quanto *eu* tinha bebido? Será que estava imaginando coisas?

Meu coração martelava dentro do peito. Seu polegar começou a acariciar minha mão, um lembrete de que estava ali de propósito. Senti algo invisível me puxar na direção dele, como se houvesse uma corda entre nós, e nós dois estivéssemos puxando.

Olhei para ele por mais um instante. Então sentei, me aproximei e comecei a beijá-lo.

Eeee... ele não retribuiu.

Acho que eu teria percebido muito mais rápido se não estivesse um tanto altinha. A Vanessa sóbria teria se dado conta de que não estava indo bem.

Mas, como eu estava bêbada, deixei que continuasse por uns três segundos a mais do que deveria. Pressionando os lábios nos dele sem resposta.

Adrian me afastou com delicadeza.

– Vanessa, não...

Uma humilhação instantânea tomou conta de mim.

– Desculpa, não sei o que...

Ele balançou a cabeça.

– É que...

Ergui uma das mãos, interrompendo-o.

– Quer saber? Tudo bem. Eu também não me beijaria – falei, me levantando depressa.

Ele ficou de pé, deu um passo em minha direção e estendeu a mão.

– Não é isso que...

Eu não conseguia nem olhar para ele. Estava morrendo de vergonha. No que eu estava pensando?

– É melhor você ir embora. A gente se vê amanhã.

– Vanessa, acho que a gente devia conversar...

Dei uma risada irônica.

– Eu *não* quero conversar. Foi um erro. Me deixei levar pelo momento e estou bêbada... não significou nada de mais, de verdade. Queria não ter feito isso. Desculpa – falei, olhando em seus olhos.

Não consegui decifrar a expressão que surgiu em seu rosto.

– Por favor – falei. – Peça a Becky que traga Grace. Obrigada por hoje. Vamos esquecer isso.

– Vanessa...

– Adrian, vá embora!

Ele ficou ali parado mais um instante, olhando para mim, então retesou o maxilar, se desviou de mim e foi embora. Fechei a porta quando ele saiu e deslizei até o chão. De repente, me senti sóbria. E queria não estar.

19

10 COISAS QUE VÃO TE DEIXAR DE QUEIXO CAÍDO

Adrian

Meu celular estava mergulhado em um silêncio ensurdecedor desde a noite anterior. Nenhuma palavra da Vanessa. Becky e eu tínhamos umas coisas para resolver, então ficamos trabalhando até a meia-noite, para que Vanessa tivesse um tempinho para ficar sóbria. Então pedi a Becky que deixasse Grace lá, uma vez que Vanessa claramente não queria *me* ver.

Não teria sido certo beijá-la. Eu desconfiava que ela não estivesse sóbria o bastante para saber o que estava fazendo. Estava bêbada demais para andar, pelo amor de Deus.

Não significou nada de mais. Queria não ter feito isso.

Será que ela só estava chateada? Ou era isso mesmo que estava sentindo?

Talvez uma mistura das duas coisas.

Talvez estivesse chateada pela rejeição *e* falando a verdade. Talvez estivesse só bêbada e tivesse feito algo espontâneo, e a coisa toda não tivesse nenhum significado.

Pensar que a ideia de me beijar teria sido um erro induzido pelo álcool em razão da confusão mental me deixou fisicamente mal. E agora o que mais me preocupava era a possibilidade de que, em vez de *eu* estragar tudo contando a ela o que sentia e alterando nossa amizade, Vanessa tinha feito isso sem querer ao me beijar, só porque bebera demais.

Senti um nó no estômago. Não consegui dormir. Queria falar com Vanessa, mas não sabia nem o que dizer depois do que ela me disse. Pela manhã, antes de ir para o escritório, mandei uma mensagem.

EU: Podemos conversar mais tarde?

Ela demorou quase dez minutos para responder. No tempo da Vanessa, isso correspondia a oito anos. Não era um bom sinal.

VANESSA: Pode ser.
EU: Ainda quer que eu cuide da Grace hoje à noite?

Mais uma espera, desta vez de quatro minutos.

VANESSA: Não precisa.
EU: Mas eu quero.
VANESSA: Tá. Quer que eu fique com o Harry?

Pensei a respeito. Vanessa sempre cuidava dele para mim, mas seria estranho vê-la e não conversar com ela, e eu não tinha tempo para fazer isso antes do trabalho. Não queria que fosse uma conversa apressada, principalmente considerando o assunto a ser discutido.

EU: Eu vou levá-lo pro escritório.
VANESSA: Tá.

E foi isso. Ela não disse mais nada.

Harry estava mais rabugento que de costume, como se estivéssemos compartilhando do mau humor. Mordeu Becky três vezes antes mesmo do meio-dia. O estranho era que ele não tinha *me* mordido, o que me fez pensar que talvez estivéssemos no mesmo time para variar. Ele dormiu no meu colo enquanto eu trabalhava à minha mesa, e nem rosnou para mim quando me mexi para ir ao banheiro.

O dia de trabalho se arrastou. Eu ficava olhando para o celular a fim de ver se Vanessa tinha mandado mensagem, mas não. Saí do trabalho mais cedo para bater à porta dela meia hora antes do horário que ela pediu. Imaginei que, se ela estivesse mesmo arrependida do beijo, o melhor que eu poderia esperar era que superássemos o constrangimento e continuássemos amigos. Mas, pelo silêncio, a probabilidade disso era baixa.

A ansiedade daquela incerteza estava me corroendo. O pânico diante da possibilidade de que tudo tivesse chegado ao fim.

Ouvi a corrente da porta e me preparei para nosso primeiro encontro desde a noite anterior. Mas, quando a porta se abriu, não era Vanessa. Era... um cara.

Ele ficou à porta, com Grace no colo. Era mais baixo que eu, mas forte. Cabelo louro desgrenhado, pele bronzeada. Estava com um casaco de pele falso que ia até os joelhos. O casaco estava aberto e ele estava sem camisa. Um colar de dente de tubarão pendia de seu pescoço.

– E aí. Você deve ser a babá. Entre. – Ele continuou falando por sobre o ombro. – Ei, borboleta, a babá chegou.

Fiquei paralisado. Completamente mudo.

– Ela só tomou uma mamadeira – disse ele, me entregando Grace. – Eu troquei a fralda, deve aguentar por um tempo.

Deixei que ele colocasse Grace em meus braços bem ali, ainda parado à porta.

Ela estava toda embrulhada. Aquilo não era obra da Vanessa. O cobertor estava enrolado em um nó estranho e intrincado. O homem percebeu que eu estava olhando e apontou com a cabeça para Grace.

– É um método aborígene antigo. Uma curandeira me ensinou.

Um método aborígene...

Quem era aquele cara? O que estava acontecendo?

Então, Vanessa surgiu atrás dele e a coisa toda foi de mal a pior.

Ela me deixou sem fôlego. Estava maquiada, com um vestido bordô justo e salto alto. O cabelo estava solto e cacheado. Ela estava deslumbrante.

Deslumbrante nível tenho-um-encontro.

– E aí, entra – disse, distraída, colocando um brinco, ou tentando colocar, na verdade. Seus dedos estavam estabanados. Ela apontou para o cara com a cabeça. – Esse é Drake. Drake, Adrian.

Ela derrubou o brinco de diamante e soltou um suspiro exasperado ao se ajoelhar para pegá-lo.

– Aqui, eu ajudo – disse Drake, estendendo a mão.

Vanessa entregou o brinco para ele e ficou parada enquanto ele se aproximava, a cabeça virada para o lado.

– Está linda, borboleta – disse ele, baixinho.

Ela abriu um sorrisinho sedutor.

– Obrigada. Você também.

Um ciúme quente e denso percorreu meu corpo. Havia algo familiar no jeito como ele a tocou. Como se já tivesse feito isso.

Assim que ele terminou de colocar o brinco, ela se virou para pegar uma bolsinha.

– Ei, sei que a gente ficou de conversar, mas podemos fazer isso depois? – perguntou para mim. – Drake e eu temos que ir. Vamos ao Vermilion.

Franzi o cenho.

– O Vermilion? Eles não abrem segunda...

– Drake comprou o restaurante.

Ele comprou o...

???

– Ei, obrigada por cuidar da Grace – disse Vanessa. – Ela deve dormir um pouco. Eu chego às oito.

Então ela desviou de mim e saiu pela porta, seguida pelo Drake.

O cara nem vestiu uma camisa.

Mas. Que. MERDA.

Quem era Drake, caramba? E por que ele ia levá-la ao Vermilion? *Eu* queria levá-la ao Vermilion!

Olhei atordoado ao redor, segurando Grace.

O lugar ainda cheirava ao perfume de Vanessa. Havia vestidos em cima da cama. Muitos. E sapatos espalhados pelo chão. Parecia que ela tinha experimentado a droga do armário inteiro. Era um estúdio. Será que ela fez isso com ele ali olhando? Que merda era aquela?

Peguei o celular e liguei para Becky. Ela atendeu na primeira chamada.

– E aí, chefe? – disse, e estourou uma bola de chiclete em meu ouvido.

– Você conhece um cara chamado Drake? Vanessa fala dele?

A linha ficou muda, e achei que a ligação tivesse caído.

– Por quê? – perguntou ela, com um tom ameaçador.

– Vanessa saiu com ele...

– Você deixou ela sair com *Drake*? Ah, meu Deus. Ah. Meu. *Deus*! – exclamou ela, e soltou um suspiro trêmulo. – Tá, vai ficar tudo bem. Adrian, isso é muito importante. Quando vocês se encontraram, ele estava de camisa?

– O quê?

– Camisa! Ele estava de camisa?!

– Não. Só um casaco de pele falsa, aberto na frente...

– Nãoooooo! Ah, meu Deus! – lamentou ela. – É pior do que eu pensava. Ele está usando todas as armas! Vanessa vai ficar indefesa perto daqueles músculos peitorais. É como se ele tivesse levado um hipnotizador! Você sabia que o peito dele é segurado? Um seguro de mais de 2 milhões de dólares! Sabia? Quase o valor dos bíceps. Um pouco menos que os glúteos.

Becky arquejou.

– Eu devia saber. Eu. Devia. *Saber*. Mercúrio está retrógrado. Seu horóscopo de hoje disse que você receberia uma visita inesperada. Que merda. Queria que vocês se casassem e tivessem um milhão de filhos, e agora ela deve estar a caminho de Bali em um catamarã!

– Becky, quem é esse *cara*?

Ouvi sua respiração pesada do outro lado da linha e, pela primeira vez, o drama estava me irritando.

– Ele é um vlogueiro de esportes radicais. Tem um canal ainda maior que o dela. A Quiksilver patrocinou a última competição de surf dele, aquela em que ele foi mordido por um tubarão e continuou? Se você é o Tanquinho dos Deuses, Drake Lawless é o Pau de Lúcifer. Ele é tipo o namorado que é o chefão a ser derrotado no videogame, depois de ter vencido todos os ex-namorados menos importantes. Ele parece o Patrick Swayze em *Dirty Dancing*, só que louro e com tatuagens tribais. E, desculpa, mas ele é, tipo, muito mais descolado que você. Quer dizer, detesto dizer isso, mas é verdade. Você não anda nem de avião, e Drake carregou Vanessa montanha abaixo na Venezuela enrolada em um paraquedas. Ah, meu Deus, eles devem estar se casando agora mesmo, com um xamã oficializando a cerimônia. Como deixou isso acontecer?!

Andei de um lado para outro na sala minúscula do apartamento da Vanessa.

– Então ele é ex dela ou…?

– Sim, ele é ex dela! Como você não sabia disso? A saga Drake-e-Vanessa foi, tipo, o maior romance do YouTube de todos os tempos. A galera tinha camiseta e tudo! Eles eram malucos um pelo outro e fizeram sexo tântrico em, tipo, todas as praias de Barbados. Aí ela terminou com Drake porque ele sofreu aquele acidente quando foi andar sobre carvão em chamas no Tibete. Vanessa disse que ele tinha que parar de fazer cenas perigosas, e ele ficou todo "Não posso parar! Eu faço pelas crianças!". Porque ele doa todo o dinheiro pra pesquisas de câncer infantil. Aí Vanessa terminou tudo, e ele ficou tão arrasado que passou dois meses em uma cabana tiki em sua ilha particular, fazendo esculturas dela com as madeiras que o mar trazia.

Becky fez uma pausa.

– Drake falou dela umas três vezes num TED Talk. Todo mundo ficou muito preocupado com ele.

Passei a mão na barba.

Vanessa nunca tinha falado sobre ele. Nem uma única vez. Eu disse que tinha assistido aos vídeos dela. Talvez ela achasse que eu já sabia e ficasse incomodada com o assunto, então simplesmente… *não* falou.

Eu me senti como um balão murcho. Fiquei ali parado, olhando para a cozinha do apartamento dela, ouvindo Becky arquejar e resmungar a respeito do quanto eu era idiota por ter permitido aquilo.

– Tenho que ir – resmunguei, e desliguei.

Coloquei Grace na cadeirinha e me joguei no sofá para pesquisar Drake. Digitei as primeiras quatro letras de seu nome e o Google já sugeriu Drake Lawless e Vanessa Price. As demais sugestões não eram exatamente um consolo. Tinha "Drake e Vanessa grávidos". "Drake e Vanessa casamento secreto". "Drake e Vanessa voltam a namorar"…

Dei uma olhada nos resultados e encontrei um vídeo de como eles se conheceram. Era dele. Drake estava praticando BASE jumping em uma cachoeira na Venezuela, e Vanessa estava lá gravando seu blog de viagens. Ela torceu o tornozelo e ele a carregou montanha abaixo, exatamente como Becky dissera.

Pelo jeito, Vanessa não ficou interessada logo de cara, porque os três vídeos seguintes eram dele fazendo gestos grandiosos para chamar sua atenção. Drake foi atrás dela no Brasil e desceu de rapel do telhado até a sacada do quarto de hotel onde ela estava, a fim de chamá-la para sair. Ele a levou ao jardim botânico da Cornualha para ver a flor-cadáver desabrochar... e pilotou a droga do avião até lá. Na metade do passeio romântico de moto pelo Peru, decidi que já tinha visto o bastante.

Eu sabia que Vanessa tinha outra vida, que a situação em que a conheci não era o que fazia normalmente. Mas acho que nunca tinha me dado conta de quanto seu outro mundo era empolgante, de quanto seus gostos eram exóticos – no que dizia respeito a viagens *e* a homens. O cara morou em uma tenda, pelo amor de Deus. E Becky tinha razão. Eu nem andava de avião.

Agora, o que fazíamos juntos me pareceu tedioso comparado àquela vida. Algo que ela fazia só para passar o tempo até poder voltar ao que preferia.

E ela não disse que nunca tinha encostado em um tanquinho? Que merda foi aquela???

Joguei o celular no sofá e fiquei ali sentado, meio atônito. E com ciúme. Um ciúme louco e ridículo.

Por que ela não falou comigo sobre aquilo? A gente conversava sobre tudo – exceto sobre o canal dela. Talvez aquele fosse mais um aspecto que ela não queria que invadisse o restante de sua vida. Afinal, o relacionamento já tinha acabado.

Pelo menos até aquele dia exato.

Eu meio que me perguntei se ela não disse que não queria namorar porque estava esperando por outra pessoa. Esperando por *ele*. E se Drake não conseguiu ficar longe dela e agora ia parar de gravar cenas perigosas? E se tivesse voltado para dizer isso a ela? Para reconquistá-la?

E eu sentado ali, cuidando da bebê de uma mulher por quem eu estava apaixonado enquanto ela saía com o ex.

E era isso mesmo. Eu era apaixonado por ela.

Essa realidade me atingiu de repente. Um alerta repentino. Uma freada brusca.

Eu era *apaixonado* por Vanessa.

Mas é claro que era apaixonado por ela. Quem *não* era?

Ela poderia ter o homem que quisesse. Qualquer um.

Mulheres como Vanessa eram musas de artistas e músicos. Inspirações para quadros e baladas famosas. Dançavam na chuva e fugiam com príncipes que abririam mão do trono por elas. Eram as sereias sobre as quais os marinheiros escreviam, cuja voz era capaz de atrair um homem para a sua morte.

Ela era uma bela ave migratória cujas asas foram cortadas. E assim que pudesse, sairia voando. Para longe de St. Paul, para longe de mim…

E talvez de volta para ele.

20

O INVESTIMENTO LUCRATIVO QUE OS ESPECIALISTAS NÃO QUEREM QUE VOCÊ CONHEÇA!

Vanessa

Havia uma multidão de fãs reunida em frente ao Vermilion. Alguém devia ter vazado nossa localização.

Sozinha, eu era um chamariz. Sozinho, Drake era um chamariz *e tanto*. Juntos, éramos uma força magnética capaz de desafiar as leis da física. As pessoas deviam ter sentido uma atração e entrado em ônibus e carros, deixando suas casas sem nem saber por quê.

Laird estava preparando a câmera, enquanto Malcolm trocava a bateria do meu microfone.

Sentado à minha frente, Drake bebia uma espécie de shake de banana com um raminho de pinheiro.

– Você está se saindo muito bem com a Grace – disse, tirando o enfeite do copo e deixando em cima de um prato. – Mas devia usar fraldas de pano. Reduzir sua pegada de carbono.

– Eu não tenho máquina de lavar, lembra? – falei. – Uso a do Adrian, e duvido muito que ele me deixe lavar fraldas sujas.

– Sei. Aquele cara deixaria você comer biscoito na cama dele.

Dei uma risadinha amarga.

– Ah, é? Ontem eu beijei Adrian e ele me afastou. Explica essa.

– Ele afastou você? – perguntou Malcolm, prendendo o microfone em meu vestido.

– É. Tipo, sabe como a gente faz quando vê uma aranha? Tipo "Ah, meu Deus! Uma aranha!", e a gente pula do sofá, faz uma dancinha de susto e sai correndo? Foi meio assim.

– Ah, duvido – disse Drake com um sorrisinho.

– Tá, não foi tão dramático. Mas a sensação foi a mesma – falei, bufando. – Por que todo mundo me diz que esse cara está a fim de mim? Tipo, literalmente todo mundo que eu encontrei nas últimas 24 horas jurou que ele não tira os olhos de mim. Sério, se não fosse por isso, e pelo álcool, e aquela coisa superfofa de "você é a brisa" que Adrian me disse ontem, talvez eu não tivesse feito aquele papelão. A culpa é de vocês.

Drake sorriu.

– A culpa é nossa? Eu só conheci o cara hoje. A gente nem estava lá.

Levei a mão ao peito.

– Bom, *minha* é que não é. Eu também não estava lá. Quem estava era a Vanessa Bêbada, e ela é *outra* pessoa. Eu não devia ser responsabilizada pelas coisas que ela faz.

Drake deu risada.

Suspirei.

– Eu pego Adrian me olhando de vez em quando? Claro. Ele gosta de sair comigo? Com certeza. Mas achar que minha bunda fica linda em uma calça e gostar da minha companhia é muito diferente de querer me namorar, considerando minha probabilidade de morrer aos 30 anos. É oficial – resmunguei –, acho que nunca mais vou transar. Meu último encontro sexual vai ser com meu túnel do carpo.

Malcolm riu.

– Ele pareceu se dar bem com a Grace – sugeriu Drake.

– Ele é ótimo com a Grace. Sabe, só não está interessado em *mim*.

Malcolm ligou meu microfone.

– Por que não pergunta por que ele não quis te beijar?

Balancei a cabeça.

– Não. Preciso começar a estabelecer limites entre nós dois. Acabei de me jogar em cima de um cara que não queria ficar comigo. Eu me humilhei. Acho que está na hora de me retirar dessa situação enquanto ainda me resta alguma dignidade.

Como se eu tivesse alguma escolha. Adrian devia estar querendo voltar para a fase dos acenos de cabeça no corredor. Tinha mandado mensagem dizendo que queria conversar, mas o que havia para dizer? Daquele momento em diante, sempre haveria um ar de constrangimento entre nós dois. Ele provavelmente ficou com a Grace só porque já estava combinado, e ia começar a arranjar desculpas e encontrar outra pessoa com quem pudesse passar o tempo. Alguém namorável, que não pulasse em cima dele no sofá depois de beber um monte de martínis.

Drake estendeu a mão sobre a mesa e a colocou em cima da minha.

– Chega de falar dele.

Olhei em seus olhos. Uma mulher que estava do lado de fora, atrás dele, encostou o seio nu contra o vidro. Estava um frio de 20 graus negativos lá fora. Admirei aquele comprometimento.

– Não olhe para trás – falei.

– Por que eu ia olhar para trás quando posso olhar para *você*? – retrucou ele, com um sorrisinho.

E agora estávamos no personagem. Malcolm e Laird já estavam filmando tudo.

Arqueei as sobrancelhas.

– A gente terminou por um motivo, Drake. Um bom motivo.

Ele se debruçou sobre a mesa e beijou minha mão.

– É. Eu sei.

Fiquei um bom tempo olhando para ele.

– Sinto sua falta – sussurrei.

Ele também ficou olhando para mim. Então se recostou na cadeira e tirou alguma coisa do bolso do casaco. Quando estendeu o anel de noivado maravilhoso, eu arquejei. Era uma aliança com uma pérola.

– Eu mesmo encontrei essa pérola – disse ele. – Passei metade da vida procurando por ela, como procurei pela pessoa que ia usá-la.

– Drake! – exclamei baixinho, levando a mão ao peito.

E nem era fingimento. Era lindo. O anel *e* o sentimento.

Deixamos o momento pairar no ar por um tempinho.

– E... fechamos – disse Malcolm, baixando a câmera. – Gênios da tomada única, vocês.

– Ufa! – exclamei, me recostando na cadeira. – Drake, nem sei como agradecer.

– Que tal ouvindo uma breve apresentação da startup em que estou interessado?

Inclinei a cabeça.

– Você quer que eu invista?

Aquilo era estranho. Drake era multimilionário ou algo do tipo. Não precisava do *meu* dinheiro.

– Desconfio que você vai querer participar dessa desde a fundação – respondeu ele, e fez um gesto indicando a alguém atrás de mim que se aproximasse.

Eu virei para ver quem era.

Brent estava se aproximando.

– Não. Você está de brincadeira, Brent? Ligou para o *Drake*?

Brent sugou o ar entre os dentes.

– Ele é o único outro rico que eu conheço – disse, se aproximando com as mãos fechadas em frente à boca.

Balancei a cabeça.

– Não. Você não vai enfiar o Drake em um dos seus esquemas de enriquecimento rápido...

– Não é nada disso, Borboleta – disse Drake. – Ouça o que ele tem a dizer. Confie em mim.

Olhei de um para outro. Drake estava com aquele seu sorriso fácil, e Brent parecia um cachorrinho pedindo para voltar para casa.

Cruzei os braços.

– *Tá.* Mas só porque foi *você* que pediu – falei para Drake.

Brent abriu um sorriso largo e fez uma dancinha.

– Alguém poderia apagar a luz? – pediu ele, virando-se de volta na direção de onde viera.

Laird e Malcolm se sentaram conosco à mesa.

Joel apareceu e começou a distribuir catálogos de aparência bastante profissionais à nossa frente. Brent ligou um pequeno projetor sobre um tripé.

Uma apresentação de PowerPoint surgiu na parede.

Tá... Até o momento, era um pouco mais do que imaginei. Eu tinha que admitir que já estava um pouquinho impressionada, embora ainda com certa cautela.

Brent assumiu seu posto em frente à nossa mesa e pigarreou.

– Roupas femininas não têm bolsos – disse, e deixou a frase no ar por um instante. – Estou aqui para falar sobre um novo produto, exclusivo e inovador, inspirado por minha irmã Vanessa, e pelo truque que ela inventou para driblar o fato de que nenhuma de suas roupas bonitas tinha um lugar para guardar o hidratante labial.

Drake olhou por sobre o ombro e sorriu para mim.

Brent avançou para uma foto de nós dois fazendo bonecos de neve, cinco anos antes.

– Criada em Minnesota, minha irmã mais velha, Vanessa, amava estar ao ar livre. E qualquer um que conheça minha irmã sabe que ela é obcecada por hidratante labial. Aquele do tubinho amarelo com tampa vermelha, sabe? – Ele avançou para a foto de um tubo do hidratante. – Excelente produto, mas o gosto é uma merda. Desculpe, Vanessa, mas é.

A plateia deu uma risadinha, e o cantinho dos meus lábios quis se curvar.

– Além do sabor questionável, o hidratante fica duro quando está frio, e não sai do tubo. Então, para contornar esse problema e o fato de que suas roupas não tinham bolso, minha irmã guardava o hidratante no sutiã, para mantê-lo aquecido. Infelizmente, dava para ver a tampa vermelha embaixo da camiseta. Nada sexy.

Ele avançou para uma foto minha. Estava com 18 anos, de luvas e gorro, sorrindo na entrada da garagem de casa, uma pontinha vermelha saindo do peito. A tampa do hidratante.

– Isso me deu uma ideia – continuou ele. – E se fizermos um hidratante labial que não tenha gosto de merda? Com uma fórmula que amolece junto ao calor do corpo. O tubo é macio, então ele se molda ao corpo e não é possível vê-lo através das roupas. Só com ingredientes naturais, orgânicos, sustentáveis e com fator de proteção. *E* o tubo é biodegradável. Vem com uma semente e, ao ser enterrado, ele se decompõe. No lugar, nasce uma flor. Presenteável, ecológico, ousado, bem millennial. – Ele avançou para a foto de um brilho labial. – Senhoras e senhores, apresentamos o BoobStick.

Joel surgiu com uma bandeja e foi distribuindo protótipos na mesa à nossa frente. Peguei um.

Era fofo. Instagramável. Cor-de-rosa, com um desenho floral delicado azul-petróleo na frente.

Todos tiraram a tampa e experimentaram o hidratante. Passei um pouco nos lábios e lambi. Tinha gosto de goiaba. Um gosto bom. *Muito* bom.

Brent continuou a apresentação.

– À sua frente estão previsões de venda e projeções de retorno, uma análise do mercado e planos completos de marketing, fabricação e operação. Como podem ver, os custos de produção são baixos e, em razão da originalidade do produto, acreditamos que podemos vender a um preço mais alto que os concorrentes. Nosso site já está no ar.

Ele avançou para a imagem de um site de aparência bastante profissional, que combinava com a arte da embalagem.

– Oferecemos vários sabores. E lançaremos produtos adicionais ao longo dos próximos dezoito meses. Hidratantes para as mãos, sais de banho. Também temos o DipStick, um produto de gênero neutro para consumidores que não têm bolso nem usam sutiã – explicou ele, e deu uma piscadinha para Drake. – Focamos em varejistas, como a loja de artigos femininos Anthropologie e os supermercados Trader Joe's e Whole Foods. Lançaremos a marca no próximo evento esportivo do Drake, como brindes de boas-vindas nos quartos de hotel, apresentando o produto a uma lista VIP de influenciadores.

Abri a pasta de aparência bastante profissional que estava à minha frente e dei uma olhada nos gráficos e números. Aquele *definitivamente* não era o modus operandi do Brent. Ele estava sempre atrás de gratificação imediata em seus empreendimentos, mas aquilo? Devia ter exigido meses de dedicação. Mais. Todo aquele trabalho…

– É incrível – sussurrei, olhando para ele.

Meu irmão abriu um sorrisinho.

– Estou falando sério, Brent. É incrível. Você que pensou nisso? Teve essa ideia sozinho?

Ele sorriu.

– Sim. Você pagou minha faculdade de Administração, lembra? Só que achou que eu não estava prestando atenção.

Dei risada e olhei para a embalagem de hidratante labial. Eu compraria aquilo. Era algo que a gente encontraria ao lado do caixa na Sephora.

– Tive uma ajudinha com o design – disse Brent. – É da Annabel, na verdade. Sabe, antes de…

Olhei para ele.

– Annabel fez isso?

– Sozinha. O site também. Ela é muito boa. E a ideia da semente foi do papai. Lembra aquela vez do broto de chia no tapete? Que o papai simplesmente deixou e de repente parecia que tinha um gramado crescendo na sala?

Soltei uma risada curta.

– Meu Deus, lembro.

– Ah, e meu primeiro investidor é uma pessoa que você conhece – disse ele. – Espero que não fique brava. Pedi a ele que não falasse nada. Adrian me deu um pequeno empréstimo para os materiais de apresentação.

Meu coração acelerou.

– *Sério?*

– Eu fiz uma apresentação para ele no banheiro do hospital.

Meu queixo caiu.

– Está brincando?

– Ele não ficou bravo – explicou Brent. – Concordou que eu enviasse o plano de negócio. E gostou. Me mandou o dinheiro no dia seguinte. Aliás, ouvi o que você disse sobre a coisa da aranha. – Ele sugou o ar por entre os dentes. – Sinto muito. Achei bem estranho ele não retribuir o beijo. Joel e eu achávamos que ele estava a fim de você.

Bufei.

– Não foi a primeira vez que avaliei mal uma situação essa semana – resmunguei, voltando a olhar a embalagem.

Brent deu mais um passo na minha direção.

– Vanessa, Adrian acredita no negócio. Drake também.

Eu não os culpava por isso. Também estava acreditando.

– Minha resposta é sim. Eu contribuo com o que você precisar.

Brent deu um gritinho, e Joel se jogou em cima dele. Eles se abraçaram e comemoraram, rodopiando pelo restaurante.

Drake inclinou a cabeça para mim

– Você não pode dar *tudo*. E eu? Também quero investir.

Balancei a cabeça, vendo Brent e Joel comemorarem.

– Estou surpresa por você ter deixado que ele apresentasse a proposta para mim. Você podia ter investido e ficado com todo o negócio para você.

Drake deu uma risada bem-humorada.

– Eu bem que queria. Até ofereci. Mas era importante para ele que você investisse.

Franzi o cenho.

– Eu? Por quê? Achei que ele não se importasse, desde que conseguisse o dinheiro.

Drake pareceu achar graça.

– Ele quer sua aprovação, Vanessa. Quer que você tenha orgulho dele. Quer isso mais que tudo. Mais que o dinheiro.

Meu sorriso se desfez.

Queria mesmo?

Brent olhou para mim por sobre o ombro. O sorriso largo.

Talvez ele quisesse *mesmo* minha aprovação. Eu não conseguia imaginar que a do papai tivesse muita importância.

E eu *estava* orgulhosa dele. Muito orgulhosa. E decidi ali mesmo que, enquanto estivesse por perto, sempre faria questão que ele soubesse disso.

21

O GUIA DEFINITIVO PARA SAIR DA FRIEND ZONE

Adrian

Vanessa mandou mensagem dizendo que chegaria em cinco minutos, mas já tinha se passado uma hora desde então. Eu tinha passado por uma sinfonia inteira de emoções, nenhuma boa. Acabei me enterrando no mau humor, e não planejava mudar isso.

Estava magoado por Vanessa ter dito que se arrependia do beijo e que fora um erro. Estava irritado por ela não ter me contado sobre Drake. Estava com ciúme, frustrado e com medo de perdê-la para aquele cara.

O cara do método da curandeira...

Grace parecia ter gostado. Não sei por que isso me irritava mais que tudo o que tinha acontecido naquele dia.

Grace estava com o cheiro dele. Tive que dar um banho nela. Era um cheiro de incenso.

Eu estava sentado à mesa de jantar com meu notebook e a babá eletrônica ao lado, tentando zerar a fila de e-mails, quando Vanessa finalmente entrou em meu apartamento. Harry estava ao lado da mesa, na caminha, e ergueu a cabeça ao ouvi-la entrar, rosnando como se também estivesse bravo com ela.

– Desculpe o atraso – disse ela, fechando a porta. – Tinha uma multidão em frente ao restaurante. Tive que autografar umas duzentas esponjas. E acho que alguém cortou uma mecha do meu cabelo...

Não olhei para ela.

– Troquei a fralda da Grace há mais ou menos uma hora. Ela estava um pouco agitada. Dei o remedinho para gases, e agora ela parece bem. Está no cercadinho no escritório, dormindo.

Então afastei a cadeira, me levantei e fui até o bar.

– Bom, alguém está de mau humor – comentou ela, atrás de mim.

Tirei a rolha do Bourbon.

– Seu ex tem alguma camisa ou será que os mamilos dele queimaram de tanto frio? – resmunguei.

– Drake? Ele deve ter uma camisa, sim. Usou uma na capa da *People* quando foi eleito o Homem Mais Sexy.

Bufei.

Ouvi quando ela largou a bolsa.

– O que houve com você? – perguntou.

– Por que você nunca me falou sobre ele? – rebati, sem olhar para ela.

– Hum... por que eu falaria?

– Ele claramente é importante para você – retruquei, despejando gelo em um copo. – A gente conversa. Eu achava que a gente não escondia as coisas um do outro.

– É, eu também achava isso. Mas você não veio correndo me contar que emprestou dinheiro para o *Brent*.

Virei a fim de olhar para ela, que estava de braços cruzados.

– Ele pediu que eu não contasse – argumentei. – Era algo entre mim e ele, e você teve que esperar ao todo 48 horas para ficar sabendo. Não é a mesma coisa que esconder um relacionamento.

– Eu *não* escondi Drake.

– Bom, também não deixou muito claro.

Ela revirou os olhos.

– Só vivendo em um buraco para não saber sobre o Drake. E eu nunca falei dele porque achei que não valia a pena.

– Tá – falei, e voltei a preparar meu drinque, colocando a rolha de volta na garrafa. – Eu achei que você não namorasse.

Vanessa riu.

– É sério? Você está mal-humorado porque eu tive um encontro? Quer que eu fique triste e sozinha em solidariedade a você? É isso?

Larguei o copo, me virei e cruzei os braços.

– Você vai voltar com ele?

Ela ergueu as mãos em um gesto exasperado.

– O que isso importa? Você nem me quer.

Fiquei olhando fixamente para ela, incrédulo.

– Você deixou bem claro, desde o primeiro dia, que não tem nenhum interesse em mim além da amizade. Isso era o que *você* queria – falei, apontando para ela. – *Você* queria só amizade, *você* estabeleceu o limite. *Eu* respeitei. Aí você me beijou, disse que foi um erro, e *eu* sou o vilão da história?

Vanessa levou a mão ao peito.

– *Eu* estabeleci o limite?

– Você vai voltar com ele? – perguntei mais uma vez.

Ela riu.

– Não. Prefiro um homem que seja bem menos gay.

Deixei os braços caírem ao lado do corpo.

– Ele é gay? Desde quando?

Vanessa deu uma risadinha.

– Desde que nasceu.

Encarei Vanessa de queixo caído.

– Mas… e o que foram todos aqueles vídeos?

– Adrian, tem um pouco de teatro no que eu faço. Drake e eu passávamos muito tempo juntos porque ele estava namorando meu câmera, Laird. Ele não estava pronto para sair do armário. As pessoas acreditaram no que queriam acreditar. O jantar de hoje foi uma colaboração. Ele vai anunciar o noivado e soltar como isca um vídeo chamado "Ele fez o pedido!", com cenas de nós dois em um restaurante e ele me mostrando um anel gigante. É clickbait. Quando a pessoa assistir ao vídeo inteiro, vai ser ele me convidando para o casamento. Isso atrai visualizações e novos inscritos para nós dois. Ele me fez um favor.

Eu estava atônito.

– Então você não está saindo com ele.

– Não! Não estou saindo com ninguém. E é provável que nunca mais saia, se isso te consola – respondeu ela. – E não se preocupe. Nunca mais vou tentar beijar você. Foi nojento, né? – Sua voz saiu embargada na última palavra.

Balancei a cabeça.

– Eu não te entendo. Você *queria* que eu retribuísse? Queria rebaixar nossa amizade por algo que não tem significado nenhum para você? Queria só uma noite? Isso não é um jogo para mim, Vanessa. Beijar você tem *significado* para mim.

Ela piscou, os olhos cheios de lágrimas.

– T-tem mesmo?

– É *claro* que tem. Como você pode perguntar uma coisa dessas?

Ela fungou.

– Mas... mas você não retribuiu meu beijo.

– Você estava *bêbada* – falei. – Tão bêbada que eu tive que te carregar até seu apartamento. Não beijo mulheres embriagadas. Nem quando estou a fim. E quando você disse que foi um erro, que você...

Não terminei a frase. Não consegui.

Fiz uma pausa longa, virando de costas para ela. Então passei a mão na barba e olhei em seus olhos.

– Eu quis beijar você quase todos os dias desde que nos conhecemos.

Pronto. Eu tinha aberto o jogo.

Vanessa me encarou fixamente, sem palavras. Chocada.

Nunca mais seria igual depois daquilo.

Fiquei me perguntando qual seria o tamanho do estrago, se ao menos continuaríamos amigos. Talvez pudéssemos superar aquele tropeço de embriaguez. Mas não aquilo. Meus sentimentos unilaterais eram demais para superar.

Fiquei esperando a decepção que sabia que viria. Um "eu não vejo você assim" ou "não é você, sou eu".

Ela me encarou com os olhos arregalados e pesarosos.

– Adrian, eu também quis beijar você quase todos os dias desde que nos conhecemos.

Aquilo foi como uma tempestade abrindo uma porta com força. Um caos começou dentro de mim. Meu coração acelerou e a esperança me atravessou.

Um sorrisinho curvou os lábios dela.

– E não estou bêbada agora...

Abri um sorriso largo e fui em sua direção, antes mesmo que ela respirasse mais uma vez.

22

DESCUBRA O TRUQUE SECRETO PARA UM ABDÔMEN PERFEITO!

Vanessa

Seu corpo colidiu contra o meu.

Colidiu mesmo. O impacto me deixou sem fôlego e senti um frio na barriga que desceu até minha virilha.

Suas mãos alisaram meu cabelo, a barba arranhou meu rosto e os lábios quentes pressionaram os meus…

Isso.

Foi o beijo que ele não me deu na noite anterior. O beijo que era mil beijos acumulados e concentrados em um só. Fazia semanas que Adrian estava se segurando. E eu sabia disso porque também estava.

– Não acredito que você foi ao Vermilion sem mim – sussurrou ele, sem afastar os lábios dos meus, sorrindo.

– Não gostei da comida.

Ele mordeu meu lábio inferior de leve.

– Mentirosa.

Adrian sorriu, ainda sem afastar os lábios dos meus, e voltou a me devorar.

Ah, meu *Deus*, como ele beijava bem.

Os beijos foram percorrendo meu queixo, o pescoço, a pele nua da minha clavícula. Arquejei, jogando a cabeça para trás. Eu ainda estava de casaco, que ele tirou dos meus ombros até que ficasse preso nas minhas costas pelos cotovelos. Deixei que o casaco caísse no chão.

Sua respiração estava irregular. Ele já estava duro. A ereção pressionava sua calça e a parte da frente do meu vestido.

– Vamos para o seu quarto – falei baixinho.

Adrian me pendurou no ombro. Dei um gritinho, e ele foi em direção à porta do quarto.

– Espera, espera! A babá eletrônica! – exclamei, rindo e batendo em seu ombro.

Ele voltou e me abaixou perto da mesa para que eu pegasse o aparelho, também rindo. Então me carregou direto para o quarto.

Eu nunca tinha entrado ali antes. A sensação era a de ter sido levada para dentro de sua toca, uma espécie de santuário escondido que eu nunca tinha sido convidada a explorar.

Tinha o cheiro dele e era exatamente como o restante do apartamento. Móveis escuros e roupa de cama cinza, tudo limpinho e organizado. Eu queria dar uma olhada no cômodo, mas estava ocupada com atividades mais urgentes.

Adrian me sentou na beirada da cama e ficou em pé entre minhas pernas, me beijando. Então estendeu os braços e abriu o zíper do meu vestido.

Puxei seu cinto, e ele tirou a camisa. Então deu um passo para trás a fim de se livrar da calça enquanto eu tirava o vestido. Quando ele se desfez da cueca e seu pênis se libertou, fiquei paralisada ao soltar um dos braços do sutiã.

– Mas o que... – falei baixinho.

Era incrível.

De tirar o fôlego.

Foi como aquele momento em um restaurante hibachi quando o chef faz um truque maluco com o arroz e você se dá conta de que o show vai ser bom.

Virei e peguei o celular em cima da mesinha de cabeceira.

– O que está fazendo? – perguntou ele.

– Ligando para Kristen. Ela precisa saber que a profecia é verdadeira.

Ele deu uma risadinha.

– Bom, isso não pode esperar um pouco?

Voltei a olhar para ele.

– Mas e se eu precisar de dicas? Práticas melhores? Não estou preparada para isso, Adrian – respondi, olhando para seu pênis. – Meu Deus, é por isso que você tem essa barriga sarada. Toda vez que levanta está fazendo abdominal. É como se tivesse um halter de 10 quilos pendurado.

Adrian subiu na cama, seu corpo deslizando sobre o meu. Terminou de tirar meu sutiã e começou a beijar o espaço entre meus seios, descendo pela barriga.

O calor irradiava daquela coisa como se fosse um sabre de luz. Fiquei observando sua cabeça descer pelo meu corpo.

– Quer dizer, e se eu não conseguir fazer ele subir? – perguntei baixinho.

Seus dedos envolveram o cós da minha calcinha e desceram por minhas coxas.

– Pode deixar o trabalho pesado comigo – disse ele, jogando a calcinha por sobre o ombro.

Então estendeu a mão, abriu a gaveta da mesinha de cabeceira e pegou uma camisinha. Abriu a embalagem com os dentes. Era extragrande. Ainda assim eu achei que pudesse não caber.

Sentei apoiada nos cotovelos para assistir à cena. Ele colocou a camisinha enquanto me comia com os olhos. Percebi quanto me desejava. Parecia prestes a me comer até eu atravessar a cabeceira, e eu não via a hora.

Precisava saborear cada segundo. Roçar meus lábios em cada superfície que passei as últimas semanas cobiçando descaradamente. Eu ia tratar seu corpo como uma sobremesa ao final de uma refeição incrível – porque era isso mesmo que Adrian era. O grand finale de uma vida bem vivida. A cereja do bolo.

Ele provavelmente seria o último homem com quem eu ia transar.

E me dei conta de que isso seria verdade mesmo que *não* fosse provável que eu estivesse morrendo.

23

CONFIRA QUAL CELEBRIDADE É SUA ALMA GÊMEA!

Adrian

O sexo *nunca* tinha sido assim. Dizer que foi divertido seria o maior eufemismo da vida. Vanessa era tão brincalhona na cama quanto fora dela, e não tinha dificuldade nenhuma de pedir o que queria. Parecia que nunca era o suficiente para nós dois. Acordamos um ao outro no meio da noite. Eu tinha dormido umas três horas.

Amei sua linguagem de afeto única. Ela subiu em cima de mim e explorou meu corpo; se pendurou em meu pescoço e beijou meu pomo de adão, me abraçou por trás enquanto eu preparava um lanche para nós dois no meio da noite, saltou de cima de mim e voltou como um bumerangue. Ela me abriu um sorriso largo, se aninhou em mim, se empoleirou em meu colo, me encheu de beijos. Minha vontade era ter desbloqueado aquela fase antes. Queria que tivéssemos nos conhecido anos antes. No ensino médio. Na escola. Em uma vida passada. Todo o tempo sem ela me parecia tempo perdido.

Era manhã de terça-feira e eu estava me arrumando para ir ao escritório. Tinha trabalhado na defesa de Annabel durante o fim de semana. Ela ia ter alta do hospital e seria transferida diretamente para uma clínica de reabilitação em Iowa. Sonja e Gerald iam levá-la.

Ela pediu que Vanessa não fosse. Não queria vê-la. Estava brava com a irmã, provavelmente por ter cortado seu cartão e cancelado o celular. Vanessa pareceu magoada, mas estava feliz por Annabel ter conseguido ajuda.

Fiquei em pé ao lado da cama, colocando a gravata, sorrindo para a mulher adormecida enrolada em meu edredom.

Amei ter Vanessa em minha cama. Amei acordar e poder abraçá-la em vez de olhar para a parede que nos separava e esperar que ela acordasse e respondesse a minha mensagem. Amei o cheiro do seu cabelo nos meus travesseiros e as coisas que ela disse quando já estava meio dormindo. Amei poder acordar com Grace e levá-la até minha cama para que mamasse entre nós dois, como se fôssemos uma família.

Meu sorriso se desfez.

Grace.

O melhor cenário possível seria Annabel se livrar do vício e levar a filha de volta. Assim eu poderia vê-la. E, com Annabel a caminho da reabilitação, as chances eram boas.

Era outra coisa que me incomodava. O motivo pelo qual Vanessa não podia adotar Grace.

Ela logo voltaria a trabalhar.

Aliás, assim que Grace fosse embora, Vanessa também iria. E eu não gostava nada dessa possibilidade.

Vanessa viajava tanto que nem tinha uma casa na cidade. Suas coisas ficaram dois anos guardadas em um depósito. Ela só alugara um apartamento porque queria passar alguns meses na cidade, ajudando a irmã com a bebê. Aí acabara ficando com Grace de vez e se vira presa ali. Mas quando aquilo terminasse… como eu – *nós* – me encaixaria naquela vida?

Eu não andava de avião. E mesmo que andasse, não podia deixar o trabalho durante semanas para viajar pelo mundo com Vanessa. E ela não podia ficar na cidade fazendo vídeos. Não por muito tempo. Já estava com dificuldade de pensar em conteúdos para isso…

Mas eu estava tentando não olhar para o Sol.

Faltavam meses para Annabel completar o tratamento de noventa dias. Depois disso, ela iria para uma residência supervisionada. Não ia poder levar Grace. Ou seja, Vanessa ia demorar meses para voltar a viajar. Tínhamos tempo para pensar no que fazer.

Vanessa se mexeu, e eu sorri para ela. Ela olhou para mim, ainda sonolenta.

– Aonde você vai? – perguntou, esfregando os olhos.

– Preciso trabalhar.

Ela fez um biquinho.

– Aaaah. Fique comigo.

– Não posso – respondi, sorrindo e dando um nó na gravata. – Troquei a fralda da Grace e dei uma mamadeira. Dei os remédios do Harry e um pouco de comida. Satã está alimentado.

Ela riu. Jogou a coberta e se espreguiçou como um gato.

Estava nua.

Minhas mãos ficaram paralisadas na gravata.

Vanessa me olhou por sobre o ombro e abriu um sorrisinho travesso. Então pegou a camiseta, vestiu e foi para o banheiro escovar os dentes. Quando saiu, vestiu a calça do pijama.

– Aonde você vai? – perguntei.

Ela deu de ombros.

– Você vai sair. Tenho que ir para casa.

Vanessa ficou de joelhos na cama e me abraçou, apertando minha cintura.

– Você não vai para casa – falei, sorrindo. – Não quero que você vá para casa *nunca* mais. Aliás, acho que a gente devia abrir uma passagem entre os dois apartamentos. Usar o seu como closet.

Ela deu risada e sorriu para mim, o queixo apoiado em meu peito.

– Então posso ficar aqui enquanto você trabalha?

– Vou te dar uma chave.

– Vou bisbilhotar seu armário de remédios.

– Me avise se tiver algum vencido.

Vanessa abriu um sorrisinho.

– O que isso quer dizer? Que estamos namorando? – perguntou ela, erguendo as sobrancelhas.

Alisei seu cabelo e olhei para ela, bem sério.

– Esse rótulo não está à altura do que existe entre nós dois.

Eu estava falando sério. Parecia insuficiente.

Ela abriu um sorriso largo.

– Ei, já que estamos namorando, podemos parar de usar camisinha se você quiser. Mas primeiro temos que fazer todos os exames – disse ela, agora séria.

– Tá bom.

Não era má ideia. Eu sempre usava camisinha, mas era bom garantir.

– E o método anticoncepcional?

Ela deu de ombros.

– Eu fiz laqueadura.

Fiquei surpreso.

– O quê? *Por quê?*

– Porque não quero engravidar sem querer e transmitir meus genes de merda.

– Tá...

Seu sorriso se desfez.

– Isso te incomoda?

– Não. Na verdade, não. Existe mais de um jeito de ter filhos. E por mim tudo bem se você não quiser. Só que é um procedimento definitivo.

– Bom, eu precisava de uma solução definitiva. Demorei um tempão para encontrar um médico que topasse. Onde já se viu uma mulher de 20 anos que sabe o que quer fazer com suas trompas? – disse ela, mordiscando meu lábio. – Comprei um presente de Natal para você – sussurrou, sem afastar os lábios dos meus.

Fiz um barulhinho no fundo da garganta e quis beijá-la mais uma vez, mas ela balançou a cabeça e colocou os braços em volta do meu pescoço.

– Preciso te dar o presente agora para que você possa pensar.

Abri um sorriso.

– Tudo bem. Então me dê agora.

Ela mordeu o lábio e sorriu para mim

– Consegui uma reserva para nós no Badger Den.

Afastei o rosto do dela e abri um sorriso largo.

– Sério? Para quando?

– Amanhã.

Ahhhhhhh. *Merda.*

– Já sei o que você vai dizer, mas eu tenho um plano.

– Eu não ando de avião. Você sabe disso.

E definitivamente não podia mais faltar ao trabalho.

– Eu sei que você *acha* que não consegue. Mas me ouça – disse ela. –

Pensei muito nisso. Jantamos no aeroporto hoje. Chegamos lá três horas antes do voo. Tem um lugar lá que eu amo, e podemos ficar bem bêbados e observar os aviões na pista, como se fosse uma dose de terapia imersiva. São só três horas de voo, e comprei primeira classe. Estaremos em nossas poltronas com uma bebidinha e teremos bastante tempo para que você fique à vontade e se acostume com o avião, antes mesmo que ele se afaste da ponte de embarque. Baixei a quinta temporada de *The Office* para a gente assistir durante o voo e pedi à Mulher da Ioga que preparasse um óleo essencial de lavanda e eucalipto para a sua ansiedade. Aí, chegando lá, vamos para um hotel cinco estrelas incrível à beira da praia e depois jantamos no Badger Den. É uma motivação e tanto para você superar seu medo.

Passei a mão no rosto.

– E se eu não conseguir entrar no avião?

Vanessa deu de ombros.

– Aí a gente não entra. Só estou pedindo que você *tente*.

Suspirei. Acho que um dia eu ia ter que resolver a questão. Minha namorada tinha um vlog de viagens. A gente ia ter que andar de avião. Se eu não conseguisse, não poderia ir com ela quando *pudesse* tirar uns dias de folga. E ela tinha razão, o Badger Den era uma recompensa e tanto – mesmo que fossem três horas de um verdadeiro inferno, como eu tinha certeza de que seria.

– Quem vai ficar com Grace? – perguntei, sério.

Ela abriu um sorriso com aquela animação que era sua marca registrada.

– Meu pai e Sonja. Ela disse que vai ser bom pra ele ver que seus esforços trazem recompensas.

– E Harry Puppins?

– Becky. Já mandei mensagem.

Arqueei as sobrancelhas.

– Você conversa com a minha assistente?

– Eu converso com todas as pessoas da sua vida. Elas também fazem parte da minha agora, lembra?

Dei uma risada curta.

– Vamos. Por favooooor? – implorou ela, fazendo uma dancinha.

Pensei mais um pouco.

– Tá. Vamos tentar.

Ela bateu palmas, animada.

– Tá. Então tenho uma dica para você. Vou dar uma de coach.

Abri um sorriso largo.

– Qual é a dica?

– Não fique pensando no voo agora. Deixe para pensar quando estiver acontecendo.

Esfreguei a testa.

– É, tenho a sensação de que vai ser impossível.

– Sabe quando você está atrasado e fica todo estressado? Eu não faço isso. Nunca. Se preciso estar em um lugar às duas e sei que só vou conseguir chegar às duas e meia, não me permito ficar estressada enquanto não der duas horas. Porque, enquanto isso não acontecer, eu não estou atrasada. Só ficaria estressada por algo que ainda nem aconteceu.

– É, mas você sabe que vai acontecer.

– Isso é olhar para o Sol, Adrian. Que se dane o que vai acontecer. Não fique pensando nisso. Neste caso, no que *pode* acontecer. Quem sabe? Pode ser que você chegue lá e perceba que era tudo coisa da sua cabeça. Que entre no avião e descubra que é mais forte do que imaginava, capaz de tudo – disse ela, e sorriu para mim. – E você é. Nunca conheci ninguém mais forte que você.

Vanessa me deu um beijo carinhoso. Então saltou da cama e foi para o banheiro. Fiquei olhando em sua direção e esperei que a porta fechasse para levar a mão ao peito, o coração acelerado. Eu já estava com falta de ar e a gente ainda nem tinha saído do apartamento. Preocupante.

O dia não foi bom. Não consegui me concentrar no trabalho. Ficava pensando no voo. Aquilo era ridículo, e comecei a ficar irritado.

Qual era o problema? Seriam três horas. E só. Eu podia passar três horas fazendo qualquer coisa. Passei uma semana em uma prisão entrevistando um cliente que esquartejou o vizinho com um machado. Não podia entrar na droga de um avião?

Tentei não pensar naquilo, como Vanessa disse. Ela tinha razão. Talvez, se eu não ficasse remoendo, conseguisse apenas arrancar o band-aid. Entrar no avião e simplesmente ir.

Dez horas depois, estávamos no estacionamento do aeroporto. Tínhamos deixado Grace na casa do pai de Vanessa. Nossa bagagem estava no porta-malas. Tínhamos feito o check-in on-line, e Vanessa aplicara o óleo essencial em meus pontos de pressão. Ela segurou minha mão durante todo o trajeto.

Tive um ataque de pânico antes mesmo de sair do carro.

24

7 CIDADEZINHAS QUE VOCÊ PRECISA VISITAR AO MENOS UMA VEZ NA VIDA (VOCÊ VAI *AMAR* A ÚLTIMA)

Vanessa

Estávamos na ruazinha principal, minúscula, que tinha uma guirlanda logo na entrada. Era véspera de Natal e tínhamos acabado de chegar a Nebraska para passar as festas com os pais de Adrian.

Todas as lojas estavam enfeitadas com luzinhas e guirlandas. Caía uma neve suave e, nas calçadas, as pessoas andavam apressadas, encasacadas e com sacolas nos braços.

– Essa cidade parece cenário de filme – falei, acariciando Harry Puppins em meu colo. – Eu me sinto como uma garota da cidade grande que está prestes a descobrir o espírito do Natal com um solteirão charmoso vestindo um suéter de rena.

Adrian riu.

– Espero que não, já que não tenho um suéter desse – respondeu, e seu sorriso se desfez. – Desculpa – disse, mais uma vez. – Eu queria que a gente pudesse vir de avião.

Já se passaram quatro dias desde o ataque de pânico no aeroporto, e ele continuava pedindo desculpas. Não precisava fazer isso.

– Está tudo bem – retruquei, mais uma vez. – Eu disse que reconheço seu esforço por ter tentado.

Ele retesou a mandíbula.

– Não está tudo bem.

– Quando eu tiver que viajar para fora do país, vou sem você – falei. – E volto o mais rápido possível.

As rugas em sua testa ficaram ainda mais fundas. Aquela sugestão claramente não ajudou em nada.

Coloquei a mão em seu braço.

– *Ou*... podemos fazer viagens locais para eu poder ficar com você. Quem sabe uma série sobre as melhores pousadas de Minnesota. E, quando você tiver uns dias de folga, podemos fazer cruzeiros e viagens de carro, como esta. Alugamos um trailer e exploramos todos os campings legais. Vamos dar um jeito. Não é nada de mais.

Mas percebi pela tensão em seu corpo que era, sim.

Ele estava decepcionado consigo mesmo. Não estava acostumado a fracassar. Em *nada*.

– Eu meio que imaginei que isso pudesse acontecer – admiti. – Tenho um presente de Natal reserva e tudo.

Adrian olhou para mim com um sorrisinho fraco.

Acho que, além de tudo, ele estava estressado com o fim de semana, porque ia reencontrar o pai. Meu plano era apaziguar a situação. Ia garantir que o Natal dele fosse bom, independentemente do que acontecesse. Eu o enfiaria dentro de um armário para um boquete se fosse preciso.

E meio que estava torcendo para que isso acontecesse.

Seguimos por mais uns dois minutos e viramos em uma rua arborizada, que levava a uma bela casa em estilo vitoriano. Adrian parou o carro atrás de uma caminhonete antiga. Não fez menção de descer.

– Chegamos? – perguntei, olhando para ele.

Ele ficou sentado, olhando para a casa.

– Faz quase vinte anos que não venho aqui – disse, baixinho.

– E o que achou?

– A casa está ótima. Parece que ele cuidou bem dela.

Voltei a olhar pelo para-brisa. Parecia exatamente o tipo de casa que cheirava a canela. Tinha luzinhas brancas piscantes de Natal penduradas no beiral e uma guirlanda enorme fora colocada na porta. Parecia até o interior de um globo de neve.

– Por que você nunca mais veio aqui? – perguntei.

Adrian apoiou o cotovelo na janela e esfregou a testa.

– Eu vinha todo verão. Todos vínhamos. Todos os primos. Era a casa dos meus avós. Parei de vir quando meu pai foi embora.

– Por quê?

Ele balançou a cabeça de leve, ainda olhando pelo para-brisa.

– Não queria correr o risco de encontrar meu pai. E não podia deixar minha mãe sozinha. Ela desmoronou.

Bufei.

– Ah, eu sei *bem* como é isso. Ser a única pessoa com a cabeça no lugar – resmunguei. Voltei a olhar para a porta. Havia um pinheiro iluminado em cada lado da entrada. De muito bom gosto. Todas as janelas iluminadas com luz quente. – É uma casa legal.

– Está na família desde sempre. Meu tio comprou quando meu avô morreu. Aí ele se aposentou e foi para a Flórida. Vendeu a casa para Richard no começo deste ano – disse ele, com uma pausa. – Fico feliz por minha mãe morar aqui. Ela gosta de casas assim. Sempre amou vir aqui.

Estreitei os olhos.

– Aquilo na frente da caminhonete é um limpa-neve? – perguntei, olhando para o carro estacionado à nossa frente, entre a casa e a garagem.

– Todo mundo que mora aqui tem que ajudar. Eles não têm muita infraestrutura. Minha mãe disse que Richard também está na assembleia da cidade.

– Uau. E você só com um trabalho e nenhuma aspiração política. Estou meio decepcionada.

Ele abriu um sorriso, mas não fez menção de sair do carro. Ficamos sentados ali, olhando para a casa em silêncio.

– Eu dizia para todo mundo que odiava vir aqui – disse ele, baixinho.

– Por quê?

– Porque não podia vir. Era mais fácil fingir que não queria. Não queria que minha mãe se sentisse mal por eu ficar com ela. E não queria admitir nem pra mim mesmo que sentia falta desta casa – respondeu ele. Mais uma pausa. – Acho que, se a decisão de não vir fosse minha, significava que eu tinha o controle da situação. Ainda que na verdade não tivesse.

Soltei um suspiro.

– Mecanismos de defesa. Não é incrível o que fazemos pra ficar bem? Pelo menos você teve a oportunidade de voltar – falei. – E, ei, talvez seu quarto de infância não esteja cheio de bicicletas enferrujadas.

Ele deu risada.

Grace fez um barulhinho no banco de trás e foi nossa deixa para sair do carro. Ela logo precisaria de uma troca de fralda e uma mamadeira.

Adrian respirou fundo e abriu a porta do carro. Na mesma hora, a porta da casa abriu e um homem desceu os degraus correndo para nos receber. Imaginei que fosse o pai do Adrian, porque eles eram iguaizinhos. E qualquer preocupação que eu tivesse com um possível constrangimento entre os dois desapareceu de imediato. O pai dele veio direto para um abraço.

Adrian demorou um pouco, como se antigos reflexos ainda estivessem ativos. Então retribuiu o abraço e logo os dois começaram a chorar.

A mãe do Adrian ficou no topo da escada, assistindo à cena, as mãos cobrindo a boca. Ela também estava chorando.

– Senti sua falta, filho – disse Richard, a voz embargada.

Adrian fez uma pausa breve.

– Eu também.

QUANDO ENTRAMOS, ADRIAN SOLTOU O bebê-conforto e abraçou a mãe. Então se virou para mim com um largo sorriso.

– Mãe, esta é Vanessa. Vanessa, esta é minha mãe, Robin, e este é meu pai, Richard.

Richard estava pendurando nossos casacos quando uma senhora de robe cor-de-rosa apareceu.

– Adrian! Você chegou! – disse ela, pronta para abraçá-lo.

Adrian beijou seu rosto e virou-a na minha direção, segurando-a com gentileza pelos ombros.

– Vó, esta é minha namorada, Vanessa. Vanessa, esta é Audrey.

A senhorinha abriu um sorriso reluzente.

– Adrian! Uma namorada? – disse, cobrindo a boca com a mão e olhando para o neto, os olhos verdes brilhando como os de uma criança. – Você vai se casar? – perguntou, de um jeito bem inocente e doce.

– Eu prometi me casar com ela no dia em que ela fizer 30 anos – respondeu Adrian, com uma piscadela.

Ela se aproximou e me abraçou.

– Ah, graças a Deus – disse. Então me soltou e acariciou meu rosto. – Ela é linda, seu sortudo. Robin, ele vai casar! É um milagre de Natal!

Ela voltou em direção à sala, e eu tive que esconder o riso com uma das mãos.

– Acho que ela gostou de você – sussurrou Adrian, próximo a mim.

– E essa coisa do milagre de Natal...? – perguntei.

Ele deu risada.

– Eu nunca apresentei uma namorada para ela.

Adrian olhou em volta.

– A casa está incrível. Piso de madeira! – disse, olhando para baixo e rindo.

Robin sorriu.

– Estavam embaixo do carpete – respondeu ela, estremecendo de pavor ao mencionar o revestimento.

Era uma casa de revista. E, sim, cheirava a canela.

Havia uma linda escada de madeira logo à entrada, decorada com guirlandas. A sala tinha uma lareira enorme, que estava acesa, e uma árvore de Natal decorada como a de um hotel cinco estrelas.

Cada centímetro da casa parecia ter sido restaurado com o maior cuidado.

– Não consigo nem descrever quanto estou feliz por vocês terem vindo – disse Robin.

– Escolhemos uma garrafa especial de vinho só pra você. De maçã – comentou Richard, sorrindo.

Adrian ficou pálido, e Richard riu.

– Brincadeira – disse.

Richard pegou nossas malas, sorrindo.

– Vamos, vou levar vocês até o quarto para que se acomodem. Jantamos quando estiverem prontos.

Nosso quarto era uma suíte com cama de dossel de mogno e banheira antiga. A lareira já estava acesa, a madeira estalando. Tudo muito romântico. O fim de semana ia ser épico.

Jantamos e depois ficamos bebendo na sala de estar. Robin e Richard eram incríveis, e Adrian passou uma hora colocando a conversa em dia com o pai. A avó cansou e foi dormir cedo. Ela gostou do Harry Puppins e o levou com ela. Adrian e eu ficamos conversando com Richard e Robin mais um tempinho. À meia-noite, encerramos o papo e fomos dormir.

No quarto, Adrian colocou Grace no berço portátil.

Assim que suas mãos estavam livres, ele se aproximou e me beijou. Foi um beijo mais apaixonado que de costume, e fui pega de surpresa.

– Uau – falei, sem afastar os lábios dos dele.

– Obrigado – sussurrou Adrian.

– Pelo quê? – perguntei, sem fôlego.

– Por ter vindo. Por ter me obrigado a vir. Por me fazer ver as coisas de um jeito diferente – respondeu ele, olhando fundo em meus olhos. – Essas festas de fim de ano nunca tiveram muita importância pra mim. Mas este ano elas têm.

– Por quê? – perguntei, sorrindo.

– Porque é o primeiro Natal que passamos juntos. Porque tudo com você é melhor. Porque encontrei uma pessoa sem a qual não consigo viver.

Meu sorriso se desfez.

– Não diga isso.

– O quê? – sussurrou ele.

– Que não consegue viver sem mim.

Ele balançou a cabeça.

– Por quê?

– Porque não é algo legal de se dizer. Não quero saber que você não vai querer viver se eu não estiver aqui. Isso não é um elogio. Na verdade, é meio que meu maior pesadelo.

Adrian sorriu.

– Tudo bem. Então encontrei a pessoa com quem quero dividir tudo na vida. Melhor assim?

– Melhor.

Ele abriu um sorrisinho.

Ergui a cabeça.

– Ei, o que acha de dar Harry Puppins para sua vó?

Ele ficou surpreso.

– Quer dar o nosso cachorro?

Dei de ombros.

– Bom, na verdade ele não é *nosso* cachorro. Somos só um lar temporário. E nosso estilo de vida não é muito propício para ter um cachorro, se pensar bem. Sua vó gostou muito dele. E você percebeu que ele não a mordeu?

Adrian bufou.

– Meu Deus, imagina se aquele cachorro tivesse dentes...

– Imagina se aquele cachorro fosse um dragão...

Adrian soltou uma gargalhada.

– Aposto que sua avó tem alguma coisa que lembra a antiga dona. Podemos combinar com quem fez o resgate e pagar a taxa de adoção, como presente para ela.

Ele pareceu pensar a respeito.

– Acho que você tem razão. Ele *seria* mais feliz aqui. Sempre tem alguém em casa. Vou sentir falta daquele bostinha.

Dei risada.

– Podemos ser lar temporário de outro cachorro se você sentir falta. Salvar outra vida.

Ele sorriu para mim.

– Gosto disso de você ser uma pessoa tão boa. Me faz querer ser bom também.

Rocei meu nariz no dele.

– Você *já é* uma pessoa boa.

Seus olhos mergulharam até meus lábios, então voltaram aos meus.

– Quer ganhar seu presente de Natal?

Inclinei a cabeça para o lado.

– Não quer esperar até amanhã? – perguntei.

– É meia-noite. Já é Natal.

– É seu pau com um laço? Porque, se for, não vejo a hora de abrir.

– Não. Mas esse presente você pode abrir sempre que quiser.

Soltei uma risadinha.

Adrian tirou algo do bolso e o colocou em minha mão. Um envelope pequeno, envolto em um papel de tema natalino.

– É um cartão-presente? – perguntei, abrindo o envelope.

Era uma daquelas latinhas de balas.

– Eu não queria que você adivinhasse o que é antes de abrir – disse ele.

Abri um sorriso e chacoalhei a latinha perto do ouvido. Fez barulho.

Então abri a tampa e arquejei. Fiquei um tempinho piscando, sem acreditar no que via.

Era a aliança da minha mãe.

Estendi a mão trêmula para tocar o anel, como se pudesse não ser real.

– Como você...? – perguntei baixinho.

– Comecei a procurar quando você falou que tinha sido roubada.

Deixei escapar um soluço.

– Adrian... isso é... – comecei a dizer. Então balancei a cabeça e olhei para ele com os olhos cheios de lágrimas. – É o melhor presente de Natal que eu já ganhei – sussurrei.

Ele abriu um sorriso. Então tirou a aliança da latinha, colocou em meu dedo e me deu um beijo. Quando ele se afastou, fiquei ali parada, olhando para a minha mão, tentando conter as lágrimas.

– Obrigada – falei baixinho, e olhei para ele.

Seus olhos verdes se fixaram nos meus.

– Eu te daria o mundo inteiro se pudesse – disse. E ficou me olhando por um tempinho. – Você planejou tudo isso, não foi?

– O quê? – perguntei, fungando.

– Sabia que eu ia me apaixonar por você. Que não tinha a menor chance.

Abri um sorriso.

– Eu adoraria aceitar esse crédito. Mas, para falar a verdade, com todos os meus problemas, nem imaginei que você pudesse me querer.

Ele balançou a cabeça.

– Sabia que meus avós passaram a vida inteira nesta casa? Eram o casal mais feliz que já vi. Eles se casaram um mês depois de terem se conhecido. Eu nunca entendi isso. Nunca acreditei que fosse possível ter tanta certeza assim tão cedo. Ou mesmo depois de um tempo. Até conhecer você.

Adrian colocou as mãos quentes em meu rosto.

– Você é um dilúvio, Vanessa. Você deságua em mim e leva embora tudo o que eu achava importante, então me preenche até eu ficar inundado de você.

Meu queixo caiu e eu não consegui nem respirar. Ninguém nunca me disse algo tão lindo assim. Nunca.

– Adrian...

Ele balançou a cabeça.

– Não precisa dizer nada. É a verdade. Eu realmente não tive a menor chance.

As lágrimas que já estavam brotando se libertaram e escorreram pelo meu rosto.

Eu me sentia tão sortuda por ter seu carinho. E por ser para ele o que ninguém jamais tinha sido.

Ele também era isso para mim.

Eu estava apaixonada por aquele homem. Não havia outra maneira de descrever. Estava apaixonada por ele. E Adrian nem *tentou* fazer com que eu me apaixonasse. Só foi ele mesmo.

Eu já tinha visto muitas coisas. Mas *nunca* me cansaria do Adrian. Mesmo que tivesse uma vida inteira neste mundo, casar com ele e ficar velhinha ao seu lado não seria o suficiente.

Uma tristeza repentina e ardente tomou conta de mim. Dedos invisíveis me sufocaram por dentro.

Eu provavelmente ia morrer. Logo.

Pensar nisso nunca me deixou tão abalada. Em todos os anos que convivi com o desconhecido, ele nunca me atingiu tão fundo. Nunca foi tão cruel.

Sempre imaginei que morreria cedo. Então minha mão começou a incomodar, e tive certeza. Estava em paz com isso, em grande parte. Tive uma vida incrível. Não me arrependia de nada. Mas agora tudo tinha mudado.

Eu queria ficar. Queria ficar com *ele*.

E não poder ficar, não poder ter tudo o que eu queria dele, era devastador.

Eu não queria deixar Adrian.

Como o universo podia ter a coragem de me mostrar quanto o amor podia ser puro e perfeito, só para me matar em seguida?

Uma onda de tristeza tomou conta de mim. A emoção proibida que eu nunca deixava entrar. Olhei para o Sol, e ele explodiu, me atingiu e me queimou viva.

Comecei a chorar. Soluços sufocantes e torturantes.

Adrian me abraçou.

– O que foi?

Balancei a cabeça em seu peito.

– Tenho tanto medo de perder você…

– Você não vai me perder – sussurrou ele. – *Nunca* vai me perder.

Não.

Ia acontecer o contrário.

Ele é que ia me perder.

25

10 SINAIS DE QUE SEU RELACIONAMENTO PERFEITO É BOM DEMAIS PARA SER VERDADE

Adrian

Acordei na manhã de Natal abraçado ao seu corpo quente. Ela vestia só uma camiseta larga. Seu cabelo estava para o lado, e beijei a pele nua de seu pescoço, ao que ela inclinou a cabeça para o outro lado.

Vanessa tinha cheiro de baunilha. Cheiro de *lar*.

Eu não conseguia nem entender como vivia sem ela antes. Como passei tantos dias sem conhecer Vanessa. Agora eu me voltava para ela como uma planta se volta em direção a uma janela ensolarada. Eu me sentia o homem mais sortudo do mundo.

Aquele Natal foi um dos melhores da minha vida. Descemos para o café da manhã e abrimos os presentes. Dei à minha mãe e ao Richard uma máquina de expresso. Uma versão menor e menos exagerada (como dizia Vanessa) da que eu tinha. O pessoal do resgate aprovou, e conversamos com minha mãe e Richard sobre Harry. Minha avó já estava abraçada nele quando contamos, e ficou *muito* feliz.

A aliança da mãe de Vanessa foi meu presente principal para ela. No fim das contas, eu poderia ter comprado uns cinco anéis pelo preço que aquele me custou, mas não teria feito diferente. Não havia dinheiro no mundo que pagasse a expressão em seu rosto quando ela o viu.

Também comprei uma camiseta de *The Office* com o rosto do Jim e as palavras URSOS, BETERRABAS, BATTLESTAR GALACTICA. Ela amou.

Como o jantar no Badger Den não aconteceu, ela me deu uma garrafa de Château Lafite Rothschild Pauillac 2010. Disse que era "um Bordeaux bastante convencido de seu próprio valor" – como o pai dela. Palavras dela, não minhas. Também me deu um formigueiro artificial, o que foi irônico, porque meu último presente para ela, que ainda estava para chegar, era um borboletário.

Depois da troca de presentes e do almoço, meu pai se ofereceu para levar Vanessa para pescar no gelo. Escolhi ficar e passar um tempo com minha mãe e minha avó. Depois de meia hora, minha avó foi tirar um cochilo, e minha mãe e eu nos sentamos na varanda dos fundos, com vista para o lago. A varanda tinha uma pequena lareira, e ficamos sentados na namoradeira. Dava para ver Richard e Vanessa, dois pontinhos pretos na tundra branca congelada.

– Ela é maravilhosa – elogiou minha mãe, colocando a xícara na mesinha de centro. – É perfeita para você. *Nunca* gostei da Rachel.

Eu ri.

– Vocês só se viram uma vez.

– Ela não conseguia me olhar nos olhos!

Bom, acho que *isso* fazia sentido.

– Obrigada por ter vindo. É muito importante para mim. – Ela apontou com a cabeça para o lago. – E para ele.

Olhei para os dois.

Vanessa tinha razão. Eu precisava perdoar meu pai.

Só me dei conta do peso que carreguei por todos aqueles anos quando ele foi tirado das minhas costas.

Agora parecia tão sem sentido o tanto de tempo que passei odiando meu pai. Eu tinha a sensação de que, se tivesse dado uma chance a ele, teria percebido antes que nunca o odiei de verdade.

Eu tinha recuperado algo que estava perdido havia muito tempo. Talvez tenha sido meu pai – ou quem sabe apenas o lugar onde eu mantinha meus sentimentos por ele escondidos. De qualquer forma, agora havia lugar dentro de mim para outras coisas. Coisas melhores.

E eu não via a hora.

– Estou feliz que esteja feliz, mãe. Vocês têm uma vida boa aqui. Agora entendo por que quis se mudar.

Ela sorriu.

– Estou feliz, mesmo. De verdade – disse. Então pareceu se lembrar de alguma coisa. – Vanessa disse que quer falar comigo sobre um clube com ela e Kristen?

Engasguei com o café.

– Não entre nesse clube – falei, e dei uma risada/tossida. – Confie em mim. Vai descobrir coisas sobre mim e Josh que nunca quis saber.

Minha mãe abriu um sorriso. Então cutucou meu braço.

– Gostei dela. Sabe, acho que foi coisa do destino você ter conhecido essa garota.

Então tive que rir, porque acho que, pela primeira vez na vida, eu acreditava naquilo. Que outra explicação poderia haver?

Se eu não tivesse conhecido Rachel, não teria ido até o apartamento da Vanessa naquela madrugada. Se Becky tivesse alugado o estúdio quando ele ficou disponível ou se Vanessa tivesse ido morar em outro prédio – ou até mesmo em outro apartamento –, não teríamos nos conhecido. Eu não teria conhecido Vanessa nem Grace.

Só podia ser o destino. As estrelas se alinhando. Um plano maior.

Eu não estava disposto a deixar que Becky mandasse meu horóscopo por e-mail todos os dias, mas estava aberto a considerar que talvez o destino tivesse um papel maior do que eu imaginava.

Minha mãe apontou com a cabeça para Grace, que dormia na cadeirinha.

– Preciso ser sincera, nunca imaginei você assim – disse, balançando a cabeça. – E namorar alguém como Vanessa, mesmo sabendo que ela pode estar doente? – Ela abriu um sorriso. – Você se tornou um homem bom, Adrian. Tenho muito orgulho de você.

Franzi o cenho.

– Do que você está falando? Ela não está doente.

– Não, eu sei que não – respondeu ela, diminuindo o próprio comentário com um aceno. – Mas a ELA sempre vai ser uma possibilidade. Meu Deus, acho que Richard e eu assistimos a metade dos vídeos do canal depois que você contou que ela vinha. Vanessa é *tão* corajosa.

Fiquei olhando para minha mãe.

– Do que você está falando? A doença é aleatória.

Foi a vez dela de franzir o cenho.

– Bom, na maior parte das vezes, sim. Mas também pode ser genético. Vanessa tem cinquenta por cento de chance de ter a doença.

Senti a cor se esvair do meu rosto. *O quê?*

– Vocês viram isso no canal dela? – perguntei, tentando manter a voz calma.

– Vanessa fala sobre isso em quase todos os vídeos – respondeu ela, mais uma vez parecendo diminuir a questão. – Mas você já sabia disso.

Fiquei um bom tempo piscando para ela, atônito.

– Preciso trocar Grace – falei, e me levantei, tentando manter a calma.

Peguei Grace e fui direto para o quarto.

Assim que cheguei lá, tranquei a porta e peguei o notebook. Pesquisei "Vanessa Price primeiro vídeo". Quando encontrei o vídeo que estava procurando, datado de três anos antes, dei o play. Meus batimentos cardíacos retumbaram em minhas orelhas.

Uma Vanessa mais jovem surgiu na tela.

– Oi – disse ela, acenando para a câmera. – Meu nome é Vanessa Price.

Ela ergueu uma taça, que tinha uma bebida escura.

– Minha irmã morreu ontem. Acabei de servir uma taça de Sambuca, mas aí decidi que era nojento demais para beber puro, então coloquei um pouco de suco de uva, o que deixou a coisa ainda pior. Fiquei sentada, olhando para a taça e me perguntando: "Vanessa, você quer mesmo ser o tipo de pessoa que enfrenta uma perda com uma bebida de qualidade duvidosa?" E decidi que não. Não quero amenizar a dor da morte trágica e prematura da minha irmã com bebidas nojentas porque, primeiro, ela não ia querer isso para mim. E, segundo, também não quero. Sabe, talvez eu também esteja morrendo. E morrer muda as coisas. Mas eu já chego lá.

O vídeo continuou:

– Já que eu sei que meus dias estão contados, quero aproveitar cada um. Quero curtir cada comida e bebida, cada pessoa que eu conhecer, e cada segundo nesta Terra. Quero rir. Quero explorar. Quero viver a vida, o que me resta dela, como uma borboleta ao vento e ir aonde o mundo me levar. Eu *definitivamente* não quero ficar presa no meu emprego sem futuro, esperando o próximo contato do velho bizarro de Monett, Missouri, que me conheceu em um grupo de apoio na internet e agora me manda cartas de amor escritas em letra cursiva.

Ela se aproximou da câmera.

– Vou dizer uma coisa, como alguém que talvez tenha uma doença fatal: não tem nada mais assustador que receber uma carta de um estranho escrita em letra cursiva. Principalmente quando vem acompanhada de um saco plástico hermético com carne-seca caseira meio úmida, sabe Deus por quê. Acreditem. Então, saquei meu plano de previdência, a bela quantia de 1.023 dólares. Ah, falando nisso, Patrick, eu me demito. Desculpe você ficar sabendo assim. E estou indo embora. Hoje. Agora. Logo depois de subir este vídeo. Na verdade, não. Logo depois de fazer um bazar com as minhas coisas, vender meu cabelo e penhorar minhas joias. Aí eu vou embora. Então, tipo, quem sabe amanhã. É bem provável que ninguém assista a isso aqui. Nem sei pra quem estou gravando este vídeo. Mas acho que se eu conseguir que pelo menos 1 dólar seja doado pra pesquisa ou que pelo menos uma pessoa decida viver a melhor vida possível, vai ter valido a pena, né?

Vanessa respirou fundo e continuou.

– Agora, sobre a minha irmã. Ela morreu de uma doença rara e fatal chamada esclerose lateral amiotrófica, a ELA. Vocês já devem ter ouvido falar a respeito por causa daquele Desafio do Balde de Gelo que todo mundo fez há alguns anos, jogando água gelada na cabeça em apoio às pesquisas. *Eu* sei sobre a doença porque ela faz parte das minhas lembranças mais tenras. É a maldição da minha família. Existe uma coisa chamada ELA familiar, o que significa que é hereditário. A versão que acomete minha família começa cedo e mata mais rápido, que o tipo mais comum, e os tratamentos limitados disponíveis podem estender a vida em no máximo três meses. A mutação genética que causa essa versão ainda não foi identificada. Ou seja, eu não tenho nem como fazer o teste.

Ela fez uma pausa.

– Talvez eu tenha uma bomba-relógio em meu DNA. Minha avó teve, minha tia teve. Minha mãe teve, mas morreu em um acidente de carro antes que a doença tirasse sua vida. Minha irmã Melanie teve. E a probabilidade de eu ter também é de cinquenta por cento...

Não sei o que Vanessa disse depois disso, porque meus ouvidos começaram a zumbir.

Eu estava andando de um lado para outro, mas naquele momento tive que me sentar. Tive que sentar ou meus joelhos iam ceder.

Cinquenta por cento?

Quer dizer, eu sabia sobre Melanie, mas não sobre as demais. Ela nunca tinha me contado, eu não sabia, não estava nos vídeos do Drake ou... Vanessa devia achar que eu sabia porque...

Sua mão...

Minha respiração ficou pesada.

Sua *mão...*

Vanessa me *contou.* Ela me contou, e eu não ouvi. Eu não *ouvi.*

As informações voltaram como peças de um quebra-cabeça, cada uma encaixando na outra até formar uma espécie de obituário macabro.

Fraqueza na mão.

A recusa em namorar.

A laqueadura, ela dizendo que não podia adotar Grace porque não estaria aqui em um ano...

Não... não não não não não.

Eu não conseguia respirar.

Foi a destruição do meu universo. A destruição de tudo. Um belo vitral estilhaçado em mil pedaços aos meus pés.

Vanessa talvez estivesse morrendo. O amor da minha vida podia estar morrendo.

E eu seria obrigado a *assistir.*

26

UMA LISTA DOS SEUS PIORES PESADELOS!

Vanessa

Depois de pescar no gelo, subi a escada correndo e entrei em nosso quarto. Adrian estava em pé em frente à lareira, virado para a porta.

– E aí? – falei, tirando o gorro. – Meu Deus, eu amo sua família. Seu pai é tipo um homem das montanhas. Você sabia que ele…

– Você está doente?

Tirei o lenço.

– Quê?

– Doente – repetiu ele. – Você está doente? Você tem ELA?

Franzi o cenho.

– Não sei… – respondi, olhando fixamente para ele, confusa. – Por que está me perguntando isso?

– Eu não sabia… – disse ele, baixinho.

Pisquei, encarando Adrian.

– Você não sabia o *quê*?

Ele balançou a cabeça, e percebi que estava pálido.

– Eu não sabia que era hereditário.

Senti minha expressão mudar.

– Como assim você não sabia que era hereditário? – perguntei, cautelosa.

Adrian soltou um suspiro trêmulo.

– Eu não assisti a todos os seus vídeos. Eu só… só assisti aquele em que você conta que me conheceu e o da pimenta fantasma…

– Pimenta fantasma? Esse vídeo nem é do meu canal. É da Willow Shea. Foi uma colaboração – falei, e senti um frio na barriga. – Adrian, o que você está dizendo? Está dizendo... que não sabia?

– Eu não sabia.

E sua respiração ficou pesada.

Corri até ele.

– Adrian!

Ele estava curvado, as mãos nos joelhos, ofegante.

– É um ataque de pânico. Senta. *Senta* – falei.

Meu coração começou a martelar em meus ouvidos.

Demorei um pouco para conseguir tirá-lo do lugar, mas finalmente levei-o até a beirada da cama.

Eu me agachei à sua frente.

– Respira devagar. Você está hiperventilando. Respira pelo nariz. Respira pelo nariz, expire fazendo um biquinho.

Ele respirou algumas vezes com dificuldade.

– Você precisa ir ao médico – disse, ríspido.

– O quê?

– Vá ao médico. Eu vou junto. Você precisa saber se é ELA.

– Eu... Adrian, não é assim. A gente não entra em um consultório médico e sai com um diagnóstico de ELA. Infelizmente não existe um exame que eu possa fazer.

Ele olhou em meus olhos, a respiração trêmula.

– Tem que existir. As pessoas são diagnosticadas.

– O diagnóstico é feito excluindo outras doenças e monitorando a deterioração. São meses e meses de exames para descartar outras hipóteses. Pode levar um ano...

– Então faça isso.

Eu bufei.

– Não.

Ele olhou fixamente para mim.

– Não. Não vou fazer isso. HIV, leucemia de células T, poliomielite, febre do Nilo Ocidental, esclerose múltipla, neuropatia motora multifocal, doença de Kennedy... *todas* têm os sintomas da ELA. Eu teria que fazer exames para todas, passar meses no hospital levando agulhada em cima de agulhada. E para quê? Ou eu tenho ou *não* tenho. E, se tiver, é fatal. Não tem nada que eles possam fazer.

Ele piscou, me observando.

– Mas... mas e se não for isso? E se *for* outra coisa?

Dei de ombros.

– Aí não vai progredir, e não vai ser um problema. Se eu continuar viva em seis meses e nada mudar, vou dar uma olhada na minha mão de novo. O mais provável era que fosse síndrome do túnel do carpo, e isso eles já descartaram.

Ele ficou me olhando como se eu tivesse enlouquecido.

– Como você pode viver assim? – perguntou, incrédulo.

– Que escolha eu tenho, Adrian? De que outro modo poderia viver? Eu *sempre* vivi assim.

Sua respiração estava irregular. Parecia que ele ia vomitar. Eu também comecei a ficar enjoada.

Sentei ao lado dele.

– Olha só, vamos nos acalmar. Pode ser? – sugeri, e acariciei suas costas. – Podemos conversar quando você estiver mais calmo.

– Não. Vamos conversar agora – rebateu ele. Adrian estava tão sem fôlego que demorou para continuar. – Se você não receber um diagnóstico, como vão te dar a medicação certa?

Senti meu coração se despedaçar.

Ele não sabia de nada. Nada. Nenhuma das coisas que eu achava que soubesse.

Como isso tinha acontecido? Como algo tão grande escapara pelas beiradas?

– Adrian – falei baixinho. – Eu não vou tomar nenhum remédio.

Ele ficou paralisado, olhando para mim.

– O quê? – sussurrou. – Como assim?

– Não vou fazer nenhum tratamento.

– Do que você... Você *precisa* de tratamento, existem ensaios clínicos...

– E passar o resto da minha vida, que é curta, fazendo punção lombar e enfrentando efeitos colaterais que são piores que a doença? Em troca de, quem sabe, mais alguns meses? Isso se não me derem um placebo. Tratamento? – Bufei. – Você sabe quantos medicamentos existem para tratar o que pode ser que eu tenha? Pouquíssimos. E sabe o que fariam? Me dariam três meses, Adrian. Só isso. Três meses. Melanie tomou. Ela tinha dores de cabeça, vomitava e ficava tão tonta e cansada que mal conseguia manter os olhos abertos. Estava o tempo todo com uma agulha na veia, e sempre tinham que monitorar o sangue e o fígado. Não quero viver assim. Eu ficaria presa em um hospital. Não poderia viajar...

A expressão em seu rosto só poderia ser descrita como pavor.

– Mas... mas e se houver um avanço? – perguntou ele, aflito. – E se esse avanço estiver acontecendo agora mesmo? E se encontrarem a cura e você não estiver participando do estudo? Vanessa, por favor, você precisa buscar tratamento...

Balancei a cabeça.

– Não. Vou fazer físio e terapia à distância para poder viajar. E quando eu precisar de ajuda para respirar, comer e me movimentar, aí vou atrás dessa ajuda. Vou fazer o que for preciso para me manter confortável e independente pelo tempo que for possível. Mas não vou tomar os medicamentos e nunca vou participar de um ensaio clínico. Se eu tiver a doença, já é tarde demais. A mutação da minha família avança muito rápido. Nenhuma das pesquisas promissoras que estão fazendo reverte os danos. Apenas retarda a deterioração. Quando eu finalmente recebesse um diagnóstico e conseguisse entrar em um ensaio clínico, não haveria mais como consertar o que a doença já tivesse feito comigo... E aí? Eu viro um ratinho de laboratório? É isso? Passo o resto da vida assim?

Adrian não respondeu. Só me encarou, respirando com dificuldade.

Umedeci os lábios.

– Adrian, eu quero viver a melhor vida possível. Quero viajar, me aventurar e beber vinho enquanto ainda posso. Rir e me divertir o máximo de tempo possível. Não quero dar nem mais um minuto a essa doença. E você deveria fazer o mesmo.

Adrian se levantou e minha mão caiu de seu ombro. Ele começou a andar de um lado para outro.

– Não – disse, balançando a cabeça. – Você não pode fazer isso. Tem que ficar aqui todo o tempo que for possível. Você não sabe o que pode acontecer. Não sabe quais desenvolvimentos podem surgir...

Soltei um longo suspiro.

– Não existe nenhum ensaio clínico sobre o qual eu não tenha lido ou estudo que não tenha acompanhado. Não vai haver nenhum milagre. Pelo menos não no tempo que tenho. Se eu tiver a doença, estou morrendo. E tudo o que peço é que entenda que eu quero continuar *vivendo*. Acredite. Essa não é uma decisão impulsiva. Sei o que quero. E *não* vou mudar de ideia.

Ele balançou a cabeça, os olhos cheios de lágrimas.

– Não. Não vou deixar você fazer isso.

Pisquei para ele.

– Não vai me deixar fazer o quê?

– Não vou deixar você desistir.

– Eu *não* estou desistindo. Só quero viver e morrer nos termos que escolhi.

Ele se aproximou e colocou as mãos em meus braços.

– Somos um casal. Decidimos as coisas juntos, Vanessa. Você tem que lutar. Me deixe te ajudar a lutar. Vamos encontrar os melhores médicos do mundo, vamos para qualquer lugar. Eu pego um avião...

Ele engasgou naquela última palavra e meu coração se estilhaçou mais uma vez.

– Você não tem como resolver isso – sussurrei. – Sei que é difícil para você não poder controlar essa situação. Adrian, por favor. Eu preciso do seu apoio.

Seus olhos angustiados buscaram os meus. Então ele tirou as mãos dos meus braços. Virou e passou a mão no cabelo.

– Não. Não apoio essa decisão – retrucou, balançando a cabeça. E voltou a olhar para mim. – Não vou deixar que você perca a esperança. E se houver um avanço? E se você puder viver mais vinte anos?

– E se eu *não* puder? – rebati. – E se só tiver mais um ano conseguindo engolir e respirar sem a ajuda de aparelhos? Um ano antes de *morrer*. Quero continuar vivendo minha vida, Adrian. Não vou desperdiçar momentos preciosos presa a um acesso intravenoso, em um quarto de hospital, perseguindo algo impossível.

Ficamos olhando fixamente um para o outro, os dois com dificuldade de respirar.

– Vou fazer isso com ou sem você – falei, com lágrimas nos olhos. – Por favor, não me obrigue a fazer sem você.

Ficamos ali parados, em um impasse silencioso. Eu vi seu coração se estilhaçar. Como se rachasse seu rosto ao meio. Uma árvore forte e de raízes profundas, atingida por um raio, partindo ao meio. Nunca vi Adrian parecer tão cansado. Como se toda a vitalidade tivesse deixado seu corpo desde a última vez que tínhamos nos visto.

– Eu só queria que nada disso estivesse acontecendo – sussurrou ele.

Enxuguei uma lágrima em meu rosto.

– Tá bom. Então vamos esquecer. Vamos fazer algo divertido. Vamos alugar motoesquis ou fazer boia cross na neve. Vamos ficar acordados até tarde experimentando uma acrobacia sexual no banheiro. Até ficarmos com uma lesão que vamos ter vergonha de explicar aos paramédicos.

Isso me rendeu um sorrisinho, mas durou pouco.

– Eu preciso poder opinar, Vanessa.

Pisquei, atônita.

– Opinar na *minha* vida?

– Não é só sua. Isso não afeta só você.

Fiquei séria.

Seu olhar implorava.

– Por favor. As pessoas enfrentam essa doença. Elas tentam de tudo...

– Sim. Muitas escolhem tentar de tudo. E essa escolha é *delas*. Foi a escolha da Melanie. Não é a *minha*. E a única pessoa que deve tomar essa decisão sou *eu*.

Adrian ficou olhando para mim, desolado. Então se sentou na poltrona estampada e levou as mãos ao rosto, os dedos enterrados no couro cabeludo.

– Eu me recuso a ser uma prisioneira dessa doença, Adrian. Me recuso a passar a vida pensando "e se...". Essa doença já me tirou coisas demais.

Ele não olhou para mim.

Não tenho certeza, mas acho que talvez estivesse chorando.

Eu queria dizer que tudo ia ficar bem, como ele me disse um dia. Mas não podia fazer isso. Não podia alimentar falsas esperanças.

Então me dei conta de que, quando ele disse aquilo, naquele dia no escritório, não era verdade. Como poderia ser? Ele não fazia ideia do que estava falando.

Só agora Adrian tinha percebido quanto tudo aquilo era avassalador.

27

ELES ACHAVAM QUE TINHAM TUDO, ENTÃO ACONTECEU UM DESASTRE!

Adrian

Ficamos andando em círculos a noite toda. Eu implorando, Vanessa mantendo sua posição. De algum jeito, conseguimos fingir normalidade durante o jantar, então voltamos para o quarto e retomamos de onde tínhamos parado. Finalmente, pegamos no sono por pura exaustão.

Eu estivera no mesmo tornado que ela aquele tempo todo. Estivera no olho do furacão, na área de calmaria, enquanto ele se formava ao meu redor sem que eu percebesse, e agora tinha sido sugado para o vórtice, rodopiando na escuridão, procurando algo em que me agarrar, e não havia *nada*. Ela não me deu nenhuma esperança.

Voltamos para casa. Mal trocamos uma única palavra durante as seis horas de viagem.

Não brigamos. Não estávamos bravos um com o outro. Só estávamos em um impasse, e não havia o que dizer.

Quando passamos por um outdoor da Maior Loja de Doces de Minnesota, ela ergueu uma bandeira branca e perguntou se eu queria ir até lá. Não queria. Só queria ir para casa. Não estava no clima para aventuras ou desvios. Queria voltar para o nosso espaço, onde eu não precisaria fingir que estava bem porque estávamos em público – porque eu não estava bem. Não estava *nada* bem.

Eu não sabia como aceitar aquela situação.

Entendia o raciocínio de Vanessa, mas mesmo assim não conseguia apoiar sua decisão.

Ela não sabia se sua reação aos remédios seria a mesma que a de Melanie. E se Vanessa não sofresse os efeitos colaterais? Ela só saberia se experimentasse. Três meses não era muito, mas era alguma coisa. Era melhor que nada. Como ela podia jogar fora três meses de vida sem nem ao menos tentar?

E se o próximo ensaio clínico descobrisse a cura? Ou interrompesse a doença? Ou até a revertesse? E se esse ensaio estivesse acontecendo naquele momento, e ela não estivesse participando dele?

Era inaceitável para mim. *Inimaginável.*

Como ela podia simplesmente desistir?

Ondas de ansiedade e pânico me dominaram durante aqueles dois dias. Eu nunca tinha me sentido tão exausto. Era um cansaço emocional que parecia ter se instalado em meus ossos. Eu me sentia sem esperança. Impotente. Queria salvá-la, fazer *alguma coisa*, mas estava de mãos atadas porque ela se recusava a me dar esperança. *Qualquer* esperança.

Se Vanessa concordasse em consultar alguém para ver o problema em sua mão, pelo menos eu poderia me ocupar procurando especialistas, marcando consultas. Eu traçaria um plano de ação, alguma coisa estaria *acontecendo*. Mas não havia nada que pudesse fazer. Ela queria que eu simplesmente esquecesse o assunto. Que fosse a lojas de doces com ela e fingisse que meu universo não tinha acabado de implodir.

Quando meu despertador tocou na segunda de manhã, eu já estava acordado, lendo estudos de caso sobre ELA, debruçado sobre periódicos de medicina no escritório. Fazia horas que estava de pé. Sentia uma espécie de energia maníaca, uma necessidade frenética de aprender sobre o assunto, para poder apresentar a Vanessa todos os ângulos, contrapor todos os seus argumentos.

Argumentar era como eu ganhava meu sustento. Eu convencia doze jurados de que homens culpados eram inocentes. E não era capaz de convencer uma única mulher a tomar um medicamento que prolongaria sua vida ou a participar de um ensaio clínico para salvá-la. Nunca houve um caso mais importante que aquele, e nunca me senti tão incompetente. A sensação era a de que eu estava à beira de um colapso mental, que vivia um pesadelo e não conseguia acordar, correndo até a exaustão porque, se parasse, aquilo ia me derrubar com tanta força que eu nunca mais ia levantar.

Nunca mais nada voltaria a ser tão bom...

Daquele ponto em diante, eu sempre viveria os efeitos da ruína daquela doença. Ainda que, por um milagre, aquilo em sua mão *não* fosse ELA, Vanessa ainda poderia ficar doente a qualquer momento e, se ficasse, não ia querer lutar. Nunca ficaríamos livres. E se ela não aceitasse lutar, nunca teríamos nem mesmo esperança.

Queria voltar à alegria de não saber. Queria esquecer.

Eu me arrastei até o banheiro e tomei um banho para ir trabalhar. Depois fiquei parado ao lado da cama, fazendo o nó da gravata, olhando Vanessa dormir como vinha fazendo havia uma semana.

Tanta coisa tinha acontecido em sete dias...

Na semana anterior, minha vida estava perfeita. Nosso futuro era promissor e infinito, e as possibilidades eram inúmeras. Eu tinha tudo. Tinha *Vanessa*. E achava que a teria *para sempre*.

E agora ela podia estar morrendo.

Vanessa perguntou se era minha namorada, e eu respondi que essa palavra não estava à altura dela. E ainda era verdade.

Eu queria Vanessa comigo para o resto da minha vida, não só da vida dela. Não queria acordar nem mais um dia sem ela ao meu lado. E olhar para ela deitada ali, sabendo que em um ano ela poderia estar enterrada...

Senti um aperto na garganta e aquela onda de impotência me atingiu mais uma vez. A respiração superficial que acompanhava o ataque de pânico também quis dar as caras.

Meus momentos mais felizes talvez fossem medidos em meses, não anos. E eu sabia que devia curtir cada segundo com ela, mas não conseguia parar de olhar para o Sol. Não *conseguia*. Ele estava vindo em direção à Terra, e eu estava com raiva porque ela não ia tentar impedi-lo.

Virei, sentei na beirada da cama e levei as mãos ao rosto.

Só me dei conta de que ela estava acordada quando ouvi sua voz.

– Você está bem? – sussurrou atrás de mim.

Passei a mão na barba e fiquei olhando para o nada. Não respondi.

– Adrian, você não vai precisar cuidar de mim, se é isso que te preocupa. Vou ter enfermeiros e cuidadores, e podemos...

– Não me importo se tiver que cuidar de você, Vanessa. Não é isso que…

Não consegui concluir.

Não era problema nenhum para mim a ideia de passar o resto da vida cuidando dela. Eu não me importava nem um pouco. Só queria Vanessa *aqui.*

Voltei a levar as mãos ao rosto.

– Está arrependido de ter ficado comigo? – perguntou ela na escuridão.

Eu me virei e deparei com seus olhos castanhos voltados para mim.

– O quê?

– Preferia não ter me conhecido?

Balancei a cabeça, e respondi com a voz embargada:

– Como pode me perguntar isso?

– Não era minha intenção enganar você. Não queria que se apaixonasse por mim com uma ideia falsa e depois caísse do cavalo. Achei que você soubesse…

Ela também ficou com a voz embargada. Cobriu o rosto com o braço e começou a chorar.

Deitei na cama de terno e gravata, e puxei Vanessa para perto. Eu a envolvi em meus braços, como se ela pudesse desaparecer a qualquer momento.

Ela arquejou em meio às lágrimas, e eu a beijei.

Foi um beijo desesperado. Frenético. Como se pudesse fazê-la mudar de ideia, comprar mais tempo ou simplesmente me fazer esquecer. E ela devia querer o mesmo, porque retribuiu meu beijo.

Eu queria soterrar meus sentimentos. Queria soterrar os *dela.* Queria gritar que eu a amava, implorar a ela que me desse alguma coisa, alguma participação no que ia acontecer. Eu faria um pacto com o diabo, venderia minha alma, se pudesse salvá-la. Mas nada que eu fizesse poderia curar seus genes. Nada poderia desfazer aquilo ou fazer o relógio andar para trás. O tempo era a única coisa que traria alguma resposta, e ele era nosso inimigo.

O beijo foi ficando mais urgente. Vanessa estendeu a mão para abrir meu zíper e eu abaixei sua calcinha. Ela teve dificuldade de abrir os botões da minha camisa, não conseguia controlar os dedos. Sentei e abri a camisa com tudo. Os botões caíram em cima dela e ricochetearam na cabeceira. Tirei o cinto, arranquei a gravata e voltei para cima dela, abaixando a calça e puxando suas pernas em volta da minha cintura.

O sexo foi frenético. Bruto. Senti as lágrimas caírem quando a penetrei e ela me empurrou para dentro como se eu não estivesse indo fundo o bastante.

Vanessa era tudo. *Tudo*. Eu encontrara a única coisa que não tinha limites. Encontrara o amor sobre o qual os poetas escreviam.

Mas era uma tragédia.

Vanessa arquejou e arqueou as costas, e eu logo gozei também. Então ficamos ali deitados, ofegantes, olhando para o teto, emaranhados.

– Nunca pense que eu me arrependo de você – sussurrei. – Eu *nunca* poderia me arrepender de você. Trocaria de lugar com você se pudesse. Daria *qualquer coisa*.

Virei a fim de olhar para ela.

– Por favor, Vanessa. Diga que vai tentar. Que vai tomar os remédios, participar dos ensaios clínicos...

Seu olhar ficou ainda mais triste.

– Adrian, talvez você devesse procurar ajuda. Um terapeuta especializado em luto. Eu posso ir com você...

Fechei os olhos.

– Isso não vai ajudar.

Nada ia ajudar.

– Vai, sim. Um profissional pode te ajudar a lidar com o que você está sentindo.

– Eu não sei fazer isso – sussurrei.

Vanessa olhou para mim, linda, o cabelo no travesseiro como uma auréola.

– *Ninguém* sabe fazer isso, Adrian. É preciso ajuda para superar. *Por favor*.

Balancei a cabeça de novo.

– Não consigo fazer o que você faz – falei, a voz embargada. – Não consigo agir como se isso não estivesse acontecendo. Não consigo fingir ser feliz.

– Eu não finjo ser feliz. Só me recuso a ser triste.

Se ela soubesse quanto eu a amava, saberia que isso nunca seria possível. Meu desespero se multiplicava como um câncer. Estava me consumindo. Lançava sombras sobre tudo. Cobria janelas e lâmpadas. Bloqueava saídas de ar, sugava todo o oxigênio do lugar.

E eu não sabia como perdoá-la por não fazer nenhum esforço para ficar.

FIQUEI ALI, ABRAÇANDO VANESSA ATÉ ela pegar no sono de novo. Então fui trabalhar sem acordá-la. Estava tarde, mas eu não estava nem aí. Becky não parava de ligar, devia estar se perguntando onde eu estava.

Eu nem sabia como ia sobreviver àquele dia. Só sabia que estava ansioso pela distração. Queria pensar em outra coisa, ainda que só por um tempinho.

Quando as portas do elevador se abriram no andar do escritório, Becky surgiu do nada.

– Adrian…

– Seja lá o que for, pode esperar um pouco? – perguntei, cansado. – Agora não posso.

– Não! – sussurrou ela, correndo ao meu lado. – Marcus está, tipo, *muito* puto.

Abri a porta de vidro do escritório.

– Puto com o quê?

– A polícia só foi fazer o teste toxicológico no Bueller três horas depois da prisão e…

Ela não conseguiu terminar. A voz de Marcus ressoou pelo escritório:

– Quanta gentileza sua finalmente se juntar a nós.

Com os olhos turvos, parei e olhei para ele por sobre as mesas. Ele parecia furioso. Seu rosto estava vermelho e sua testa reluzia de suor. Ainda distraído, vi que ele era a encarnação de um ataque cardíaco.

Como eu devia estar parecendo a encarnação de um coração partido.

Continuei andando. Ignorei Marcus e todos os olhares fixos em mim. Fui até a minha sala e fechei a porta, deixando Becky do lado de fora. Se ele queria me repreender, tudo bem. Mas podia fazer isso na privacidade do meu escritório, não na frente de todo mundo.

Marcus entrou atrás de mim na mesma hora.

– O bafômetro do caso Bueller não vale nada. Você teria percebido isso se tivesse se dado ao trabalho de assistir às imagens das câmeras corporais em vez de delegar isso ao John. O caso podia ter sido resolvido há semanas. Você não atendeu à ligação da delegacia quando Keller foi preso, então ele foi interrogado sem um advogado. Também não foi atrás dos registros médicos do caso García, e agora temos que pedir mais uma prorrogação. Eu deveria demitir você agora mesmo.

Foi quase um choque perceber que ainda me restava algum sentimento, e senti um frio na barriga.

Ele me olhou fixamente.

– Faz semanas que você anda com a cabeça no mundo da lua. Não sei qual é o problema, mas não vou permitir que afete o escritório.

Balancei a cabeça.

– Desculpe. Eu…

– Não peça desculpas. Faça seu trabalho, porra. Ou junte suas coisas e vá embora. Estamos lidando com a vida das pessoas.

Marcus saiu da minha sala furioso, e senti o silêncio do lado de fora, o que significava que todos tinham ouvido.

Eu me joguei na cadeira.

Becky entrou na ponta dos pés logo depois. Fechou a porta com delicadeza e ficou em silêncio, olhando para mim com pena.

– E aí, o que diz meu horóscopo hoje? – indaguei, cansado.

– Que vai ser um dia de merda.

Dei uma risadinha irônica e ergui os olhos certamente vermelhos e tristes para ela.

– O que aconteceu? – perguntou.

Esfreguei a testa.

– Acabei de descobrir que Vanessa pode ter a mutação da esclerose.

Becky pareceu confusa.

– Você não sabia disso?

– Não. Eu não sabia.

Ela piscou, sem entender.

– *Como?* É, tipo, o alicerce de tudo o que ela faz. Vanessa fala disso o tempo todo.

– Eu sei – respondi, exausto.

Ela ficou me olhando um tempo.

– Bom… e isso importa para você?

– Sim, eu me importo com o fato de que ela pode morrer.

Becky revirou os olhos.

– Não, o que eu estou perguntando é se isso mudaria alguma coisa. Você não teria se apaixonado por ela se soubesse?

Como se eu tivesse escolha.

– No momento em que coloquei os olhos nela, eu já estava perdido – respondi.

E era verdade. E perder Vanessa ia me matar. E se ela não estava disposta a lutar, a contagem regressiva para o meu fim já tinha começado.

Tudo o que eu amava estava se acabando. Meu universo estava se desfazendo, um fio de cada vez.

Eu não podia salvar Vanessa. Nem conseguia convencê-la a repensar suas escolhas. Em alguns meses, eu perderia Grace. Tinha ferrado as coisas no trabalho. Tinha perdido o controle. Todo o controle. O tornado lançava pedacinhos da minha vida em todas as direções, e a destruição aumentava a cada minuto, grande demais para consertar.

Um instinto primitivo e frenético de autopreservação tomava conta de mim. Uma urgência de consertar tudo. De estabilizar *alguma coisa*.

Mas só havia uma coisa que eu podia consertar. O estrago que tinha feito no trabalho. Pelo menos *isso* eu podia colocar em ordem outra vez. Estava sob meu controle.

– De que você precisa, chefe? – perguntou Becky, como se tivesse pressentido a mudança em minha atitude.

– Preciso que entre com uma solicitação na Delegacia de Polícia de Mineápolis. Quero as imagens das câmeras corporais do caso Bueller.

Eu me ajeitei na cadeira e abri minha pasta.

– Preciso que chame todo mundo aqui. Peça comida e traga os arquivos dos casos Keller, Bueller e García. Vamos virar a noite.

28

FAÇA ESTE QUIZ E DESCUBRA SE ELE ESTÁ ENROLANDO VOCÊ!

Vanessa

Adrian não voltou para casa noite passada. Nem na anterior, nem na anterior. Quer dizer, *voltou* – mais ou menos. Deitou na cama às duas da manhã. Então levantou e saiu às seis. Respondia às minhas mensagens com uma palavra.

Às vezes nem respondia.

Apareci lá na hora do almoço para fazer uma surpresa e o encontrei na sala de reuniões com uma dúzia de pessoas, que já estavam comendo sanduíches. Ele abriu um sorriso quase profissional ao me ver. Como se eu fosse uma cliente. Me deu um beijo rápido, prometeu comer no jantar o que eu tinha levado e se desculpou por ter que voltar ao trabalho. Então me levou até a porta com uma das mãos em minhas costas. De repente eu estava no corredor, em frente aos elevadores, sem entender o que tinha acabado de acontecer.

Eu dizia a mim mesma que era temporário. Ele estava sobrecarregado com um caso importante, com o trabalho atrasado.

Mas parte de mim sabia que não era isso.

A sensação era a de que ele tentava se distanciar de mim. Era como se eu assistisse à sua vida após a minha morte. Como se ele se matasse de trabalhar para evitar o vazio, como se já estivesse de luto, e eu ainda nem tinha morrido.

Eu entendia por que ele tinha dificuldade de aceitar minha decisão. Era pragmático, um homem de ação. Quando havia um problema, pesquisava, analisava a questão por todos os ângulos e então superava por meio de argumentação – e não estava acostumado a perder a discussão.

Ele queria esgotar todas as possibilidades. Consultar todos os especialistas, ler todos os estudos e me colocar em todos os ensaios clínicos. Mas nada disso ia me salvar. *Nada*. Quanto antes ele entendesse, logo poderíamos voltar a ser como éramos.

Eu sentia sua falta. Sentia *muito*.

Algo se partira entre nós, e eu não sabia como consertar porque não podia dar a Adrian o que ele queria. Então passei os dias vagando por seu apartamento como um fantasma, esperando que ele voltasse para mim.

Brent tinha se jogado de cabeça na produção do BoobStick, então estava ocupado. Meu pai conseguira aquele emprego e agora passava os dias trabalhando, então eu não podia levar Grace até lá para almoçarmos juntos. Jantar estava fora de questão, porque eu queria estar ali caso Adrian voltasse a uma hora decente. Então eu ficava sozinha. O tempo todo.

Só eu e Grace.

Eu estava deitada na cama com ela, sua mãozinha segurando meu dedo. E me perguntei se Grace se lembraria de mim quando eu morresse, uma pequena lembrança internalizada, uma mulher de olhos castanhos que a amava. Me peguei desejando que ela olhasse para meu rosto a fim de guardá-lo em algum lugar seguro dentro de si. Então me dei conta de que teria que ser o mesmo lugar onde ela guardaria Adrian, porque também ia perdê-lo.

Eu sempre pensei em Adrian como um sentinela. Um farol na tempestade. Segurança, firmeza e orientação. Constância. Mas ele estava desmoronando sob o peso daquela situação. E, com tristeza, me dei conta de que, se Grace fosse nossa e ele me perdesse como meu pai perdeu minha mãe, Adrian também desapareceria da vida da Grace, de volta ao seu trabalho, na tentativa de lidar com a perda.

Meu pai, mesmo com todos os seus defeitos, nos manteve unidos após a morte da minha mãe. Nós a perdemos, mas nunca perdemos um ao outro.

Era engraçado pensar que meu pai era mais forte nesse sentido que Adrian. *Meu pai*.

O mecanismo de defesa dele não era dos mais saudáveis, mas pelo menos ele estava presente.

Eu precisava me ocupar com alguma coisa, então finalizei minha lista de tarefas pré-morte. Fui até a funerária e deixei tudo organizado.

Eu não queria uma urna. Não queria fazer parte das coisas acumuladas na casa do meu pai caso ele voltasse aos velhos hábitos, mas me recusava a gastar sete mil dólares em um caixão e um túmulo quando esse dinheiro poderia ir para as pesquisas sobre a ELA.

Então comprei um pacote de cremação e optei por uma caixa de papelão para as cinzas. Não confiava que meu pai fosse espalhá-las em algum lugar significativo, ainda que eu deixasse por escrito exatamente onde gostaria de descansar. Eu provavelmente acabaria na despensa ao lado das latas de comida vencida. Se tivesse que adivinhar, diria que Adrian estaria triste demais. Então confiei essa tarefa final a Drake e disse a ele que espalhasse minhas cinzas no oceano.

Em vez de pagar por uma cerimônia de despedida, contratei com meu agente de viagens um cruzeiro pelo mundo para meu pai, Annabel, Brent, Joel e Grace. Eles celebrariam minha existência aproveitando a beleza que a vida tinha a oferecer.

E terminei.

Planejei tudo. Organizei tudo. Só faltava garantir um plano para Grace.

Annabel ainda recusava minhas ligações na clínica de reabilitação. Mas pelo menos ela *estava* na reabilitação.

Era véspera de ano-novo e eu tinha reservado um quarto para passar o fim de semana com Adrian em uma pousada em Stillwater. Quando fiz a surpresa dois dias antes, ele pareceu animado – bom, tão animado quanto seria possível à 1h15, depois de ter passado dezenove horas direto no escritório.

Eu estava cheia de esperança.

Quem sabe ele precisasse de um tempo para compreender o que tinha acontecido. Quem sabe o choque inicial tivesse passado e ele estivesse pronto para seguir em frente. A gente ia relaxar, dormir um pouco. Ter um tempinho só para nós dois, para nos reconectarmos.

Fiz uma reserva para jantarmos no Ladeyra, meu bar de vinhos favorito.

O plano era comemorarmos a virada do ano nus com a garrafa de Dom Pérignon que eu tinha comprado, na cama king-size.

Deixei Grace com meu pai e fiz o check-in às quatro da tarde.

Adrian disse que sairia do escritório por volta das cinco e me encontraria lá, mas ainda não tinha mandado mensagem pedindo o endereço. Eu não avisei qual era a pousada porque não queria que ele pesquisasse. Queria que ficasse surpreso ao ver o lugar.

Eu tinha reservado a suíte Agatha Christie no Rivertown Inn em Stillwater. Já tinha me hospedado em muitas pousadas mundo afora, e nenhuma se comparava àquela. A decoração do nosso quarto era inspirada no vagão de primeira classe do *Assassinato no Expresso do Oriente*. Tinha um sarcófago do Rei Tut no banheiro, ao lado de uma banheira de hidromassagem enorme para dois. Tinha também uma sauna privativa, e o chuveiro era do tipo cascata. O quarto era luxuoso e incrível. Exatamente a fugidinha de que precisávamos.

Eu gostava principalmente da citação na parede:

> *"Gosto de viver. Algumas vezes me senti atormentada por uma tristeza bárbara, desesperadora e aguda, mas ainda assim tenho certeza de que estar vivo é algo grandioso."*
> *Agatha Christie, 1890–1976*

Parecia bastante adequada.

Às seis da tarde, Adrian ainda não tinha mandado mensagem. Também não atendeu quando liguei. Desci para o coquetel da pousada sem ele.

Quando voltei para o quarto, às 18h45, ele ainda não havia retornado. Mas o jantar era só às nove, e eu sabia que ele tinha um julgamento que começaria segunda-feira. Devia estar encerrando tudo para poder relaxar no fim de semana. Decidi tomar um banho enquanto esperava por ele.

Meia hora se passou.

Então uma hora. Coloquei mais água quente na banheira.

Quando Adrian finalmente ligou, ouvi o vento na janela do carro.

– Oi, você está a caminho? – perguntei, colocando o pé na torneira. – Perdeu o coquetel. Tem um jogador de golfe profissional aqui com uma garota. Eles são casados, mas não um com o ou...

– Vanessa, aconteceu um imprevisto.

Afastei o pé da torneira.

– Como assim?

– Estou indo para La Crosse.

Senti um frio na barriga.

– Em Wisconsin? *Por quê?*

– García foi preso. Tenho que ir pra lá.

Sentei na banheira.

– *O quê?*

– Sinto muito. Não vou poder te encontrar.

A decepção durou apenas um instante, e logo virou uma raiva ardente. Houve um estalo dentro de mim.

– Se quer terminar comigo, termine logo – falei.

– O quê?

Balancei a cabeça.

– Você não suporta nem estar no mesmo cômodo que eu, né? Não consegue nem *olhar* pra mim.

– Não é iss... Vanessa, não tenho escolha. Sou o advogado dele. Eu *tenho* que ir até lá.

– Você só tem que ir até lá porque não quer encarar uma noite sozinho *comigo*. Ele tem um escritório inteiro de advogados. Você mesmo disse isso, qualquer um pode ir até lá, não precisa ser você.

Eu praticamente vi Adrian passar a mão na boca, evitando olhar para mim.

Fechei bem os olhos.

– Não finja que isso não é *exatamente* o que nós dois sabemos que é, Adrian. Você está *fugindo*. Mesmo quando está *comigo*, está distante. Pare de me enrolar dizendo que é por causa do trabalho. Por favor. *Por favor.* Faça o retorno. Volte. E *pare* de fazer isso comigo.

Ele ficou em silêncio por um bom tempo.

– Para quê? Para ver você desistir e morrer?

Pronto.

Eu estava certa.

Senti meu queixo tremer.

– Não posso te dar o que está me pedindo, Adrian.

– Eu também não posso te dar o que está me pedindo. *Preciso* desse emprego. Neste momento, é a única coisa que me mantém minimamente são.

– Então passar vinte horas por dia longe de mim é o que está te mantendo são?

– Não foi isso que eu quis dizer…

– Foi, sim – falei, contendo as lágrimas. – Eu entendo. Você ainda está perdido, tentando entender o que está acontecendo. Decidiu fazer o que faz quando sente que perdeu o controle: trabalhar. Mas está desperdiçando um tempo precioso. – Balancei a cabeça. – É ilusão, Adrian. O controle é uma ilusão. Ninguém pode te prometer a eternidade. As pessoas morrem de maneira inesperada todos os dias. Sofrem acidentes de carro, ataques cardíacos e derrames. Quem passa a vida pensando em como ela vai terminar, vive o fim duas vezes. Ainda temos tempo, e tudo o que você acha que vai me salvar… *não* vai. Pare de correr atrás disso e seja feliz. Seja feliz *comigo* enquanto ainda pode.

Adrian não respondeu, mas eu não ouvia mais o vento no fundo, como se ele tivesse parado o carro.

– Este pode ser meu último ano-novo – sussurrei. – Você não entende isso? Não entende que cada feriado pode ser o último para mim? Que cada dia comigo é um presente? Isso não significa nada para você?

– É *claro* que significa.

– Então trate como um presente! Volte para mim. Se não for esta noite, tudo bem. Se tem que trabalhar, eu entendo. Vá fazer o que precisa fazer. Mas depois esteja *presente* neste relacionamento. Sua reação automática à descoberta de que talvez eu esteja morrendo deveria ser passar todos os momentos possíveis ao meu lado, não desaparecer.

Adrian ficou tanto tempo em silêncio que eu achei que a ligação tivesse caído.

– Não sei me sentir impotente, Vanessa – disse ele enfim, a voz embargada. – Não posso ficar parado vendo você morrer sem saber que fizemos *tudo* o que podíamos ter feito para evitar.

Balancei a cabeça, e as lágrimas que eu vinha contendo escorreram em meu rosto.

– Não posso passar meses esperando que você aceite as coisas, Adrian. Não tenho esses meses sobrando. Principalmente se você não vai fazer nada para superar isso. Você se recusa a fazer terapia, se recusa a procurar um grupo de apoio, se recusa até mesmo a conversar comigo. E não estou disposta a me sentir infeliz e sozinha enquanto você age como se eu já estivesse morta. Não vou fazer isso.

Ele ficou um bom tempo em silêncio.

– Preciso que me diga que vai buscar um tratamento. Que vai atrás do diagnóstico, que vai participar dos ensaios clínicos, tomar os remédios que estão disponíveis. Preciso de respostas. Preciso de um plano. – Ele fez uma pausa. – É a minha condição.

Suas palavras pairaram no ar.

– Sua condição? – sussurrei. – Sua *condição*? Está me dando um ultimato?

Adrian não respondeu.

Balancei a cabeça.

– E se eu disser não?

Ele esperou um bom tempo para responder.

– Vanessa... Preciso saber que vamos ter mais tempo.

Meu coração se estilhaçou em milhares de pedacinhos.

– Vai se foder, Adrian. Você não quer nem o tempo que a gente tem.

E desliguei.

29

ESTA DESPEDIDA VAI TE FAZER CHORAR

Vanessa

A clínica de reabilitação era boa. Tinha que ser. Eu estava pagando caro.

Depois de desligar o telefone na cara do Adrian, saí da pousada e fui até Iowa.

Passei a virada do ano em um hotel na beira da estrada, a um quilômetro e meio de onde Annabel estava. Verifiquei o horário de visita, programei meu alarme para a manhã seguinte, bebi metade de uma garrafa de champanhe em um copo de papel e fui dormir antes da contagem regressiva.

Adrian ligou de volta assim que desliguei na cara dele. Desliguei o celular. Não havia mais nada a ser dito.

Ele me deu um ultimato. Um *ultimato* sobre como eu deveria viver o resto da *minha* vida.

Ele nem teria ficado comigo se soubesse que eu podia estar doente. Era algo que eu tinha medo de pensar. Algo que ele negou com veemência. Mas agora eu entendia que ele só me dera tudo aquilo, todo aquele amor, porque não sabia.

Eu fui um clickbait.

Uma decepção. Uma promessa atraente de conteúdo valioso. Mas que, quando você olha de perto, não passa de propaganda falsa. Não era nem de longe o que você pensou que seria. Eu vendi a Adrian algo que não existia. Não fiz de propósito, mas ele foi enganado mesmo assim.

Eu devia saber que era bom demais para ser verdade. Devia ter procurado uma explicação para um homem como ele estar disposto a amar alguém como eu. E a explicação era que ele não sabia de nada.

E agora sabia.

As implicações eram grandes demais. Então evitei ficar pensando nelas. Tomei um banho, peguei um café ruim no posto de gasolina e fui ver minha irmã.

Annabel não estava esperando por mim, e eu não sabia se ela aceitaria me ver. Me apresentei no balcão e eles me deixaram entrar.

Ao me ver na área de visitas, ela parou por um instante. Então pressionou os lábios em uma linha reta e se jogou na poltrona em frente à minha.

– E aí? – cumprimentei.

Ela cruzou os braços.

– E aí?

Um silêncio tenso se impôs.

Ela parecia cansada, mas seu olhar estava atento. Vestia uma blusa de moletom desajeitada e calça cinza, também de moletom. O cabelo louro estava preso de um jeito meio bagunçado. Ela estava magra. Quase abatida.

– Está comendo bem? – perguntei.

– A comida daqui é uma merda – resmungou ela.

– Quer que eu compre umas barras de proteína ou algo do tipo?

Ela deu de ombros e desviou o olhar, cutucando um rasguinho no braço da poltrona.

– E seu ombro? – perguntei.

– Está bom, eu acho – murmurou ela. – Eles não me dão nenhum remédio, então...

– Bom, claro. Você está em reabilitação – falei, sarcástica.

Annabel me ignorou.

– Grace está bem – comentei.

Ela não respondeu.

– Eu liguei pra você – falei. – Várias vezes.

Annabel fez um biquinho.

– Eu não queria falar com você.

– Por quê?

– Porque você é uma mentirosa.

Bufei.

– Posso saber por quê? Porque eu me recusei a financiar sua farra?

Seus olhos encontraram os meus. Olhos azuis penetrantes. Os olhos da Grace.

– Cadê sua munhequeira? – perguntou ela.

Pisquei, surpresa.

– O quê?

Ela olhou bem para mim.

– Sua munhequeira. Para sua *mão*.

Fiquei agitada. Eu nunca tinha usado a munhequeira na frente dela. Nem na frente de ninguém. Só de Adrian.

– Eu vi quando fui ver seu apartamento. Antes de ter a Grace – comentou ela, e ficou me olhando como se me desafiasse a negar. – Quando você ia contar? Ia só, tipo, morrer, e deixar que a gente descobrisse depois?

Uma pontada de mágoa surgiu em seu rosto. Um microssegundo de vulnerabilidade que ela logo encobriu com a expressão enérgica que usava como máscara.

Annabel sabia. Aquele tempo todo... ela *sabia*.

– Você contou ao papai e ao Brent? – sussurrei.

Ela balançou a cabeça.

– Não. Mas eles sabem. Não são idiotas. Dá para perceber quando você não consegue nem abrir o ketchup.

Eu me recostei na cadeira.

Então foi por isso que meu pai piorou. Que os dois pioraram. Não era nenhuma surpresa que ela tivesse perdido a cabeça.

Uma sensação de derrota surgiu em minha garganta, me sufocando.

Aquela doença nunca ia nos deixar em paz. Ela enrolava os tentáculos em nossos tornozelos e nos puxava para baixo.

E agora também estava afundando Adrian.

Ela fazia isso com qualquer pessoa que eu permitisse que se aproximasse.

Engoli em seco.

– Não tenho certeza de que é isso mesmo – argumentei.

Annabel bufou.

– Tá.

O silêncio se impôs mais uma vez.

Ela voltou a cutucar o tecido rasgado da poltrona.

– Quase tomei um frasco inteiro no dia em que descobri – falou, baixinho. – Fui direto pra clínica. Consegui receita e tudo. Mas não usei. Eu dizia a mim mesma que Mel ficaria decepcionada comigo se eu tomasse estando grávida. Foi a única coisa que me impediu, pensar que Mel estava vendo.

Apoiei os cotovelos nos joelhos e inclinei o tronco para a frente.

– Annabel, se isso for o que... o que *pode* ser... não terei como ficar com a Grace. Posso cuidar dela enquanto você estiver aqui. Mas, quando sair, você precisa ficar com ela.

Annabel olhou para mim, e eu só conseguia pensar em quanto ela era jovem. Nem parecia ter 19 anos. Parecia uma criança. Não parecia nem ter idade para dirigir.

– Entregue Grace ao papai.

Fiquei olhando para ela.

– Entregar Grace ao *papai*?

– Ou ao Brent e ao Joel.

– O qu... Brent vai cair fora na primeira fralda vazada! Ele não está pronto pra ter um filho – falei, balançando a cabeça. – Você precisa cuidar dela, Annabel. Ela é *sua* filha.

– Não quero fazer isso. Não posso.

Umedeci os lábios.

– Pode, sim. Você *pode*. Eu ajudo. Ajudo com o dinheiro, você não precisa trabalhar...

– Eu não vou ficar sóbria.

Ela afirmou aquilo sem rodeios. Não era uma ameaça. Apenas uma afirmação.

– Não vou. Eu quero, mas, se tiver que cuidar dela, não vou conseguir. É difícil demais. Estou sendo sincera. Aqui eles dizem que a gente deve falar a verdade, e essa é a verdade. Eu nunca quis isso. Não quero ser mãe. Não vou conseguir.

– Você sabe que o papai não tem condição – sussurrei. – Se alguma coisa acontecer comigo, ele vai surtar. Ele *já está* surtando. Não pode deixar Grace com ele...

– Então encontre outra pessoa. Sempre tem alguém querendo um bebê. Grace é boazinha. Alguém vai querer ficar com ela.

– Não pode estar falando sério... Ela é sua filha – sussurrei, os olhos ardendo em lágrimas.

Annabel deu de ombros mais uma vez.

– Pelo menos estou sendo sincera.

Ficamos em silêncio.

Observei Annabel. Aquele rosto de bebê com linhas profundas na testa e um desgaste que excedia em muito sua idade.

Ela estava fragilizada. Muito, muito fragilizada.

E como não estaria?

Annabel tinha 14 anos quando Mel adoeceu. Era uma criança vivendo em meio a um monte de lixo, vendo a irmã mais velha, a única mãe que conheceu, definhar e morrer.

E agora sabia que eu também podia estar morrendo.

Quanto eu esperava que ela suportasse? Ela ainda nem tinha idade para beber legalmente e já vira mais tragédia que a maioria das pessoas com o triplo da sua idade.

A mãe a abandonou. Aí Mel morreu, e eu a deixei sozinha com sua dor e viajei pelo mundo enquanto nosso pai se afundava em sua doença mental. Ela engravidou sem querer, seu corpo refém de um bebê que ela não planejou e não queria, e do qual não tinha capacidade emocional de cuidar. Ela era viciada. Tinha seus próprios demônios, mas pelo menos tinha consciência suficiente para reconhecê-los.

Será que eu estava fazendo com ela o que Adrian fizera comigo? Será que eu estava insistindo que sabia o que era melhor para Annabel, quando era ela quem tinha que conviver com suas escolhas?

Quem sabe ouvir o que minha irmã tinha a dizer fosse o melhor para ela *e* para Grace.

Ainda que eu não concordasse.

– Tudo bem – sussurrei. – Vou garantir que ela fique com uma família boa.

Pela primeira vez em muito tempo, a expressão da minha irmã se suavizou.

Provavelmente porque, pela primeira vez em muito tempo, eu decidi ouvir o que ela tinha a dizer.

DUAS HORAS DEPOIS, EU ESTAVA no estacionamento da clínica, digitando o endereço do meu apartamento a fim de voltar para casa.

Annabel me deu um abraço demorado antes de eu ir embora.

Vi uma centelha da mulher que ela poderia ser. Demorou um pouco, mas apareceu. Annabel falou sobre o futuro, sobre a faculdade, sobre um diploma. Queria fazer design gráfico, criar sites. Eu disse que fiquei impressionada com seu trabalho para o BoobStick, e seus olhos brilharam. Ela me lembrou a Grace quando olha para o Adrian, a mesma felicidade pura que eu temia que minha irmã não fosse mais capaz de sentir.

Eu disse que era uma ótima ideia. Gostei de vê-la pensar no futuro.

Sabia que ela era capaz de se manter sóbria. Ela era forte. E agora tinha acesso a todos os recursos necessários. Acho que isso a libertou para admitir que precisava abrir mão de Grace. Acho que também me libertou, de certa forma. A esperança nunca foi minha estratégia de escolha. Agora não restava mais nenhum "e se". Eu não precisava me preocupar com o vício de Annabel destruindo a vida da Grace depois que eu não estivesse mais ali. Não precisava, porque Grace também não estaria mais ali.

Terminei de digitar o endereço na barra de busca...

E parei.

Qual era o sentido de voltar para St. Paul? O que havia lá para mim?

Adrian disse o que tinha a dizer, e eu também. Ele me deu um ultimato, e eu dei minha resposta. Estava tudo acabado. E agora todos tinham tudo de que precisavam. Então para que continuar lá?

Annabel estava recebendo ajuda. Grace tinha meu pai naquele momento, e meu pai tinha o apoio da Sonja. Eles podiam cuidar da Grace até que eu conseguisse uma família para ela. Brent estava encaminhado.

Adrian tinha seu trabalho e sua condição.

E, pela primeira vez em muito tempo, eu enxergava a possibilidade de que minha família ficasse bem. Isso era mais do que eu esperava.

Mas será que eles ficariam bem se eu estivesse por perto? Se tivessem que testemunhar meu declínio lento, como testemunharam o da Melanie?

Não. Porque olhar para mim seria como olhar para o Sol.

Eles eram um castelo de cartas frágil ao lado de uma janela aberta... e eu era a brisa. Eu tinha que ir embora.

Não ia me despedir de Grace...

Não podia voltar. Perderia a coragem.

Aquilo foi como um golpe em meu peito, e tive dificuldade de respirar.

Minha bebê...

Eu tinha visto Grace pela última vez e nem sabia. Beijei seu rosto, abracei-a e cheirei sua cabecinha, e não saboreei o momento, não guardei...

Ela era mais minha que de Annabel. Seria sempre minha, mesmo quando não se lembrasse mais de mim.

E isso teria que ser suficiente.

Só me restava esperar que os pedacinhos que ela teve de mim tivessem sido o bastante para durar uma vida inteira.

Decidi ligar para a assistente social e para a minha advogada, para que soubessem onde Grace estava.

Enxuguei as lágrimas, olhei para o celular e apaguei o endereço da barra de busca. De repente, a estrada à minha frente virou um ponto de interrogação.

Fazia tantos anos que eu tinha ido viver minha vida. Ser uma borboleta ao vento. Foi uma jornada solitária. Sem um cinegrafista para ajeitar meu microfone, me seguir por aí e editar meus vídeos. Sem um assistente de produção para reservar hotéis e planejar cronogramas. Nada além de uma mala e a roupa do corpo. Eu tinha isso no carro. Estava até com meu passaporte. Eu tinha partido com o objetivo de rir, ver o mundo e viver como se só me restasse um ano de vida. E agora talvez isso fosse verdade.

Eu não estava preparada para desistir do amor pela vida. E não ia passar nem mais um dia olhando para o Sol. Nunca mais. Escolhi viver, porque qualquer outra escolha seria simplesmente esperar a morte chegar.

Dei a partida e saí do estacionamento. Quando tive que virar, fui para onde o vento me levou.

30

O GUIA DEFINITIVO PARA SOBREVIVER A UM TÉRMINO (QUANDO A CULPA FOI SUA)

Adrian

Nada tinha mudado no meu apartamento. A árvore continuava montada e acesa, a cadeirinha da Grace continuava ao lado do sofá. Até a mantinha da Vanessa continuava onde ela deixara, embolada no sofá, com seu cheiro. Mas tudo estava diferente. Como quando acendem as luzes de uma boate.

Fazia dois dias que Vanessa não dava notícias. Desde que desligou na minha cara na véspera de ano-novo.

Assim que aconteceu, eu soube que tinha pisado na bola.

Fiz o retorno, liguei para Lenny e pedi a ele que fosse no meu lugar, e fui direto para Stillwater. Mas Vanessa não atendeu quando liguei nem respondeu as minhas mensagens, e eu não sabia para onde ir. Pesquisei pousadas na região e fui a cada uma, procurando pelo carro dela, mas não encontrei.

Foi a última vez que falei com ela.

Eu a traí. Exigi que Vanessa escolhesse entre mim ou *ela mesma.*

E ela mandou ver.

Aquele ultimato foi o ato desesperado de um homem deprimido que não dormia direito havia várias noites e que enlouquecia só de pensar em perdê-la. Foi manipulador e errado, e eu jamais teria ido até o fim. Eu sabia disso agora mais do que nunca. Não seria capaz de abandoná-la, não importava qual fosse sua decisão.

De repente, minha vida inteira ficou óbvia. Todos os meus defeitos expostos com a clareza de quem olha para trás depois do acontecido. Eu tinha tanto medo de ser abandonado mais uma vez pela pessoa que amava que não consegui discernir entre o certo e o errado.

Eu deveria ter feito o que ela disse. Procurado um terapeuta especializado em luto, um grupo de apoio, conversado com alguém. *Qualquer coisa*, menos o que fiz. Qualquer coisa, menos me afastar e dar aquele ultimato por não saber lidar com a escolha dela. E a escolha era *dela*. Vanessa tinha visto aquela doença de perto e dado seu testemunho, e eu me recusei a ouvir porque era incapaz de aceitar. Eu tinha muitos traumas e nunca fiz nada a respeito, nunca lidei com nenhum deles, com minhas questões de abandono, minha necessidade de controle.

Eu não era diferente do Richard. Mas *eu* abandonei minha família sem ter ido para lugar algum.

Achava que as coisas não tinham como piorar.

E estava errado.

Aquele era meu fundo do poço.

Eu não comia, não dormia. A sensação era a de que minha família tinha se desintegrado. Que eu falhei, e minha esposa me deixou e levou nossa filha. Não sabia o que fazer. Estava com medo de sair do apartamento. Mantinha tudo no mais absoluto silêncio para que a ouvisse no apartamento ao lado caso ela voltasse, mas Vanessa não voltou.

Eu abri mão do tempo que a gente tinha.

Ela estava certa. Eu devia ter valorizado cada segundo com ela.

Minha vontade era voltar no tempo e conversar com ela durante a viagem de carro quando voltamos de Nebraska. Levá-la à loja de doces que ela queria ver, almoçar com ela no dia em que foi ao meu escritório, e beijá-la na virada do ano. Em vez disso, passei todos aqueles dias olhando para o Sol.

Eu sabia que estava vivendo o pior duas vezes.

Minha esperança era que Vanessa só precisasse de um tempo. Talvez precisasse se acalmar. Então voltaria, me daria a chance de pedir desculpas. Eu estava me agarrando a essa esperança.

Eram quase duas da tarde. Eu estava na sala, o rosto apoiado nas mãos, quando meu celular tocou. Atendi às pressas, mas era Becky.

Passei a mão na boca e levei o aparelho à orelha.

– E aí…

– Adrian, o que você fez?

A voz dela estava trêmula.

Eu me ajeitei no sofá.

– Do que você está falando?

– Vanessa acabou de publicar um vídeo.

Desliguei na cara dela e corri para o notebook.

O vídeo começava com Vanessa sentada em uma sala de embarque. Seus olhos estavam vermelhos e inchados. O título era "Adeus para sempre".

Senti um frio na barriga.

– Oi, gente – disse ela, acenando para a câmera.

Vanessa estava sem aquele brilho no olhar. Ela vestia um moletom, e o cabelo estava preso em uma trança bagunçada. Ela parecia estar como eu, com o coração partido.

– Eu gostaria de estar gravando este vídeo com uma notícia boa, mas, como podem ver pelo título, este vai ser meu último vídeo. Não tenho sido sincera com vocês, e quero ser, porque acho que vocês merecem. – Ela fez uma pausa. – Nos últimos meses, tenho sentido o que temo serem os primeiros sintomas da esclerose. Tenho pensado muito na vida e, sabendo que talvez me reste pouco tempo, decidi que quero vivê-lo com certa privacidade. Vou continuar andando pelo mundo. E vou fazer vídeos dos meus últimos momentos, se for mesmo verdade. Mas eles só vão ser publicados depois que eu morrer. Por quê?

Ela deu de ombros e continuou:

– Porque eles vão ter mais valor depois que eu não estiver mais aqui, e quero dar mais um empurrãozinho à minha caridade depois que eu partir. Meu último dedo do meio vai para essa doença… enquanto eu ainda consigo mostrar. – Ela abriu um sorrisinho para a câmera. – Vocês têm sido o ar que eu respiro. De verdade. Eu não teria feito nada disso sem vocês. Arrecadamos milhões de dólares para as pesquisas sobre ELA e fizemos muito mais do que eu poderia sonhar pela conscientização. Vocês me concederam um legado do qual posso me orgulhar, e um dia isso tudo vai salvar vidas. Obrigada por me darem uma plataforma e por fazerem a diferença.

Então ela respirou fundo, e sua expressão ficou ainda mais triste.

– Tanquinho... Quer dizer, *Adrian*. – Ela olhou bem para mim. – Eu nunca te agradeci. Tem muitas coisas que eu nunca te disse. Você me deu tanto amor no último mês... Foi meu amigo e me apoiou. Você fez com que eu me sentisse segura e firme. Me deu a oportunidade de ter uma família por um tempinho e, embora eu saiba que não era isto, tive a oportunidade de sentir como é ser esposa de alguém. – Seu queixo tremeu, e meu coração se despedaçou. – Você é o amor da minha vida... e não só porque ela provavelmente vai acabar muito antes do que eu esperava. Quero que você saiba que não te culpo por não ter aguentado isso tudo. Espero que encontre alguém que possa te dar uma vida de lembranças, o que eu não posso fazer, porque você merece.

Ela pressionou os lábios, como se estivesse tentando não chorar.

– Não se esqueça das coisas que eu te ensinei. A vida é curta, Adrian. É curta demais. Coma o bolo, faça a viagem, dance na chuva. E não faça nada que vá partir seu coração. Sinto muito que eu tenha feito isso.

Vanessa ficou um tempo olhando para mim pela tela.

E o vídeo acabou.

Mal tinha passado um segundo quando algo bateu na parede que eu tinha em comum com o estúdio de Vanessa. Levantei de um salto e corri até a porta, ofegante, achando que talvez ela tivesse voltado para buscar suas roupas ou as coisas da Grace. Talvez não fosse tarde demais.

Mas, quando abri a porta, vi um sofá saindo do apartamento da Vanessa, carregado por dois homens que vestiam o uniforme azul de uma empresa de mudança.

Ouvi a voz de Gerald dentro do apartamento.

– Cuidado com isso aí, são itens de colecionador! E estou de olho, então não pensem que vão conseguir enfiar algo no bolso!

Ele me viu e parou de dar ordens.

– Ah, o advogado! – exclamou, sorrindo para mim.

Olhei para o pequeno estúdio, o coração martelando dentro do peito. Uma equipe estava encaixotando tudo. Uma pessoa de luvas brancas tirou o Banksy da parede e o embrulhou com papel. O colchão estava encostado na parede, e um homem desmontava a cama. Alguém estava na cozinha, encaixotando as mamadeiras da Grace. Uma mulher tinha subido em uma escada, removendo do teto as estrelas que brilhavam no escuro.

– O que estão fazendo? – perguntei, ofegante, olhando para Gerald, embora fosse óbvio.

Ele balançou sobre os calcanhares com as mãos nos bolsos, daquele jeito despretensioso.

– Levando as coisas da minha filha, como ela pediu – respondeu ele, erguendo uma das mãos. – Não se preocupe. O apartamento estará vazio em algumas horas. Limpo, como pede o contrato.

Observei aquela cena, incrédulo. Eu não conseguia respirar. A sensação era a de que Vanessa estava sendo apagada. Em uma hora, seria como se ela nunca tivesse estado ali.

– Onde ela está? – perguntei, olhando para ele, em pé no meio daquele caos.

Seu sorriso se desfez, e por um instante ele quase pareceu ter pena de mim.

– Filho, você sabe que não posso te contar.

Olhei para ele, desesperado.

– Pode, sim. Tem que me contar. Por favor... – implorei.

Ele franziu as sobrancelhas espessas.

– Acho que a gente precisa ter uma conversa. Eu diria que seu apartamento é mais adequado para isso no momento. Vamos?

Olhei mais uma vez para aquela cena impossível no apartamento de Vanessa. A vida dela desaparecendo diante dos meus olhos.

– Vamos.

Quando entramos no meu apartamento, ele apontou com a cabeça para o bar, que ficava a caminho da mesa de jantar.

– Pode me servir algo forte? Está sendo um dia difícil.

Servi um bourbon com as mãos trêmulas, coloquei o copo à sua frente e sentei.

Havia uma névoa de incredulidade tão densa que aquilo quase não parecia real. Olhei para Gerald, sentado ali como se fosse a extensão de um sonho estranho.

Ele aproximou o nariz do copo e respirou fundo. Então assentiu em sinal de aprovação e bebeu um gole.

– Ah, que bom. Muito, muito bom. Você tem bom gosto – disse, erguendo o copo para mim. – Em matéria de bourbon *e* de mulheres.

– Você precisa me dizer onde posso encontrar Vanessa. Agora mesmo. Eu tenho que ir – falei, desesperado demais para ter algum tato.

Ele deu uma risadinha.

– Sabe, você me lembra um pouco de mim quando eu tinha sua idade. E Vanessa é a cópia da mãe dela. A mesma energia. A mesma luminosidade – comentou ele, apontando para mim com o copo. – Você sabe do que estou falando. Elas têm uma luz. E são teimosas! Meu Deus, como são teimosas! – Ele deu uma risadinha irônica, olhando para o copo. – Quando sofreu o acidente de carro, fazia um ano que minha mulher, Samantha, apresentava sintomas. Dizem que ela perdeu o controle do volante. Pra falar a verdade, ela não devia estar dirigindo, mas Samantha não aceitava ordens de ninguém.

Gerald abriu um sorrisinho, o olhar distante, como se estivesse se lembrando dela. Então seu sorriso se desfez e ele me encarou sob as sobrancelhas espessas.

– Sabe, ela também não quis participar de nenhum ensaio clínico. Eu não conseguia entender. Fiquei com raiva... durante *anos*. Como ela podia nos abandonar assim? Por que não tentou? Levei muito tempo para perceber que, só porque a gente não reconhece a luta que elas escolheram, não significa que não estejam lutando.

Ele se inclinou para a frente.

– E essa nem é a parte difícil, meu filho. Amar não é a parte difícil. Nem calar a boca e simplesmente apoiar, ainda que a gente não aceite o que elas fazem. A parte difícil ainda vai chegar, e vai durar a sua vida inteira, quando aquela luz que te ilumina se apagar. Ainda que no fim isso com a mão dela não seja nada, você vai continuar esperando a bomba cair, enlouquecendo aos poucos. Isso vai te corroer por dentro. Se não está dando conta do que acontece agora, acredite, não está preparado para o que está por vir. – Ele fez uma pausa. – Mas acho que você sabia disso.

Gerald olhou bem para mim.

– Você sabia o que estava fazendo quando deu aquele ultimato. Sabia que não foi feito para isso. Não vá atrás dela. Você tem a vida inteira pela frente. Aceite o presente que ela te deu, volte ao trabalho, ame outra mulher. Siga em frente. Deixe Vanessa ir.

Fiquei olhando para ele. Gerald não devia ter mais que 55 anos, mas parecia dez anos mais velho. Rugas profundas. O desgaste de décadas de sofrimento.

Bebeu um último gole e se levantou.

– Fiquei com a guarda da Grace. Annabel vai abrir mão dela. Fique à vontade para dar uma passada lá – disse, e parou à porta a fim de olhar para mim. – Você sempre teve a minha bênção, xerife de corredor. Eu gostava de ter um advogado na família.

E saiu.

31

ELE PARTIU SEU CORAÇÃO? FAÇA O TESTE E DESCUBRA!

Vanessa

Dois meses depois

– É melhor a gente ir logo, para pegar a luz – disse Laird.

Estávamos na praia, em um bar vazio estilo cabana tiki. Eu estava escorada no corrimão de bambu, olhando para a água. O sol se punha, e uma brisa quente e salgada jogava meu cabelo para trás.

Brent estava no raso, com a calça arregaçada, observando as ondas.

Eu estava na ilha particular de Drake. Brent estava no país praticamente desde o dia em que peguei a estrada. Parte da condição de Drake em apoiar o BoobStick era que a produção acontecesse no continente próximo da ilha, gerando empregos para os moradores locais. Brent e Joel estavam lá supervisionando o treinamento e fazendo o controle de qualidade.

Drake e Laird iam se casar no dia seguinte, então Brent apareceu de barco para ir comigo. Era deprimente. Meu acompanhante não só era gay e estava em um relacionamento, como também era meu irmão. Era o suprassumo do emoji chorando.

Brent e eu tivemos uma conversa profunda ao telefone alguns dias depois da minha partida. Ele sempre soube que talvez eu estivesse doente e respeitava minha vontade de não contar a ninguém, então nunca abordou o assunto. Mas ficou magoado por eu não ter contado.

Nós tínhamos nos aproximado bastante naqueles últimos meses. Deixei de ser sua irmã mais velha e passei a ser sua amiga – e preferia assim. Eu precisava de um amigo. E Brent precisava que eu soubesse que ele sabia cuidar de si mesmo.

E ele sabia.

Estavam assando um porco em frente ao cais. Dava para ver o brilho das tochas entre as palmeiras e ouvir a música tocando ao longe. O público era bem interessante. Você tanto podia se sentar ao lado de um guru local quanto ao lado do Brad Pitt.

– Você devia voltar – falei para Laird. – Está perdendo sua festa.

Ele prendeu o microfone em meu colar havaiano e sorriu.

– Ah, eu prefiro estar aqui. Isso tudo é coisa do Drake. Eu odeio multidões.

Abri um sorriso.

– Bom, fico feliz pela companhia... e pela ajuda. Vai ser bom ter um vídeo pra essa série que não foi feito com a câmera frontal.

Eu tinha passado dois meses meio escondida, tentando não ser reconhecida. Passei algumas semanas fazendo um mochilão pelo Reino Unido. Uma semana em Amsterdã em hostels aleatórios.

Aí meio que me perdi. Como um brinquedo cuja corda acaba, simplesmente parei. Não conseguia mais seguir em frente.

Não havia nada que eu quisesse ver. Nenhum lugar aonde quisesse ir. Sempre gostei da Irlanda, então fui para lá, achando que isso ia me animar.

Não animou.

Aluguei uma casinha de campo nos arredores de Dublin e fiquei lá. Passei três semanas inteiras lendo um romance atrás do outro. Não fui visitar a vilinha pitoresca ali perto, não fiz amizade com ninguém. A única coisa que me fez sair de lá foi o casamento, e agora eu talvez permanecesse naquela ilha até morrer, simplesmente porque não conseguia mais seguir em frente.

Drake não se importaria. Acho que ele não fazia a menor ideia de quantas pessoas moravam em sua ilha. Era meio que uma entidade viva, que reunia e perdia habitantes com a maré. No dia anterior, eu tinha perguntado quem era o homem de dreadlocks que vivia na rede perto do jardim, e ele não sabia. Disse que achava que era, nas palavras dele:

– O cara que cuida das lhamas, talvez?

Se havia um cara que cuidava das lhamas na ilha, também podia haver uma vlogueira excêntrica que bebia todo o vinho e morava na cabana ao lado das bananeiras.

Minha mão não tinha melhorado.

Eu tinha dias bons e ruins. Nos dias bons, eu sentia os dedos. Conseguia pegar coisas leves. Nos dias ruins, eu quase não conseguia usar a mão para nada.

Não é incomum que a ELA pare de progredir por um tempo ou até regrida um pouco. Mas uma hora voltaria a progredir. *Sempre* voltava. E agora estava começando a subir pelo braço. Eu tinha perdido a força do bíceps. A mudança era perceptível em comparação com o outro braço. Magrinho. *Atrofiado.*

Era assustador olhar no espelho e ver as diferenças. Tão assustador que tirei o espelho de corpo inteiro da minha cabana. E era ainda pior ver que todos percebiam. Pegar Brent desviando o olhar, como se não estivesse olhando fixamente para o meu braço.

Aquilo só me deu mais certeza de que eu tinha feito a coisa certa ao ir embora. Annabel e meu pai não iam conseguir lidar com a situação.

Era oficial, havia um chihuahua idoso, minúsculo e sem dentes em Nebraska que provavelmente ia viver mais que eu.

O acupunturista do Drake tentou ajudar. Funcionou um pouco. Os dias bons geralmente aconteciam logo após uma consulta. Mas nada era capaz de melhorar minha apatia, minha falta de motivação, de entusiasmo e de amor pela vida.

Alguma coisa ruiu em mim quando perdi Adrian.

Demorei muito tempo para aceitar isso. Mas aceitei. Eu tinha perdido a capacidade de decidir não ficar triste. Não dependia mais de mim.

Existem pessoas que estão presentes em nossa vida inteira e nunca entram em nosso coração. E existem aquelas que já estão dentro dele antes mesmo que a gente coloque os olhos nelas. Eu me dei conta de que Adrian sempre foi parte de mim. Não importava que ele tivesse feito parte de um minuto da minha vida nem que eu tivesse feito parte de um segundo da dele. Ele era eterno para mim, estava imortalizado em minha alma antes, depois e para sempre. E esquecê-lo era tão impossível quanto mudar meu DNA.

Eu sentia sua falta. Às vezes acordava no meio da noite e demorava alguns segundos para entender que estava sozinha. Que Adrian não estava ao meu lado, ou do outro lado da parede. Às vezes eu via alguém de costas e tinha certeza de que era ele. Mas é claro que nunca era.

Nunca seria.

Eu imaginava que ele tinha mergulhado de cabeça no trabalho. Quem sabe estivesse treinando para uma maratona.

Quem sabe tivesse voltado a namorar...

Eu tinha a esperança de que todos estivessem retomando suas vidas. Mas não sabia de nada.

Não falava com meu pai nem com Annabel. Tinha mudado de número e cancelado o e-mail. Era melhor assim, pelo menos naquele momento. Eu era uma muleta para eles, e talvez eles também fossem uma muleta para mim.

Fui obrigada a reconhecer que eu tinha uma espécie de codependência com a minha família, e todos nós precisávamos aprender a viver de um jeito diferente. Eles precisavam tomar decisões por conta própria, e eu precisava aceitar seus tropeços. Eles nunca seriam independentes se eu sempre estivesse pronta para livrá-los de qualquer problema. Era melhor que aprendessem a se virar sem mim, que começassem a praticar logo, antes que fossem obrigados a fazer isso para valer.

Se meu pai ou Annabel precisassem entrar em contato comigo por qualquer coisa que não fosse dinheiro, Brent sabia como me encontrar. A advogada de adoção já estava em contato com Sonja. Eu sabia que ela e meu pai encontrariam a família perfeita para Grace. Eles não precisavam de mim para isso. Meu pai era um cara esperto... e paranoico demais para deixar que ela ficasse com alguém que não passasse no teste.

E Adrian... ele ia superar. Ficaria bem em outro relacionamento, que fosse mais administrável e previsível. Eu torcia para que ele encontrasse essa pessoa. De verdade. Queria que ele fosse feliz, pois o amava.

Maaaas eu também era mesquinha o bastante para ter esperança de que o sexo com ela não fosse tão bom quanto comigo. Mas isso não vem ao caso.

Brent veio do mar, olhando para o celular.

– Ei, sabia que a hashtag #OndeEstáVanessaPrice está em alta no Twitter?

Soltei uma risada curta.

– Não é nenhuma surpresa. Eu fiz uma despedida dramática. E que bom. Significa que os vídeos vão ter mais visualizações quando forem publicados.

Ele olhou para mim com pena.

– Sabe, se quiser, posso ir com você para algum lugar depois do casamento. Pode ser uma aventura. Talvez um lugar exótico com aqueles macacos agressivos que pegam nossa comida e cagam em tudo.

Dei uma risadinha irônica.

– Estou falando sério, Vanessa. Esse fundo do poço em que você se meteu não é nada atraente. Você precisa de uma injeção de alegria.

– Não. Estou me preparando para ser a eremita que mora na ilha do Drake. A americana maluca sem sutiã que bebe e sequestra os cabritinhos.

Laird fez uma careta.

– Acho que já temos alguém assim – disse, e levantou a câmera. – Pronta?

Brent se sentou em uma banqueta e voltou a olhar o celular.

Assenti.

– Pronta.

Primeiro abri meu sorriso falso. Então virei para a câmera.

– Oi, gente! Bom, consegui! Estou no casamento. Vocês *não* vão acreditar na lista de convidados. O The Weeknd apareceu em um jet ski hoje de manhã, e Anthony Hopkins está ali – falei, me aproximando da câmera. – Vou ver se consigo fazer com que ele encene aquela fala das favas de *O silêncio dos inocentes*. Têm sido dias incríveis por aqui...

– Vanessa! Meu Deus! Chrissy Teigen acabou de mencionar você no Twitter!

Fiz uma pausa no monólogo e olhei para Brent.

– Sério? O que ela disse?

Ser mencionada por uma celebridade não era exatamente uma novidade, mas eu não a conhecia.

Brent ficou olhando para o celular e não respondeu.

– E aí? O que ela disse?

– Ah, meu Deus. Ah meu Deus ah meu Deus ah meu Deus.

Ele saltou da banqueta e enfiou o celular na minha mão.

– VEJA!

Li a publicação.

> Será que alguém pode acabar com o sofrimento desse homem e dizer onde está Vanessa Price?

Chrissy tinha usado a hashtag e compartilhado uma notícia cujo título era: "Este homem está procurando seu amor perdido pelo mundo e você não vai acreditar no motivo!"

Minha. Alma. Saiu. Do. *Corpo.*

Abri a notícia e prendi a respiração, pedindo a Deus que não fosse o cara de "Monett, Missouri".

Não era.

Adrian Copeland está em uma busca pelo mundo para encontrar um amor perdido - e você provavelmente sabe quem ela é.

Há algumas semanas, a youtuber Vanessa Price vinha provocando seus seguidores com histórias sobre um homem atraente e misterioso. Agora sabemos que se trata do advogado de prestígio de St. Paul, que não vai parar enquanto não a encontrar.

Price é famosa por buscar uma cura para a esclerose lateral amiotrófica, ou ELA, a doença que inspirou o Desafio do Balde de Gelo em 2014.

Price perdeu a irmã para a doença e, em um vídeo recente, revelou que pode estar sofrendo os sintomas iniciais. Ela anunciou o fim de seu canal, Borboleta Carismática, e, em uma despedida de cortar o coração, deu a entender que o possível diagnóstico tinha sido demais para o namorado, Adrian, e que o relacionamento havia terminado.

Segundo Copeland, eles tiveram um desentendimento a respeito da decisão de Vanessa de não buscar tratamento e terminaram.

"Cometi um erro terrível e perdi o amor da minha vida", disse ele, em um vídeo que viralizou há três semanas, implorando por informações sobre o paradeiro dela.

Copeland, que decidiu adotar a sobrinha de Price, disse que

está lutando contra o medo de andar de avião e que precisou passar um mês em terapia intensiva para enfrentar a fobia e lidar com seus sentimentos a respeito de um possível diagnóstico da doença de Price. Desde então, ele vem seguindo pistas pelo mundo, com a bebê a tiracolo, tentando encontrar Price, que desapareceu. Não sabemos se ela tem conhecimento dessa busca, mas Copeland deixou bem claro:

"Nunca vou parar de procurar. E, quando encontrar Vanessa, vou passar o resto da vida mostrando a ela quanto a amo."

– Ah, meu Deus… – murmurei.

– Como é que você *não* sabia disso? – perguntou Brent.

Eu me virei para ele com os olhos arregalados.

– Estou dando um tempo das redes sociais, e quando entro tem milhões de notificações todos os dias! Parece até um bando de gaivotas gritando para mim em várias redes diferentes! Eu ignoro!! Por que ele não ligou para você? Você sabia onde eu estava!

– Eu bloqueei Adrian em solidariedade a você! Ele está morto para mim desde o ano-novo!

– Papai não te ligou?

– Ah, ligou, mas eu não atendi! Quem atende quando o *papai* liga???

Grace. Adrian estava adotando *Grace.*

Eu ri e chorei ao mesmo tempo, procurando os bolsos inexistentes do vestido para pegar um celular que fazia uma semana que nem carregava.

– Meu celular. Preciso do meu celular!

Brent apontou para a minha mão, todo dramático.

– Você está com o meu! Use o meu!

Abri o telefone.

– O número dele. Eu não sei o número dele! – falei, e digitei o nome de Adrian na lista de contatos do Brent, mas não apareceu nada. – Como você não tem o número dele?! Ele é um dos seus investidores!

– Está como Tanquinho dos Deuses! Não! Espera! Xerife de Corredor! Tente Xerife de Corredor!

Abri o contato e levei o celular à orelha, andando de um lado para outro.

Não completou a ligação.

Soltei um gemido gutural e estridente, e saí correndo para implorar ao Drake que me deixasse usar o telefone via satélite.

Eu ia perder o casamento. Ia pegar o jet ski do The Weeknd e ir direto para o aeroporto mais próximo. Não ia parar enquanto Adrian não estivesse na minha frente.

– Vanessa! – gritou uma voz distante.

Parei de repente na areia, ofegante.

– Vocês ouviram isso? – perguntei, olhando para Laird e Brent, que vieram atrás de mim.

Laird continuava filmando.

– Vanessaaa!

Virei.

– Tá, agora parece ter vindo mais de perto. Quem está me chamando?

Laird também estava procurando. Ele fez uma panorâmica da praia com a câmera.

Acho que o vimos ao mesmo tempo, porque a câmera de Laird parou e focou em um homem que vinha correndo pela praia. Parecia um convidado do casamento. Vestia uma roupa branca de linho e vinha chutando a areia a toda.

– Vanessa!

Estreitei os olhos.

Então levei a mão à boca.

Era ele.

Adrian.

Demorei um instante para entender o que estava acontecendo. Então saí correndo na direção dele pela praia, e nos abraçamos.

Eu me senti completa na hora.

Ele me pegou no colo como eu já tinha visto Drake recolher o paraquedas depois de um salto de BASE jump. Uma mão entrelaçada à outra, me puxando contra o abdômen para me carregar nos braços. Minhas coxas envolveram sua cintura e meu vestido subiu. Suas mãos seguraram minha bunda, seus lábios quentes tocaram os meus. Por um instante, eu me perguntei se tinha finalmente morrido e ido para o céu.

Afastei os lábios dos dele.

– Espera. Espera, espera, espera, o que você está fazendo aqui? – perguntei baixinho. – Como? Como me encontrou?

Ele se afastou apenas o bastante para olhar para mim. Estava chorando. Parecia ter passado meses chorando todos os dias. Como se agora fosse mais fácil simplesmente continuar chorando do que parar.

– Eu sabia que você estaria aqui. Você não perderia o casamento do Drake. Sabia que seria minha única chance de saber exatamente onde você estava. Vanessa, me desculpe. Eu estava errado. Foi errado pedir aquilo a você. Eu não tinha esse direito.

Balancei a cabeça.

– Você só estava sendo sincero com suas necessidades…

– Que se danem as minhas necessidades. Eu devia ter te ajudado a manter a paz. Era esse o meu *papel*. Eu me dediquei muito para lidar com tudo o que havia dentro de mim que me impedia de ser forte por você. Eram questões minhas e eu precisava enfrentá-las. Sinto muito.

Engoli o nó que surgiu em minha garganta.

Adrian me olhava fixamente.

– Eu te amo. Nunca disse isso e devia ter dito todos os dias. Eu te amo.

Meu queixo tremeu.

– Você pegou um avião…

Ele balançou a cabeça.

– Eu peguei vários. Larguei meu emprego. Acordava todos os dias sem saber onde eu ia acabar ou o que ia fazer. Eu não sabia nem se você ia querer falar comigo quando te encontrasse.

– Você adotou Grace? – perguntei, a voz embargada.

– Fui buscar Grace na casa do seu pai no dia em que tiraram suas coisas do apartamento.

– Você… você fez isso? – perguntei baixinho.

Um sorrisinho curvou seus lábios.

– Ele fez todo um discurso, dizendo que eu devia abrir mão de você. Então fez uma saída dramática, e eu nem deixei ele chegar ao fim do corredor. Fui logo atrás dele, dizendo que nunca ia abrir mão de você e que queria minha filha de volta. Ele disse que só queria ver se eu ia lutar para manter minha família unida. Acho que passei no teste.

Mesmo em meio às lágrimas, eu ri.

Ele abriu um sorriso.

– Foi a maior negociação da minha vida. Ele me fez prometer que ia permitir suas visitas e que só compraria brinquedos com gênero neutro. Então começou a reclamar do patriarcado e das mensagens subliminares nos filmes infantis. Eu levo seu pai ao Perkins com a Grace toda semana desde que você foi embora.

Eu achava que era impossível amar Adrian mais do que eu amava, sentir mais orgulho dele. Mas estava enganada.

Ele apontou para trás com a cabeça.

– Ela está aqui. Está com Drake... que, aliás, continua sem camisa.

Dei risada e as lágrimas que estavam acumuladas escorreram.

Seus olhos verdes se fixaram nos meus, e ele enxugou meu rosto com o polegar.

– Por favor – sussurrou –, diga que não é tarde demais. Diga que vai me dar mais uma chance. Não quero desperdiçar nem mais um minuto. Já perdi muito tempo.

– Sim – sussurrei.

– Sim?

Mais uma vez, eu ri em meio às lágrimas.

– Sim.

Adrian abriu um sorriso enorme. Radiante. Ele me beijou mais uma vez, e eu derreti.

Não havia nada de nostálgico nele. Nem em seu cheiro familiar, nem no formato de seu corpo, porque nostalgia significa que algo é uma lembrança. Ele não era. Meu coração nunca deixou que Adrian ficasse para trás, nunca esqueceu nenhum detalhe. Retomamos do ponto de onde tínhamos parado, como uma conversa contínua. A inspiração que se seguiu à longa expiração que foram aqueles dois meses.

Adrian se afastou a fim de olhar para mim.

– Vamos viver a melhor época das nossas vidas. Cada dia como se fosse o último.

Funguei.

– E quando for meu último dia? – perguntei, olhando para ele.

– Você é minha alma gêmea. Eu vou te encontrar na próxima vida. Como encontrei nesta.

EPÍLOGO

ESTAS CELEBRIDADES SUMIRAM DO MAPA. VEJA ONDE ELAS ESTÃO AGORA!

Adrian

Dez meses depois

– Vamos, se segure no meu pescoço.

Vanessa fez cara feia. Ela detestava aquilo.

– Eu consigo sozinha.

– Não, não consegue – falei, e a peguei em meus braços. – Não tem força para isso. Vai cair e se machucar. Além do mais, deixou Drake carregar você naquela montanha na Venezuela.

Abri um sorriso e a carreguei para a sala do meu – do *nosso* – apartamento, onde a coloquei no sofá.

Cobri Vanessa com a mantinha e beijei sua testa.

– Pronto. Foi tão ruim assim?

Ela cruzou os braços, me provocando.

Grace também fazia isso agora. Eu estava em menor número, duas contra um.

Grace estava aos meus pés, abrindo e fechando as mãozinhas.

– Papa.

Peguei nossa filha no colo.

– Está vendo como a mamãe é teimosa? – falei, fazendo cócegas em sua barriga, e ela riu, os cachinhos louros balançando.

– Eu não sou teimosa – respondeu Vanessa, bufando e tentando disfarçar o sorriso.

– Nem me venha com essa – falei, com um sorrisinho. – Você podia ter feito isso há meses, e não teria essa lesão nos nervos da mão.

O problema não era ELA.

Seis meses depois que fui atrás dela na ilha do Drake, Vanessa continuava com formigamento e fraqueza nos dedos – mas nunca passou do braço. Ela finalmente concordou em ir ao médico e descobriram um cisto benigno que estava pressionando um nervo. Tinha acabado de fazer a cirurgia. Foi um procedimento simples, mas ela ainda estava tonta por causa da anestesia.

Como fazia algum tempo que não usava aquela mão, ela perdeu o tônus muscular do braço, mas com um pouco de fisioterapia tudo voltaria ao normal.

Muitas coisas voltaram ao normal com esse diagnóstico.

Ela estava com 30 anos. Tinha oficialmente vivido mais que a avó, a tia, a mãe e a irmã mais velha.

Isso não significava que estávamos livres da doença. Nunca estaríamos. A esclerose podia atacar a qualquer momento. Vanessa poderia ter o gene. Mas, a cada dia que ela não apresentava os sintomas iniciais, sentíamos mais esperança. E tratávamos cada dia como um presente.

No dia seguinte, seria véspera de Natal. Estávamos em casa para as festas de fim de ano – entre outras coisas. A saber, a cirurgia, o aniversário da Vanessa e o mais importante: nosso casamento.

Nosso apartamento estava decorado para o fim de ano. A árvore estava montada. As artes da Vanessa estavam penduradas nas paredes, além de algumas peças novas que compramos em nossas viagens. O teto do nosso quarto tinha estrelas que brilham no escuro, e a gaveta de bagunça estava o caos. Meu escritório agora era o quarto da Grace. Não que passássemos muito tempo em casa para usá-lo. Com 1 ano de idade, Grace já tinha visitado mais países que a maioria das pessoas visita em uma vida.

Peguei o notebook e me acomodei no sofá ao lado da minha esposa.

Ela olhou para mim quando anexei um arquivo em um e-mail para Malcolm.

– Tem certeza de que quer fazer isso? – perguntou. – Tem um monte de coisas pessoais aí.

Eu me aproximei para beijá-la.

– Tenho – respondi.

Nossa vida inteira estava naquele arquivo. Vídeos dos últimos dez meses. Nosso reencontro emocionante, os dias na ilha do Drake, em que nos reconectamos. Nossa viagem à Índia, o cruzeiro pelo Mar Báltico, o beijo em frente à Torre Eiffel. Grace dizendo "mamãe" pela primeira vez, Grace dizendo "papai" pela primeira vez. Um surto da Vanessa em um resort no Havaí por não ter conseguido remar no stand up paddle com o braço ruim. Eu a acalmei e a mantive calma. Caminhadas na floresta na Colômbia, nós dois dançando em um calçadão no Rio de Janeiro, os primeiros passos da Grace. A volta aos Estados Unidos para visitar minha mãe, minha avó e Richard. O Dia de Ação de Graças com Gerald, Annabel e Brent. O pedido de casamento surpresa no corredor do prédio no aniversário de um ano do dia em que nos conhecemos. A foto do noivado, nossos pés com um quadrinho no meio escrito ELA ACEITOU (COMER TAPAS).

Tínhamos gravado o último vídeo da série na semana anterior. Era nosso casamento, no dia do aniversário de 30 anos da Vanessa, um evento privado no Sunken Garden do Como Park em St. Paul.

Drake foi o celebrante – ele até vestiu uma camisa para a ocasião. Meu primo Josh foi meu padrinho, e Gerald entrou com Vanessa.

Ele estava bem. Continuava na terapia, mantinha o emprego e a casa limpa. Vanessa estava muito orgulhosa dele.

Brent e Joel estavam noivos. O BoobStick era um sucesso – sabíamos que seria. A empresa ajudava a pagar a maior parte das nossas viagens.

Annabel...

Ela saiu da clínica mais cedo do que deveria e teve uma recaída. Foram alguns meses difíceis depois disso. Quando retomou o tratamento, finalmente estava pronta para largar as drogas. Estava sóbria desde maio, e se mantinha muito bem, desenvolvendo o design gráfico para Brent e fazendo um curso à distância. Falava com Grace pelo Skype de vez em quando e passava bastante tempo com ela agora que estávamos na cidade.

Decidimos contar a Grace sobre seus pais assim que ela tivesse idade para entender, mas Annabel deixou bem claro que queria ser só tia. Então, mesmo que nossa filha soubesse a verdade sobre sua origem, Vanessa sempre seria sua mãe.

Annabel foi dama de honra da Vanessa no nosso casamento.

Aquele ano inteiro foi uma lua de mel, ainda que tivéssemos acabado de nos casar. E agora íamos compartilhar o casamento com o mundo.

Não tínhamos publicado nenhuma atualização sobre minha esposa ou a doença desde o vídeo do reencontro. Laird tinha registrado tudo. E publicamos em resposta à hashtag #OndeEstáVanessaPrice, que estava em alta no Twitter. Então voltamos ao anonimato.

Aconteceram rumores e flagras esporádicos, mas nada que atrapalhasse o estrondo que seria o lançamento daquela série pela luta contra a ELA. Doaríamos todo o lucro para as pesquisas. Se era para ajudar a encontrar a cura, eu estava disposto a entregar com prazer nossos momentos mais íntimos ao mundo.

Eu abri mão de muitas coisas por Vanessa, e não me arrependo de nenhuma delas.

Continuava exercendo a advocacia, mas agora concentrava meus esforços na luta pelos direitos das pessoas com deficiência. Uma luta pela qual tinha me apaixonado naquele ano.

Agora eu via o mundo de um jeito diferente. Tinha percebido quanto era difícil conseguir hotéis e táxis acessíveis para pessoas cadeirantes. Quanto era raro, em alguns lugares, encontrar coisas que antes nunca chamaram a minha atenção, como calçadas. Que muitos restaurantes e lojas de lembrancinhas não tinham rampa. Em nossa última viagem a Nova York, testemunhei violações flagrantes da Lei dos Americanos com Deficiências, como a falta de elevadores na maioria das estações de metrô.

Se Vanessa viesse a adoecer, eu queria que seu mundo continuasse o maior possível. Não queria que houvesse lugares que ela – ou outras pessoas como ela – não pudesse frequentar, e passaria o resto da vida lutando para transformar aquilo em realidade. Era um trabalho gratificante, e eu finalmente tinha encontrado o equilíbrio.

Eu continuava fazendo terapia e participava de um grupo de apoio on-line para pessoas que tinham entes queridos com doenças terminais. Cuidava da saúde mental com o mesmo comprometimento que cuidava da minha família, porque uma coisa dependia da outra.

Vanessa se aconchegou em mim e eu a abracei. Grace se aninhou em mim do outro lado, com seu ursinho de pelúcia favorito.

Eu dizia que as amava todos os dias. Nunca contava com o dia de amanhã. E lia o horóscopo que Becky me mandava.

– Preparada? – perguntei, o dedo pairando sobre o botão que enviaria o arquivo. – Não vai ter volta.

Vanessa abriu um sorrisinho.

– A esclerose nem vai saber de onde veio o golpe.

Meus lábios também se curvaram em um sorriso.

– Ótimo.

{Enviar}.

NOTA DA AUTORA

Embora a personagem de Vanessa seja fictícia, comecei a escrever este livro fascinada por Claire Wineland, youtuber e ativista inspiracional.

Claire tinha fibrose cística, uma doença que ela se recusava a permitir que a definisse. Usava sua plataforma para inspirar e educar, viajando pelo mundo a fim de falar com outras pessoas sobre sua vida e incentivar aqueles que viviam com doenças crônicas a encontrar satisfação e a viver a vida com orgulho. Um documentário sobre sua vida, chamado *Claire*, está disponível com exclusividade no YouTube.

Claire faleceu em 2018, aos 21 anos, em razão de complicações ocorridas após um transplante de pulmão. Ela doou seus órgãos.

Uma bela alma.

RECEITAS

SOPA DE FRANGO E ARROZ SELVAGEM DO ADRIAN

- 3L de caldo de frango
- 300g de legumes mistos picados (ou 2 cenouras, 1 talo de aipo, 1 cebola branca grande)
- 2 xícaras (chá) de cogumelos fatiados (opcional)
- Buquê de ervas frescas (dois talos de alecrim, sálvia e tomilho)
- ½kg de frango cozido desfiado
- 250g de arroz selvagem
- Sal a gosto

Roux:

- ¾ xícara (chá) de manteiga
- 1 xícara (chá) de farinha
- 3 dentes de alho picados
- ¼ xícara (chá) vinho
- ½L de creme de leite

Modo de preparo:

Coloque o caldo, as cebolas, as cenouras, o aipo, os cogumelos (opcional), as ervas (sem tirar do talo), o frango e o arroz em uma panela grande e leve ao fogo até que o arroz esteja cozido e as cenouras macias, por aproximadamente 20 minutos. Tire os talos das ervas e as folhas soltas de sálvia. Adicione sal a gosto.

Roux:

Em uma panela média, derreta a manteiga em fogo médio. Acrescente a farinha e o alho, mexendo sem parar até começar a fervura. Deixe ferver durante um minuto. Acrescente aos poucos o vinho e o creme de leite, mexendo sem parar até engrossar. Acrescente o roux à sopa e sirva.

Observação: Se a sopa ficar muito grossa, pode ser diluída com mais caldo ou leite.

Rende 12 porções

A sopa fica ainda mais gostosa quando servida em tigelas de pão. Pode ficar congelada por até três meses.

PURÊ DE BATATAS COM RAIZ-FORTE DA VANESSA

- 1½kg de batatas cortadas em quatro, com casca
- 200g de cream cheese
- ¼ xícara (chá) de manteiga
- 4 colheres (sopa) de raiz-forte, e mais para temperar a gosto
- Sal a gosto

Modo de preparo:

Ferva água em uma panela grande. Acrescente as batatas. Cozinhe até que fiquem macias, por aproximadamente 15 a 25 minutos. Escorra a água.

Com um mixer, misture todos os ingredientes, acrescentando a raiz-forte uma colher por vez, até chegar ao sabor desejado.

AGRADECIMENTOS

Agradeço à farmacêutica Tracy Nelson por me ajudar com a representação adequada dos narcóticos e dos detalhes que envolvem o vício.

Agradeço muito às advogadas Lisa e Katie Tuntigian-Ringer e ao advogado Larry Hales pela destreza jurídica. Obrigada, Terri Saenz e Dan Schoonover. E como sempre, agradeço muito aos administradores do meu grupo, que possibilitam grande parte do que eu faço. Jeanette Jett, Terri Puffer Burrell, Lindsay Van Horn e Dawn Cooper, vocês são incríveis.

Agradeço aos leitores beta: Kim Kao, Lyndse Kay, Amy Edwards Norman, Trish Gee, Lisa Stremmel e Leigh Kramer. A minha agente, Stacey Graham; minha editora, Leah Hultenschmidt; minha assessora, Estelle Hallick; à designer de capas Sarah Congdon; à editora de produção Mari Okuda; à coordenadora de produção Marie Mundaca; e a toda a equipe da Forever Romance. Nem acredito que enrolei vocês para mais um contrato de três livros – rá, rá!

Agradeço também aos apoiadores fabulosos listados a seguir!

Kristina Aadland
Dara Abraham
Kristin Abraham
Cime Adili
Erin Alexander
Aubrey Algar
Karla Aliperto
Lacy Allaire
Jamilah Allen
Terri Allen
Victoria Allen
Kristol Allshouse
Diana Alonzo
Nicole Altherr
Amy Amundson
Ashlee Anderson
Bridget Anderson
Caitlin Anderson
Carrie Anderson
Elizabeth Anderson
Lindsey Anderson
Tamara Anderson
Laura Andert
Ariadnae Andrews
Kristie Andrews
Margaret Angstadt
Alyssa Anttila
Nicole Aquilina
Angela Arandela
Anastasia Artayet Shepherd
Lisa Ashburn
Carol Au
Katie Ault
Megan Ausborn
Elena Austin
Cheyenne Baca
Kaylee Backen
Nicole Backen
Cathy Bailey
Sarah Bailey
Danielle Bailleu
Janean Baird
Marci Baker
Emily Bakken
Jenny Ballman
Gina Barboni
Kristen Barker
Kimberly Barkoff
Dulce Barraza
Sofia Barraza
Lindsay Bartels

Mies Bastille
Kristie Basting
Kelly Bates
Jennifer Battan
Lydia Baugh
Elizabeth Baumann
Ashley Baylor
Janelle Beal
Jessica Bearak
Justin Beaudry
Dawn Beavers
Heather Beedy
Sara Behnejad
Kristine Bemboom
Jessica Bennett
Michelle Bennett
Rose Bentley
Cassie Berdahl
Lucinda Bergen
Maria Berry
Stefany Besse
Betty Best
Angelina Beuadry
Hope Biersach
Brittany Bikkie
Dolly Bina
Courtney Birdsall
Lori Bishop
Betsy Bissen
Melissa Bjerke
Erin Blair
Lisa Blanchar
Corrie Block
Susan Block
Nicole Blomgren
Rachel Blust
Kim Blythe
Sarah Bock
Helen Boettner
Allie Bohlman
Carrie Bollig
Krystal Bollinger
Daryl Bondeson
Micaela Boney
Tyler Bonneville
Shana Borgen
Katie Borgstahl
Christine Borkenhagen
Ann Borysowski
Emily Bosch
Breanna Bouley
Agapi Bountouri
Andriana Bourboulia
Hannah Bowers
Maggi Bowers
Kathryn Boyer
Heidi Bradish
Josie Bragg
Amelia Brant
Marjorie Branum
Ashley Brassard
Sheryl Braun
Crystal Bremer
Elizabeth Brimeyer
Elizabeth Brimeyer
Kathryn Brimeyer
Cheryl Briol
Whitney Brionez
Robyn Bristow
Erin Broadbent
Danielle Brochu
Rachel D. Brock
Jenni Brooks
Kelly Brooks
Amanda Brown
Jessica Brown
Kim Brown
Melody Bruen
Shelly Budz
Jennifer Buechele
Sara Buffie
Justine Burke
Stephanie Burkey
Liesl Burnes
Terri Burrell
Lien Busby
Melissa Bussell
Megan Butler
Alexis Buxton
Kristin Cafarelli
Danielle Calderoni
Yvette Cano
Acacia Caraballo
Lindsey Cardinal
Meghan Carlisle
Julie Carlson
Melissa Carlton
Lindsay Carson
Paige Carter
Carlita Cartwright
Creya Casale
Christine Castellanos
Laura Castro
Ashley Cavazos
Shelly Caveney
Sarah Caverly
Marissa Cazares
Dori Cedillo
Serene Chamberlin
Kristen Chasey
Sylvia Chavarin
Vanessa Chavez
Shari Chim
Cara Ching
Liz Christiansen
Mingy Chung
Michelle Church
Alyssa Cihak
LiAnna Clement
Kristen Climes
Jamie Cluff
Sheree Cluff
Robyn Cody
Jenny Coker
Anna Cole
Sarah Colford Russell
Paula Colon
Leanne Colton
Kylie Combs
Michelle Comstock
Heather Cone
Kari Cone
Kerry Conneely
Katie Connnors
Michelle Conrad
Abby Cook
Heather Cook
Emily Cooper
Jenn Cooper
Megan Cooper
Patty Cooper
Peggy Coover
Kimmy Corey Jr
Cirsten Cornetta
Robyn Corson
Sylvia Costa
Liz Cote
Heather Cottrell
Andi Cowan
Nicole Cowling
Carissa Crabb
Deana Crabb
Becky Cramer
Mallory Credeur
Cholie Crom
Kristina Cromwell
Caitlin Cross
Sara Cross
Kathryn Crotty
Katrina Crouse
Grace Cuda
Lisa Cullen
Whitney Cunningham
Kristin Curran
Susan Czeterko Jordan
Kelli Dade
Anna Dale
Lynn Dale
Ruth Dano
Anna Davenport
Holly Daymude
Laura DeBouche
Kimberly Decur
Ashley DeFrank
Jennifer DeGarmo
Denise Delamore
Angela Denardo
Julie Dengerud
Elise Dennis
Bridget DeRoo

Jayme DeSotel
Jami DeVoe
Kate DeVries
Robin Diamond
Katrina Diaz
Nicole Dirden
Leandreea Divito
Carissa Dixon
Elle Dobosenski
Wendy Dodson
Colleen Dols
Rhonda Dominick
Alyssa Douglass
Elizabeth Dowell
Tricia Downey
Shelby Doyle
Heather Dryer
Melissa Dubois
Danielle Duerr
Stacey Duitsman
Elizabeth Duncan
Meggan Duncan
Lindsay Dupic
Leslie Dupont
Kathleen Duppler
Jo Ebersole
Sarah Edie
Precious Edmonds
Jennifer Edney
Sarah Edstrom Smith
Gabrielle Edwards
Erin Egan
Larayne Egbert
Joanne Ehrmantraut
Ashley Eisenberg
Michele Eisenberg
Elaina Eiser
Angie Elliott
Tiffanie Elliott-Stelter
Tamarae Ellis
Casey Ellsworth
Korissa Emerson
Nancy Emmerich
Jessica Engel
Carly Engels Johnston
Shelley English
Lindsey Engrav
Helen "Nana" Ennis
Kayla Ercolano
Amanda Erickson
Corrine Erickson
Elizabeth Erratchu
Jenna Ervin
Tara Escue
Lisa Eskelson
Megan Eskew
Breanna Essoi
Madeleine Estherby
Lydia Eubanks
Jennevieve Evers
Krissy Fairfield
Rebecca Falk
Danielle Fantillo
Ashley Faria
Nicole Feigl
Nicole Fellrath
Cindy Femling
Christina Ferdous
Krystina Ferrari
Melinda Fierro
Laurel Fike
Afton Finley
Anna Fisk
Dianthe Fleming
Selina Fleshman
Kristine "Goo" Flores
Emily Foltz
Jessica Fontana
Shawn Ford
April Forse
Taylor Forsyth
Stephanie Foster
Larice Fournier
Devin Fox
Jennifer Fox
Julie Frazzini
Ashley Freburg
Janel Freel
Becky Freer
Shelley Friedrich
Holly Friker
Heather Fullam
Katie Fulton
Ashley Fultz
Sharon Funkhouser
Jennifer Furr
Samantha Furrer
Goldie G
Tamara Gaglioti
Sheila Gagnon
Lauren Galante
Emma Galligan
Rena Galvez
Christina Gamboa
Nicole Garand
Melissa Garcia
Sara Gardner
Melissa Garrity
Allie Garza
April Gassler
Pamela Gedalia
Samantha Geissler
Amy Gelwick
Leia Georgeopolus
Annie Gerlach
Bridget Gibbons
Bonnie Gidzak
Julie Giese
Amanda Gilbert
Amanda L. Gilbert
Heidi Gilbert
Kourtney Gillan
Karla Glass
Sarah Gleason
Amanda Glueck
Sarah Gocken
Jennifer Godsey
Anna-Lee Goethe
Virginia Gonzalez
Zoe Gonzalez
Amy Goodrow
Buack Gordon
Julie Gordon
Anna Gorna
Rebecca Gossard
Jaimie Gosselin
Alex Jo Goulet
Michelle Gour
Nichole Graham
Christina Granados
Brianna Rache' Granberry
Kirsten Grayson
Chelsea Green
Michelle Green
Julia Greenham
Nikki Greer
Meghan Greyeyes
Deanna Griese
Debra Grodin
Katey Grof
Christina Grubbs
Rachell Gualpa
Tammy Guccione
Alicia Guerrero
Catherine Guilbeault
Elizabeth Gustafson
Norma Gutierrez
Sonia Gutierrez
Gina Haars
Tina Hackley
Christina Hager
Becci Haifley
Stacy Haight
Maddie Hake
Jennifer Hallett
Casey Hambleton
Trista Hammer
Alyssa Handevidt
Jenny Hanen
Lisa Hannawa
Kristin Hannon
Kristyna Hanson
Lauren Hanson
Mackenzie Hanson
Nicole Harbour Lau
Mackenzie Harrison
Susan Hart
Shannon Harte
Kelsey Haukos

Kylie Havner
Dana Hawley
Dana Hayes
Melinda Haynie
Stephanie Heinz
Lauren Heinze
Michelle Helgeson
Angela Helland
Jessica Hendricks
Joanie Hendricks
Amber Hendrickson
Haley Hendrickson
Angie Hendrickx
Stephanie Henigin
David Henkhaus
Lisa Henkhaus
Amy Henley
Melinda Hennies
Carmen Henning
Kimberly Her
Brielle Herbst
Natalie Hering
Jennifer Herlick
Dalia Hernandez-Hermann
Bridget Heroff
Stephanie Heseltine
Ashley Hester
Kim Hildebrand
Stephanie Hill
Tressa Hills
Rhonda Hinkel
Becky Hochstein
Amanda Hoeger
Faith Hoenstine
Kim Hoff
Amber Hoffman
Julie Hoffman
Shanna Hofland
Tiffany Hokanson
Emily Holien
Elizabeth Hollingshead
Sarah Holmes
Toni Holmes
Amber Holtz
Jamie Holwerda
Cassandra Hornsby
Jennifer Hoshowski
Elizabeth Housman
Becca Houston
Kelli Houts
Kendra Hovingh
Corissa Howard
Jennifer Howell
Lacey Howell
Alyssa Hudson
Kristi Huntley
Whitney Hutcheson
Joli Huynh
Samantha Nicole Ibanez
Jonathan Icasas
Danielle Inagaki
Tiffanie Ing
Kayla Innis
Viktoriya Ivanova-Piram
Ashley Ivey
Colantha Izzard-Amo
Nicole Jackson
Raelyn Jackson
Gabrielle Jendro
Michelle Jenkins
Brigette Jennings
Angie Jensen
Brianna Jensen
Jeanette Jett
Adrienne Johnson
Amy Johnson
Bailey Johnson
Brittany Johnson
Bryana Johnson
Crystal Johnson
Janine Johnson
Kim Johnson
Morgan Johnson
Paige Johnson
Rachel Johnson
Shawna Jokinen
Cassie Jolley
Mary Joslyn
Amanda Jules
Daryl Jul-ul
Jean Jurek
Dhanushka Kadawatharatchie
Olivia Kägel
Kim Kao
Julia Kautz
Debbie Kearschner
Irene Kedrowski
Kelly Keefe
Haley Keegan
Linda Keeler
Devon Keenan
Shekenah Keith
Tara Kekahuna
Andrea Kelly
Stephanie Kelly
Krista Kemper
Megan Kennedy
Kelly Kent
Noël Kepler-Gageby
Bridget Kersey
Bex Kettner
Judy Keyes
Sharon Kill
Andrea King
Kris King
Shannon King
Victoria King
Donna Kiolbassa
Leslie Kissinger
Liv Kittelson
Kelle Klocke
Nicki Kobaly
Clare Koch
Monica Kocon
Joy Kokolus
Melissa Kolyer
Julie Kornmann
Kelly Kornmann
Dawn Kosobud Johnson
Kristiina Kovala
Tricia Kovely
Amy Krajec
Holly Kramer
Emily Kremer
Nichole Krueger
Traci Kruse
Marta Krzemien
Jessica Kudulis
Anne Kuffel
Katie Laban
Alexa Lach
Kelly Laferriere
Kimberley Laimonis
Annette Laird
Jennifer Lalos
Naomi LaMarr
Sue Lammert
Patty Langasek
Jennifer Langlois
Amy Langowski
Brenda Lanners
Annie Lanning
Victoria Larsen
Becky Larson
Jaimie Larson
Andrea Leaf
Bethany Lee
Eunhea Grace Lee
Kayla Lee
Michelle Lee
Jackie Leibowitz
Dana Lenertz
Stephanie Leslie
Rebecca Levitan
Teresa Limtiaco
Martha Lindhorst
Samantha Lindner
Stacy Link
Rebecca Linscott
Amanda Little
Rochelle Livingston
Kristin Lockwood
Monica Logan
LeeAnn Longmore
Christina Lopez
Carly Lorio
Melissa Lotz
Jamie Lotzer

Ashley Lubrant
Krissy Luce
Kelsey Lucero
Natalie Lucindo
Jessica Ludwig
Sarah Ludwig
Megan Lundberg
Jackie Lynch
Linda Lynch
Brian Lyon-Garnett
Rhonda Lyte
Jillian Mabee
Kelsey MacDonald
Megan MacDonald
Megan MacDonald
Kristin Macklin
Amanda Madden
Jen Maddigan
Katrina Madriz
Michele Magnuson
Leigh Ann Mahaffie
Amy Mahan
Kelley Majdik
Cynthia E Maldonado
Karleen Malmgren
Marcella Malone
Savannah Mankoci
Alicia Manley
Sean Maple
Debby Margolis
Mim Markey
Heidi Markland
Jessica Marsden
Mary Anna Martell
Michelle Martin
Samantha Martin
Julie Martineau
Catalina Martinez
Marie Martinez
Lucinda Martinez-Carter
Melissa Martius
Tracy Mastel
Marcia Matchett
Cecelia Mattos
Amanda Mattson

Colleen Mawby
Melissa Mayorga
Krystal McBride
Bobbin McCullough
Kim McDermid
Katie McDonald
Carly McEathron
Callie McGinn
Jaime Lee McHale
Brooke McKenna
Tamara McNelis
Elissa McPherson
Joann McQuaid
Priscilla McRae
Stephanie Means
Laurie Mease
Karen Meier
Mylissa Merten
Chynna Mesich
Steph Meyer
Jodi Michaelis
Chandelle Michaelson
Julie Miedtke
Kristy Miller
Meridith Miller
Pam Million
Deborah Mills
Kimberly Mills
Jessica Minor
Aayanna Minott
Maribel Minott
Debbie Miranda
Errin Mitchell
Megan Miura
Elise Mock
Samantha Modi
Jessica Modriskey
Rachel Modrow
Trista Moffitt
Katie Monaghan
Jaime Monson
Meagan Montgomery
Mikhaiel Moody-Van-Duyne
Kate Moon

Megan Moore
Julie Morales
Jami Morgan
Laurel Morgan
Sue Morgan
Jana Morimoto
Kelsey Morin
Lauren Morris
Michelle Morrisette
Emily Morrison
Liz Morrison-Thron
Ginny Mosier
Jenni Mueller
Alice Munoz
Rebecca Munro
Bethanne Murphy
Cassandra Murphy
Claire Murphy
Laura Murray
Stephanie Murry
Ginny Muse
Katy Myllykangas
Michele Myran
Cheryl Myrum
Sheryl Nall
Lynn Nalupta
Elizabeth Narolis
Sarah Naumann
Cookie Navarro
Dwon Nave
Kristin Nelsen
Antonia Nelson
Joan Nelson
Shanna Nemitz
Wendy Nenner
Shastine Neptune
Annie Ngo
Christine Nichols
Nicki Nidelkoff
Jennifer Niehoff
Kayla Niekrasz
Carrie Niezgocki
Jeanne Nihart
Courtney Nino
Astoria Niverson

Dannah Niverson
Heather Noeker
Adeline Noland
Karen Noland
Taylor Noland
Jacque Nordahl
Danielle Norkunas
Amy Norman
Jen Nystrom
Andrew Oakes Champagne
Danielle Oakes
Danielle Ochoa
Sarah O'Connor
Kathleen O'Dell
Liz O'Donnell
Adrienne Oeschger
Elaina O'Grady
Christina Oien
Nicole Ojakian
Ewa Okla
Molly Okoroafo
Denise Oleary
Hillary Oliver
Jeni Oliver
Cori Olson
Kristina Olson
Mariette Olson
Mary Olson
Lindsey Orick
Stacey Osland
Anna Ostendorf
Kristin Osuna-Larson
Kate O'Toole
Megan O'Toole Hall
Alyssa Overfield
Olana Owen
Mary Catherine Ozcelik
Sidney Pacheco
Jody Packard
Kristyn Packard
Noelle Parenteau
Christina Parker
Sarah Parkos
Ashley Parks

Sue Paron
Elaine Patch
Roberta Patch
Merrisa Patel
Sonia Patel
Crystal Paul
Fiona Payne
Marisa Peck
Justine Pederson
Amanda Pedulla
Way-Way Pee
Cynthia Peloquin
Shelby Perkins
Colleen Peterson
Crystal Peterson
Jasie Peterson
Kamisha Peterson
Tyra Peterson
Emily Petrich
Jennifer Petska
Hilary Peyton
Julia Phillips
Katherine Phillips
Melissa Phillips
Chelsea Phipps
Shelley Pierce
Nicole Pilarski
Jaime Pint
Nicki Pipes
Anne Pitre
Courtnie Pollard
Ashley Polomchak
Carrie Pons
Melissa Porter
Danielle Portillo
Marilyn Possin
Michelle Possin
Jennifer Presley
Mary Prichard
Rachel Prince
Melanie Probasco
Lorraine Purcell
Lana Purdie
Amanda Pusateri
Morgan Qin
Pam Quist
Danielle Rabe
Keytelynne Radde
Sarah Raines
Abby Rainville
Fay Raisanen
Deanne Ramirez
Carey Raph
Dawn Rask
Randi Rasmussen
Laura Rausch
Kristin Raymond
EC Raymundo
Shauna Reardon
Megan Reed
Missy Reed
Myria Reed
Lisa Reeves
Amaza Reitmeier
Kris Reynolds
Cheryl Richardson
Jenelle Ries
Janine Rife
Jessica Ringelsten
Emily Rios
Liza Ritchie
Kyree Ritter
Sherry Ritter
Abbe Roberts
Richelle Robinson
Sherri Robinson
Stephanie Robinson
Angie Robson
Caitlin Rock
Samira Rockler
Isadora Rocourt
Kristin Rohde
Sara Roman
Summer Romero
Tiffany "Fattness" Romero
Kendra Romig
Susan Rooney
Michelle Roop
Laura Rosenberger
Sara Rosenberry
Amber Rosin
Angie Ross
Heather Ross
Jen Ross
Jennifer Roth
Lindsay Routh
Joanne Rubinsohn
Tasha Runyon
Sarah Rushford
Liz Rust
Kylie Ryan
Michael & Shannan Sabby
Sarah Saeed
Natalie Gianna Saenz
Ilene Sago
Natalie S. Samples
Megan Sanchez
Caitlin Sand
Rhonda Sandberg
Tiffany Sanders
Barb Sanford
Allison Santaella
Bernadette Santana
Jackie Saval
Aundrea Saville
Emily Saylor
Chloe Scalici
Trisha Schable
Ailiah Schafer
Briana Schalow
Jen Schildknecht
Tammy Schilling
Ashley Schleif
Brooke Schlottke
Alisyn Schmelzer
Jodi Schmidt
Adrianne Schneider
Andrea Schneider
Jill Schneider
Michelle Schroeder
Kayla Schroeder-Kessler
Brittney Schultz
Melissa Schulz
Sonja Schultz
Wendy Schuster
Samantha Schwartz
Kelly Scott
Mindi Sechser
Anne Seeley
Kelsey Seeley
Amanda Seibert
Kristen Selinsky
Brianne Sellman
Brittani Sepko
Cassandra Sepko
Tami Serna
Jean Shaffer
Rebecca Shamblin
Jamie Shaull
Laura Shiff
Amanda Sichmeller
Catalina Sierra
Bridget Sigman
Amy Simmons
Tracye Simmons
Lisa Simms
Dawn Sitter
Ashley Sitz
Stephanee Skaradzinski
Cindy Slabich
Kristen Sloan
Alicia Smith
Ashley L. Smith
Cheryl Smith
Devin Smith
Jennifer Smith
Julie Smith
Katie Smith
Lauren Smith
Megan Smith
Melissa Smith
Nan Smith
Olive Smith
Kelly Snow
Michele Snyder
Elizabeth Soares
Elisabeth Solchik
Lauren Solmonson

Laura Sonnee
Melissa Sonnek
Therese Sonnek
BananaBlue Soriana
Britta Soronen
Andi Soule
Julianna Spilker
Marlana Splettstosser
Laura Sprandel
Jane St John
Amanda St. George
Melissa St. Pierre
Tarah Stafford
Angel Stagi
Kristin Stai
Kerry Stallings
Amanda Stamm
Amanda Stamm
Diane Stansbury
Brittany Steffen
Patricia Steffen
Maile Steffy
Amy Steger
Martha Stellmach
Martha Stering
Lindsey Stevens
Tracy Stevens
Christina Stewart
Renee Stine
Shawna Stolp
JoAnn Stoltman
Kristin Stormer
Melissa Stream
Katie Stryker
Krystina Stuber
Kasey Sullivan
Julia Sumrall
Stephanie Sweat
Wendy Swerdlow
Sarah Symonds
Kristen Szeto
Jynell Tackett
Cindi Tagg
Jenifer Talbot Nicolson
Marianne Talukdar
Shandrea Tanglao
Stacey Tarr
Amber Taylor
Ashley Taylor
Casey Taylor
Jennifer Taylor
Angie Thaxton
Annette Theel
Katie Then
Christine Thiel
Robyn Thogmartin
Michelle Thomas
Lynnae Thompson
Mandy Thurmes Pung
Crystal Thurow
Emilee Thursby
Sara Thurston
Allison Thyng
Shay Tibbs
Rhonda Tinch
Nicole Todd
Rae Toledo Latsch
Pritika Tolento
Shelby Tomlinson
Megan Tonn
Rose Tonn
Jacqueline Torfin
Emily Torrance
Jessica Tounzen
Sara Towne
Christa Treptow
Arleen Trevino
Bianca Trevino
Miranda Tsai
Jennifer Turner
Stephanie Turner
Rebecca Upshaw
Kathleen Uttenweiler
Kristin Uzzi
Ash-Leigh Vagle
Jennifer Van Dusen
Charlene VanWinkle
Eileen Vazquez
Christine Verrill
Heather Vetsch
Danielle Via
Linden Vimislik
Erica Viola
Kristie Viscasillas
Allison Vogel
Karen Vollmer
Megan VonDeLinde
Nina Vopni
Michele Voss
Kimberly Walker
Michelle Walker
Taylor Walkky-Byington
Nadine Walz
Ted Wanken
Laura Warcholek
Brandy Warner
Jenna Warner
Deena Warren
Erica Weaver
Leah Weaver
Carli Weber
Rebecca Weber
Deana Wegner
Andrea Wehrung
Alexis Weidoff
Marie Weisbrod
Amanda Weissman
Marina Weissman
Lesli Weldy
Jenny Weller
Jessica Weller
Ashli Wells
Theresa Welsh
Jennifer Welter
Larissa Wenszell
Megan Wentz
Alison Werner
Jennifer Westberg
Danielle Wettrick
Danielle Whitmore
Jenna Wild
Mindy Wilkinson
Deanne Wilkinson Deneke
Rhonda Williams
Rylee Williams
Cheryl Wilson
Jo Wilson
Ruth Wilson
Amanda Wilson TX
Sara Witkowski
Emma Witthuhn
Cait Wodarski
Ariel Wolf
Mandy Wolfe
Julie Wood
Mariah Woodrum
Christina Woolsey
Kelli Worley
Rachel Wornica
Amy Wroblewski
Meghann Wyss
Katie Xiong
Helen Yang
Diane Yeager
Shannon Yockey
Jennifer Yuen
Tracy Zachow
Michele Zalak
Krista Zaleski
Kathy Zavala
Zoë Zellers
Allison Zellman
Michelle Zilisch
Pamela Zimmer
Jessica Ziolko
Mara Zotz
Lisa Zuhlsdorf
Abby Zuis
Stephanie Zwirn

CONHEÇA OS LIVROS DE ABBY JIMENEZ

Parte do seu mundo

Para sempre seu

Apenas amigos?

Playlist para um final feliz

Até o fim do verão

A vida é muito curta